FEU ET NEIGE
ANDREW GREY

FEU ET NEIGE
ANDREW GREY

Publié par
DREAMSPINNER PRESS

8219 Woodville Hwy #1245
Woodville, FL 32362 USA
www.dreamspinnerpress.com

Feu et neige
Copyright de l'édition française © 2024 Dreamspinner Press.
Titre original : Fire and Snow
© 2016 Andrew Grey.
Première édition : mai 2016
Traduit de l'anglais par Lily Karey.

Illustration de la couverture :
© 2018 Kanaxa.
Conception graphique :
© 2024 L.C. Chase.
http://www.lcchase.com
Les éléments de la couverture ne sont utilisés qu'à des fins d'illustration et toute personne qui y est représentée est un modèle

Édition e-book en français : 978-1-64108-762-9
Édition imprimée en français : 978-1-64108-763-6
Première édition française : mars 2024
v 1.0

À Dominic, pour tout ce qu'il fait pour moi, et à Jane, une éditrice extraordinaire qui m'a beaucoup appris. Tu vas me manquer !

I

— Tu PARS en patrouille? demanda Red, alors que JD Burnside s'arrêtait pour prendre son manteau et son bonnet avant de sortir.

Red le regarda et secoua la tête.

— Tiens. Tu vas avoir besoin de ces gants et d'une paire de chaussettes supplémentaire.

— Nous ne sommes qu'en novembre... fit remarquer JD, un peu inquiet.

— Peut-être, mais le vent te traversera de part en part, et ils vous font patrouiller à pied sur la place. Le béton froid va faire sortir la chaleur de tes chaussures, à moins que tu ne portes quelque chose de plus.

JD soupira et s'assit dans le vestiaire, fouillant dans ses affaires jusqu'à ce qu'il trouve une deuxième paire de chaussettes. Il enleva ses bottes et les enfila. Instantanément, ses pieds se mirent à transpirer, mais il n'en tint pas compte et enfila ses bottes désormais étanches.

— Y a-t-il autre chose que je devrais savoir?

— N'oublie pas de garder ton carnet de contraventions à portée de main. Le Fallfest touche à sa fin et tout le monde devrait rentrer chez soi, mais ça signifie aussi que les fêtards les plus assidus se rendront dans les bars, alors surveille les gens qui zigzaguent et qui ne marchent pas droit. Nous ne voulons pas qu'ils rentrent chez eux en voiture.

— C'est pour ça que je suis censé être dehors par un temps aussi épouvantable que celui-ci, au lieu d'être bien au chaud dans une voiture de patrouille comme une personne normale? Au moins, la voiture de patrouille serait chauffée.

JD ne s'était pas habitué au climat du centre de la Pennsylvanie, et il commençait à réaliser que son premier hiver ici allait être très difficile à passer.

— Nous avons toujours quelqu'un de visible pour dissuader la conduite en état d'ivresse. Je l'ai fait il y a deux ans, et Carter a eu le glorieux honneur de le faire l'année dernière. Ça ne dure qu'une journée, et tout ce que tu as à faire, c'est de te réchauffer et de garder les yeux ouverts. Tout le monde sera parti dans trois ou quatre heures, et tu pourras alors revenir et prendre une voiture de patrouille. Ce sont toujours des soirées intéressantes.

— Ah oui ? demanda JD en se levant.

Red sourit.

— Il y a quelques années, ils ont organisé une parade de vaches, où des artistes décoraient des vaches en fibre de verre et les exposaient dans la région. Il y en avait quatre en ville, dont une sur la place. Cette année-là, quelqu'un a décidé que c'était un taureau et qu'il allait le monter... tout nu au milieu de la ville, raconta Red en se mettant à rire. Le temps qu'on l'atteigne, il était devenu à moitié bleu, et tous ses amis s'apprêtaient à monter à leur tour. Nous les avons arrêtés avant que la foule entière ne se transforme en une fête de la nudité.

— Qu'est-il arrivé au type nu ?

— Nous l'avons arrêté pour attentat à la pudeur, et il a écopé d'une amende. Le fait est que c'est peut-être une petite ville, mais les gens sont fous quand ils boivent. Alors garde l'œil ouvert et appelle si tu vois quelque chose. Je serai dans le coin et je passerai te voir.

JD remercia Red pour son aide et pour l'histoire, qui avait un peu égayé son humeur. Il s'assura qu'il avait tout ce qu'il lui fallait et referma son casier avant de quitter le commissariat et de se diriger vers la place.

Il était à un pâté de maisons de la place. Lorsqu'il arriva, il jeta un coup d'œil à la tour de l'horloge de l'ancien palais de justice pour vérifier l'heure.

La radio émit le message suivant : «Agression en cours, palais de justice».

JD réagit et s'élança, le cœur battant. Il contourna le palais de justice et vit un groupe de trois étudiants entassés autour de l'un des bancs.

— Qu'est-ce que tu crois faire, vieil homme ? hurla l'un des garçons, le son se propageant sur la place.

Les autres criaient aussi.

— Qu'est-ce qui se passe ? intervint JD, dans sa meilleure voix de policier.

Les jeunes reculèrent, les mains levées, ce qui plut à JD. Au moins, ils ne semblaient pas constituer une menace pour lui.

— Ce vieux type était sur le point de pisser sur le mémorial des vétérans, expliqua le jeune qui avait crié. Nous l'avons fait asseoir et nous avons essayé de lui parler, mais il a essayé de frapper Hooper.

Il recula encore d'un pas et laissa la place à JD. Un homme d'une soixantaine d'années, selon JD, était assis sur le banc, tremblant comme une feuille. Le devant de son pantalon était mouillé et il sentait mauvais. Lorsque JD le toucha, l'homme était froid et tremblait. JD essaya plus d'une fois de l'amener à le regarder, et lorsqu'il le fit enfin, ses yeux étaient vides et mi-clos.

— J'ai besoin d'une ambulance sur High Street, à côté de l'ancien palais de justice, dit JD.

L'homme continuait à trembler. Ce n'était pas seulement à cause du froid. L'odeur de l'alcool imprégnait même le désordre dans lequel il s'était mis. Il avait besoin d'aide.

— Il va s'en sortir ? demanda Hooper. Nous ne l'avons pas blessé. Il allait pisser sur le mémorial, et nous avons essayé de l'arrêter et de l'aider à s'asseoir, mais il s'est jeté sur moi et a failli tomber.

Le gamin semblait contrarié. Ses yeux étaient aussi grands que des soucoupes.

— Il t'a frappé ? interrogea JD.

— Non. Il était trop lent. Mais David, le grand idiot, a commencé à crier, et c'est sans doute ce que vous avez entendu.

— Combien as-tu bu ? demanda JD à David.

— Suffisamment pour savoir que je ne conduirai pas, répondit David en clignant des yeux.

— Aucun d'entre vous n'a intérêt à le faire, conseilla JD.

— Je suis leur chauffeur, expliqua Hooper. Je déteste le goût de l'alcool, alors ils m'achètent de la nourriture et des cocas, et je ramène ces idiots chez eux.

L'un des amis de Hooper lui donna un coup sur l'épaule.

JD se retourna vers le vieil homme, qui se balançait légèrement d'un côté à l'autre. JD essaya de lui demander son nom, mais il était de moins en moins réceptif. JD obtint les informations sur les jeunes et les renvoya chez eux. Il pourrait vérifier auprès d'eux si nécessaire, mais ce qu'ils avaient dit était vrai.

Les appels devaient être nombreux, mais une ambulance finit par arriver, et l'homme put s'y installer. Il n'avait aucune pièce d'identité sur lui. JD s'assura d'obtenir les informations qu'il pouvait, puis les ambulanciers emmenèrent l'homme à l'hôpital.

Au moins, pendant cette agitation, il n'avait pas eu l'occasion d'avoir froid. Une fois l'ambulance éloignée, la place devint silencieuse. Les feuilles sèches bruissaient dans les arbres, et les lumières qui éclairaient le côté de l'ancien palais de justice faisaient scintiller quelques flocons de neige. JD frissonna lorsqu'il réalisa qu'il s'agissait de neige. Mon Dieu, il allait mourir de froid ici.

Il repoussa cette idée et fit le tour de la place, puis des rues secondaires, à l'affût de tout problème. Il croisa quelques personnes encore blotties sur les bancs, mais il se dit qu'elles allaient bientôt abandonner et rentrer chez elles.

Maintenant que les rues n'étaient plus bloquées pour le festival, la circulation se poursuivait au carrefour principal, comme à l'accoutumée. JD revint à l'intersection, traversa High Street, puis Hanover, et continua jusqu'à l'étroite rue latérale qui longeait l'une des églises de la place. Il détestait cette rue. Elle n'était pas bien éclairée et il y avait beaucoup d'ombres.

Il jeta un coup d'œil pour vérifier qu'il n'y avait pas de mouvement et s'apprêtait à poursuivre sa route lorsque Red arriva dans une voiture de patrouille. JD ouvrit la portière du passager et monta à l'intérieur.

— J'ai vu que tu allais dans cette direction, j'ai pensé que nous pourrions faire un tour ensemble, dit Red.

JD serait éternellement reconnaissant de la chaleur qui régnait à l'intérieur de la voiture.

— Je déteste cette rue.

— C'est notre cas à tous. Le chef va exiger un éclairage public. L'église s'y oppose, parce qu'elle dit que ça va perturber la lumière des vitraux ou quelque chose comme ça. Mais ces derniers temps, c'est devenu un vrai danger.

Red enclencha la vitesse et reprit la route, descendant lentement la rue.

Au détour d'un virage, deux silhouettes surgirent d'un coin de rue et s'enfoncèrent en direction du parking arrière de l'église. Red alluma ses phares, tandis que JD sautait et continuait à pied. Red le dépassa pour tenter d'arrêter les deux hommes.

JD était rapide. Il avait fait de l'athlétisme au lycée et à l'université, et aucun voyou n'allait le semer. Il battit le pavé, les pieds à toute allure. L'un des hommes esquiva et s'échappa, mais lorsqu'il réessaya, JD fut prêt et attrapa le dos de son manteau, forçant l'homme à s'arrêter.

Il tomba au sol et roula. JD resta debout et, lorsque l'homme cessa de rouler, il s'agenouilla et posa son genou sur son dos.

— Je ne faisais rien, protesta l'homme.

— Oui, j'en suis sûr, railla JD lorsque Red s'arrêta.

— L'autre s'est enfui, annonça Red avec colère.

— Celui-ci jetait des objets de sa poche en courant, expliqua JD en montrant le chemin qu'ils avaient emprunté.

— Oh là là. Tu vas essayer de me faire porter le chapeau maintenant ? s'offusqua l'homme en se déplaçant sur le sol.

JD lui passa les menottes et s'assura qu'il était en sécurité.

— Non. Je vais m'assurer que tu obtiennes ce qui t'attend.

JD observa Red photographier et étiqueter soigneusement ce qui avait été jeté. La loi était la profession familiale depuis des générations, c'est pourquoi JD avait décidé de devenir officier de police. Mais une fois qu'il s'était engagé dans cette voie, il s'était découvert une passion pour le fair-play, la protection d'autrui et l'application de la loi. Peut-être était-ce génétique ? Il n'en était pas sûr.

D'autres sirènes retentirent, et bientôt deux autres voitures les rejoignirent, baignant JD et le suspect dans leurs phares.

— Qu'avons-nous là ? demanda Aaron Cloud, l'un des inspecteurs, en sortant de sa voiture.

— De la cocaïne, à ce qu'il semble, répondit Red. Suffisamment pour qu'il soit condamné à une longue et dure peine.

— Ce n'est pas à moi, assura le suspect.

JD secoua la tête.

— Je l'ai vu la jeter de ses poches, à mains nues, alors que je le poursuivais. C'était la sienne. Ses empreintes seront sur les sachets.

Ce type devait être un idiot.

— Allez-y et lisez-lui ses droits. Nous allons l'emmener au poste.

— Il y avait un autre homme avec lui, ajouta Red. JD a sauté de la voiture quand nous l'avons vu, il s'est enfui comme une flèche et a attrapé ce type. J'ai suivi l'autre homme, mais il a couru entre les maisons et a disparu de l'autre côté de High Street.

— Nous trouverons qui c'était, assura Aaron en regardant le suspect. N'est-ce pas ?

Le ton menaçant utilisé par Aaron fit trembler le suspect. JD savait que c'était de la comédie. L'inspecteur Cloud était du genre à suivre les règles, mais s'il n'avait pas été policier, il aurait pu faire carrière à Hollywood.

Aaron prit en charge le suspect, et JD aida Red à confirmer qu'ils avaient trouvé tout ce qui avait été jeté par le suspect avant de se rendre au poste.

— Je crois que je n'ai jamais été aussi reconnaissant d'une saisie de drogue de toute ma vie, dit JD, alors qu'ils roulaient, les essuie-glaces faisant des allers-retours pour essuyer la neige qui tombait sur le pare-brise.

Ils passèrent lentement devant la place. JD se retourna lorsqu'il vit un mouvement. Un homme s'était levé d'un des bancs et s'éloignait lentement.

— Il y a toujours des gens sur ces bancs? Ils doivent être gelés par ce temps.

— Oui, c'est vrai. Les gens s'asseyent là toute la journée. Ils ont leurs places préférées, et que Dieu vienne en aide à ceux qui essaient de les prendre. La plupart du temps, les gens passent à côté d'eux et ne les remarquent pas vraiment.

Red prit le virage et continua vers la gare. JD se détourna des bancs pour se concentrer sur le rapport qu'il allait devoir aider à rédiger.

Au moins, le commissariat était chaud. JD se rendit à son bureau et s'attela à la rédaction de sa déclaration.

— Tu t'es bien débrouillé, le félicita Red en passant. Même si je ne recommande pas de sauter tous les jours d'une voiture en marche.

— Avons-nous obtenu des informations de sa part? demanda JD.

— Aaron lui met la pression. Il va probablement prendre un avocat très bientôt, mais il dit que l'autre gars n'était qu'un client, expliqua Red, ce que JD avait compris.

Au moins, ils avaient eu le revendeur cette fois-ci. D'habitude, c'était l'inverse.

— Tu as envoyé ta déposition?

JD acquiesça et se leva. Il était temps pour lui de retourner en patrouille. Au moins, à cette heure-ci, il aurait un véhicule.

— Je viens avec toi, annonça Red avant de l'accompagner jusqu'au parking, et ils montèrent chacun dans leur véhicule. Reste prudent.

— Toi aussi.

JD démarra le moteur et sortit du parking. Il traversa la ville et tourna dans la même rue que Red et lui avaient empruntée un peu plus tôt. Elle était vide cette fois, alors il continua.

La neige s'intensifia, alors il conduisit prudemment, car la visibilité se réduisait et les rues étaient de plus en plus glissantes. Vers la fin de son service, il fit un dernier tour en ville. Il passa devant la place et aperçut une personne seule sur l'un des bancs de la place du palais de justice. JD savait qu'il n'y avait rien de mal à rester assis sur un banc, mais il était plus de vingt-trois heures et il faisait un froid de canard. Il se rangea sur le côté de la rue et sortit, puis s'approcha de l'homme.

Il était recroquevillé dans son manteau, les bras enroulés autour de lui, le menton sur la poitrine.

— Monsieur, vous allez bien?

L'homme leva la tête, puis baissa de nouveau le regard, sans rien dire.

— Monsieur, il y a un problème? Il est bien trop tard et il fait trop froid pour rester ici. Vous devriez rentrer chez vous.

— Je vais bien. Ça n'a pas d'importance, de toute façon. Tout le monde s'en fout.

Il baissa de nouveau le regard et resta assis là où il était.

— Vous serez beaucoup plus au chaud et en sécurité si vous rentrez chez vous, conseilla JD, qui commençait à s'inquiéter. Je peux vous aider si vous voulez? Pouvez-vous me dire où vous vivez?

— Bien sûr que je peux. Mais ça n'a pas d'importance. Rien n'a d'importance.

Il se leva. Il semblait assez stable.

— Les gens sont merdiques, vous savez? Tout le monde profite de tout le monde, et tout le monde s'en fout.

Il fit quelques pas, en louvoyant légèrement, puis il se redressa et se dirigea vers le palais de justice.

— Personne ne se soucie de rien ni de personne.

— Vous avez besoin d'aide? demanda JD.

— Non. Il n'y a rien que vous puissiez faire.

Il partit, et JD le suivit du regard. Quelque chose ne tournait pas rond, mais il avait froid et le type semblait assez inoffensif. Il retourna à sa voiture et s'engagea lentement sur la route. Il vit où l'homme tournait et le regarda entrer dans l'un des immeubles du premier pâté de maisons de Pomfret.

Son téléphone sonna, il s'arrêta avant de répondre.

— Tu retournes au poste? demanda Red.

Il vérifia l'heure.

— Oui.

— Terry va me rejoindre à Applebee's. Ils sont encore ouverts, et nous pourrons manger quelque chose.

Red avait eu la gentillesse de se lier d'amitié avec lui lorsqu'il avait rejoint la police six mois plus tôt.

— Ça me paraît bien. Je vais rentrer et finir. Je te rejoindrai là-bas.

JD retourna au commissariat, pointa, puis partit. La neige couvrait à peine le sol, mais c'était presque suffisant pour le dissuader de conduire. Il savait que les gens d'ici ne voyaient pas d'inconvénient à ce qu'il y ait un peu de neige, mais il avait rarement conduit dans la neige chez lui. Tout en serrant le volant, il essaya de se rappeler la dernière fois qu'il avait conduit dans la neige. Cela devait faire quatre ou cinq ans.

JD s'approcha de la rue Hanover et vit une silhouette courbée qui retournait vers la place. Il savait qu'il n'était pas en service, mais il tourna quand même à gauche plutôt qu'à droite. Il regarda l'homme retourner au même banc et s'y asseoir. Quelque chose ne tournait pas rond.

JD s'arrêta sur la route, sortit et traversa la rue en trottinant jusqu'à l'endroit où l'homme était assis.

— Je pensais que vous étiez rentré chez vous, dit JD avec douceur.

— C'est mon banc. Je m'y sens bien.

— Mec, il fait vraiment froid, tu vas tomber malade.

JD l'aida à se lever.

— Il est aussi très tard. Il faut que tu rentres chez toi, en sécurité et au chaud.

Il espérait que le gars n'était pas malade, mais il ne pouvait pas le laisser dehors par ce temps.

— C'est quand la dernière fois que tu as mangé ?

L'homme haussa les épaules. JD regarda son bras, à la recherche d'un bracelet médical. Il avait déjà eu un ami qui se comportait parfois comme ça, un peu fou et étrange. Il était diabétique et lorsque sa glycémie devenait anormale, il se mettait dans tous ses états.

— Pourquoi tu ne viendrais pas avec moi, je vais te trouver quelque chose à manger ?

— D'accord, accepta l'homme, et JD l'aida à traverser la rue.

Il le fit monter dans la voiture, se demandant ce que Red allait penser quand il le verrait se présenter avec un étranger. L'homme s'assit tranquillement, se tripotant légèrement les mains, tandis que JD roulait jusqu'à la sortie de la ville et s'arrêtait sur le parking du restaurant.

— Allons te chercher quelque chose à manger, peut-être que tu te sentiras mieux.

JD était engagé à présent. Il avait franchi la ligne entre l'officier et le public il y a longtemps – et si cela tournait mal, il pourrait avoir beaucoup d'ennuis – mais quelque chose lui disait que le gars n'était pas dangereux, juste un peu confus.

Il se gara, et ils sortirent, l'homme le suivant docilement.

Red le rejoignit à la porte du restaurant, le fixant d'un air perplexe.

— Qui est-ce ?

— C'est…

Merde, comment allait-il expliquer ça ?

— Un type qui a besoin d'aide.

Red se retourna légèrement, regardant JD comme s'il avait vraiment perdu la tête.

— C'est un truc du Sud ? demanda Red.

— C'est un truc d'humanité, répliqua JD.

Red leva les yeux au ciel et ouvrit la porte du restaurant.

— Terry nous a déjà trouvé un box, dit-il en les conduisant vers le coin.

Terry se tenait dans toute sa gloire de nageur tonique, souriant à pleines dents dans ses vêtements ajustés. JD n'avait rencontré le partenaire de Red que quelques fois auparavant, mais ses chemises semblaient toujours parfaitement ajustées et ses pantalons épousaient parfaitement ses jambes. JD fit de son mieux pour ne pas le regarder de trop près ou le reluquer, mais ce n'était pas facile.

— Tu te souviens de JD ? dit Red.

— Bien sûr. Comment vas-tu, JD ? dit Terry. Et vous êtes… ?

— Fisher Moreland, répondit l'homme d'une voix claire.

— Heureux que vous ayez pu vous joindre à nous, ajouta Terry en lui serrant la main et en se glissant dans le box.

Red s'assit à côté de lui, et JD fit signe à Fisher de s'asseoir avant de le suivre.

— Comment s'est passée votre garde ? s'enquit Terry.

— Intéressante, dit Red en distribuant les menus. JD a plaqué un dealer qui tentait de s'enfuir. C'était quelque chose à voir. Il a volé après le gars et l'a fait tomber en le saisissant. C'était magnifique.

— Je suis juste content que ça ait marché, dit JD, laissant Red parler.

La serveuse s'approcha, et ils commandèrent des boissons. Comme Fisher ne répondait pas, JD lui commanda un Coca, espérant que le sucre était ce dont il avait besoin. La serveuse partit, et ils recommencèrent à bavarder, mais JD gardait un œil sur Fisher, qui se blottissait à nouveau dans son manteau. Lorsque les boissons arrivèrent, Fisher plongea une paille dans le soda en tremblant et en but une gorgée. JD échangea des regards avec les autres, mais il ne dit rien. Il commençait à penser qu'il aurait dû appeler une ambulance pour aider le gars et que c'était une énorme erreur.

9

— Tu t'habitues à ce froid ? lui demanda Terry.

Un frisson le parcourut à cette idée.

— Mon Dieu, non. Je ne savais pas qu'il pouvait faire si froid, et nous ne sommes qu'en novembre.

— Oui, c'est vrai. Les mois à venir seront froids, mais j'espère que ce ne sera pas aussi terrible que l'année dernière. Il a fait très froid pendant presque tout le mois de janvier.

La serveuse s'approcha de la table, et JD se tourna vers Fisher.

— Des ailes de poulet, s'il vous plaît, commanda doucement Fisher.

Il avait vidé le soda, et elle récupéra le verre pour le remplir. JD commanda un hamburger, et Terry une salade avec la vinaigrette à part. Red, quant à lui, commanda de quoi nourrir une armée, et JD ne doutait pas qu'il mangerait tout. Red était un homme qui aimait la nourriture.

— Que faites-vous dans la vie, Fisher ? demanda Terry, alors que la serveuse ramenait le verre de Fisher.

— Je travaille comme dispatcheur dans l'un des entrepôts du complexe logistique situé près de l'autoroute I-81, répondit Fisher. Je fais partie de ceux qui s'assurent que les camions ont un endroit où se mettre à quai et qui leur disent où décharger ou charger lorsque nous expédions.

Il semblait plus lucide, ses yeux moins vides.

— Vous avez de la famille en ville ? demanda JD.

— Oui. Ma famille vit ici depuis longtemps. Mais je ne les vois pas beaucoup.

Il but encore un peu, et la serveuse apporta un panier d'ailes de poulet dans une sauce gluante, ainsi qu'une assiette. Fisher prit une aile, la posa sur l'assiette et commença à la découper à l'aide d'un couteau et d'une fourchette. Il mangea avec précaution et lentement, découpant chaque aile de la même manière.

— Elles sont bonnes ? demanda JD.

Fisher acquiesça et continua à manger. Il s'animait de plus en plus, et JD fut soulagé de voir qu'il avait raison et que Fisher avait besoin de manger.

— Vous êtes tous policiers ? demanda Fisher une fois qu'il eut mangé la moitié des ailes et que le reste de la nourriture eut été servie par la serveuse.

— JD et Red le sont, répondit Terry. Je travaille comme maître-nageur et instructeur de natation au Y.

— Terry va participer aux Jeux olympiques, ajouta Red. Il s'entraîne depuis longtemps et il va réussir.

Red était manifestement fier de son partenaire.

— J'ai vu un article sur vous dans le journal il y a quelques mois. Je ne vous avais pas reconnu. C'est trop cool.

Il semblait heureux maintenant et retourna à ses ailes. JD mangea son hamburger, remarquant que les yeux de Fisher étaient à présent clairs et brillants.

— Il y a eu d'autres émotions ? s'enquit Terry en prenant une bouchée de son hamburger.

— Juste un vieil homme qui avait besoin d'aide au square. Il semblait avoir une sorte de crise, et j'ai fait venir une ambulance pour lui. À part ça, on aurait mieux fait de rester au chaud. Et toi, Red ?

— Rien. Les bars nous ont occupés, et j'ai convaincu quelques gars d'appeler un taxi plutôt que d'essayer de conduire. C'est ce que nous faisons en général. Les gens boivent et ne prennent pas les meilleures décisions, et je préfère les guider vers les bonnes plutôt qu'ils causent un accident ou que je doive les arrêter pour conduite en état d'ivresse.

— Vous êtes policier depuis longtemps ? demanda Fisher à JD.

— Quelques années. Je suis allé à l'académie en Caroline du Sud et j'ai obtenu mon premier emploi dans ma ville natale. Mais les choses n'ont pas très bien marché, et j'ai commencé à chercher un nouvel emploi. Comme j'étais prêt à déménager, un recruteur m'a mis en contact avec le chef ici. Je n'avais pas l'intention de m'installer dans un endroit froid, mais la ville est plutôt agréable.

Il s'en tint là. Il n'y avait aucune raison d'expliquer pourquoi il avait dû quitter sa maison. Les choses étaient différentes ici, et il en était reconnaissant.

— Les gens d'ici m'ont soutenu.

JD sentit Fisher se crisper à côté de lui. Il tourna légèrement la tête, mais Fisher s'était remis à manger et le moment passa.

— Qu'est-ce que tu fais pour t'amuser ? demanda Red à Fisher.

— J'aime faire des recherches sur les antiquités et j'aime cuisiner, répondit Fisher en posant son couteau et sa fourchette.

— Quel est ton plat préféré ? interrogea Terry.

— J'aime faire du pain, déclara Fisher avec énergie. Mélanger la pâte et la laisser lever, la travailler et la pétrir, puis la cuire, remplir l'appartement d'un parfum qui signifie maison et chaleur. Il n'y a rien de mieux. Je fais tous mes pains à partir de rien, et quand je n'ai pas assez de temps, j'ai cette recette hollandaise de pain au four que l'on ne pétrit pas. C'est vraiment simple et rustique, avec une excellente texture. J'adore le préparer à cette période de l'année. C'est un excellent pain d'hiver.

— J'adore le levain, renchérit JD.

Fisher rebondit sur le siège.

— J'ai une levure que j'ai achetée il y a des années. Je dois l'alimenter de temps en temps et j'aime l'utiliser pour faire des petits pains. Ils ont cette superbe croûte croustillante et cette saveur légèrement acidulée qui se marie bien avec le beurre fondu sucré.

JD avait encore de la nourriture dans son assiette, mais comparé à ce que Fisher décrivait, le hamburger et les frites avaient perdu de leur attrait. Fisher souriait d'excitation, et JD adorait ce regard. Il avait un léger écart entre ses dents, mais il était parfait et ajoutait un petit plus au sourire de Fisher, de la même manière que les petites lignes qui s'étiraient vers ses yeux donnaient à son visage de la chaleur et du caractère.

— Et toi, JD ? reprit Terry. Il y a quelque chose que tu aimes faire pour t'amuser ?

— J'avais l'habitude de chasser avec mon père. C'était notre truc. Chaque automne, nous allions dans les bois, lui et moi. À nous deux, nous attrapions un cerf. Ce n'était pas important d'attraper quelque chose. Ce qui était vraiment amusant, c'était de passer du temps ensemble. On montait une tente et on passait trois ou quatre jours à parcourir les bois, à manger des trucs que ma mère ne nous laissait jamais manger à la maison et à s'amuser. Une année, ma sœur a décidé de nous accompagner. Ma mère a forcé mon père à l'emmener, et il a accepté, juste pour maintenir la paix dans la famille.

— Comment ça s'est passé ? demanda Fisher.

— Nous avons dû prendre une deuxième tente, que mon père et moi avons dû monter pour elle. Rachel s'ennuyait tout le temps et voulait que nous fassions quelque chose pour la distraire. Ou bien nous allions nous asseoir dans notre cachette, et elle se plaignait alors qu'il n'y avait rien à faire.

— Ça n'a pas l'air amusant, commenta Terry entre deux bouchées.

— Ce n'était pas le cas. Au bout d'un jour, j'étais prêt à la tuer et je voyais bien que mon père était à bout de nerfs. Au bout de deux jours, il a dit que nous allions rentrer à la maison, parce qu'il n'en pouvait plus. Ce matin-là, nous nous sommes levés et sommes sortis quelques heures avant de plier bagage.

JD regarda tout autour de la table.

— Nous étions assis dans notre mirador. Je voyais papa. Il était tendu et il venait de dire par talkie-walkie que nous devions attendre encore une demi-heure avant de rentrer à la maison. Quelques minutes plus tard, un coup de feu a retenti dans les bois, suivi d'un mugissement aigu qui m'a donné des frissons. J'ai vraiment cru que ma sœur s'était tiré une balle. Papa et moi sommes descendus et avons couru vers le bruit. Nous avons trouvé Rachel au-dessus d'un énorme mâle. Il était énorme, et elle souriait comme une idiote.

JD marqua une pause.

— Tout ce qu'elle a dit, c'est « Maintenant, je chasse ». Son regard était féroce.

— Elle y va toujours ?

— Chaque année, c'est toujours elle qui prend le plus gros. C'est comme si elle était un cerf. Ils viennent directement à elle.

JD fit un geste de la main, et les autres rirent.

— Papa secoue la tête chaque fois qu'on lui en parle.

— Rachel aime-t-elle la vie au grand air ? demanda Fisher.

JD rit.

— Bien sûr que non. C'est une belle femme du Sud qui aime les robes, être parfaite et faire tourner les garçons autour de son petit doigt, mais une fois par an, elle et mon père partent dans les bois en jeans, en bottes et en flanelle. Celui qu'elle épousera devra être capable d'être magnifique en smoking et de la suivre à la saison de la chasse.

Ils éclatèrent tous de rire.

— Oh, et ce sera lui qui sortira des bois tout ce qu'elle abattra, parce qu'elle tire, mais elle n'est pas prête à le dépouiller ou à le traîner. Elle s'abîmerait les ongles.

— Qu'est-ce que ton père a répondu à ça ? interrogea Red.

— Il a été tellement choqué quand elle a abattu le mâle qu'il a fini par accepter n'importe quoi. Surtout après qu'elle l'a regardé droit dans les yeux et lui a dit qu'elle l'avait abattu et que son travail était terminé. Elle est retournée au camp et a attendu que nous ramenions le cerf. Le fait est qu'elle n'a même pas préparé le déjeuner, ce qui, je suppose, est une petite bénédiction, parce que Rachel ne sait pas cuisiner. Heureusement qu'elle est jolie et déterminée.

— Mince. Mes sœurs sont des pom-pom girls, déclara Fisher. Du moins, elles l'étaient la dernière fois que je leur ai parlé. Et mon jeune frère est presque parfait.

Fisher avait fini de manger les ailes, et quand la serveuse revint, il demanda un verre d'eau glacée. Il semblait être une personne très différente de celle que JD avait rencontrée au square. Ce dernier essayait encore de le comprendre.

L'assiette de Red était vide et il s'affala en bâillant.

— Je sais. Nous allons vite rentrer à la maison, dit doucement Terry.

— Je déteste la deuxième équipe. La première, c'est bien, même la troisième, ça va, mais la deuxième, c'est toujours très dur. Les journées semblent tellement décalées. Heureusement, je suis sur le point d'être promu, et ce poste s'accompagne d'une première équipe permanente, ce que j'attends avec impatience.

— Moi aussi, murmura Terry en se penchant près de Red et en lui tapotant doucement le ventre. Ce sera bien que tu travailles presque aux mêmes heures que moi.

— Avez-vous des projets après les Jeux olympiques ? demanda Fisher à Terry. Allez-vous continuer à concourir ?

— Non. Que je gagne ou que je perde, après la compétition, c'est fini pour moi. J'adore nager, mais nous en avons parlé, et après notre retour de Rio, je vais terminer mes études et obtenir un diplôme en physiologie pour pouvoir entraîner d'autres athlètes. J'aimerais pouvoir entraîner la prochaine génération de nageurs. Mais tout ça dépend des Jeux. Si je gagne, j'aurai beaucoup de crédibilité et je pourrai peut-être en tirer quelque chose de lucratif tant que la publicité sera là. Qui sait ? Je suis heureux d'y aller et de participer à la compétition. Rien que ça, c'est un rêve qui devient réalité.

Terry bâilla, tandis que JD terminait son hamburger. Il était plus de minuit et le restaurant fermait ses portes. La serveuse leur apporta l'addition, et JD paya son repas et celui de Fisher. Puis ils se levèrent tous et commencèrent à enfiler leurs manteaux.

— Je te vois demain après-midi, dit Red en serrant JD dans ses bras.

Terry fit pareil, puis à Fisher, qui sembla d'abord mal à l'aise, puis se mit à sourire. Peut-être n'avait-il pas l'habitude d'être pris dans les bras.

Ils quittèrent le restaurant et se rendirent à leur voiture. La neige s'était arrêtée, mais les voitures et l'herbe étaient recouvertes d'une couche de blanc. La chaussée était mouillée et un peu glissante. JD marcha prudemment et déverrouilla la voiture, laissant Fisher monter à l'intérieur.

— Merci pour la nourriture et la compagnie, dit Fisher, alors que JD quittait la place de parking. Ce n'est pas souvent qu'un étranger est gentil avec quelqu'un d'autre.

Le ton de sa voix indiquait à JD qu'il y avait beaucoup plus que ce qui était dit dans les mots. Il se doutait bien que Fisher était un homme seul, et il était heureux d'avoir pu l'aider.

— C'est ce dont j'avais besoin. Vos amis sont très gentils.

— Oui. Déménager dans une ville inconnue et dans une région du pays complètement différente a demandé beaucoup d'adaptation.

Non pas qu'il ait eu beaucoup de choix en la matière.

— J'ai vécu ici toute ma vie, et vous avez plus d'amis que moi.

Fisher cessa de regarder par la vitre, pendant que JD tournait sur Pomfret. Il s'arrêta sur le trottoir, et Fisher sortit de la voiture.

— Merci encore. J'apprécie vraiment.

Il ferma la portière et se précipita vers la porte de l'immeuble, puis disparut à l'intérieur.

JD redémarra et parcourut les quelques pâtés de maisons qui le séparaient de la petite demeure qu'il louait sur South Street. Il n'avait pas l'intention d'acheter, mais après avoir visité des appartements minuscules, il avait trouvé cette maison. Elle avait besoin d'un peu d'amour, mais le loyer était correct. Le propriétaire, qui était plus âgé et la possédait depuis des décennies, avait accepté que tous les travaux effectués par JD soient déduits du loyer, et il aimait l'idée qu'un officier de police vive dans cette maison.

Il déverrouilla la porte d'entrée et pénétra dans le foyer, qui lui donnait chaque jour un peu plus l'impression d'être chez lui. Ses meubles avaient été soigneusement récupérés dans des magasins de dépôt-vente et de seconde main. Il avait travaillé sur chaque pièce pour la faire sienne. Sa seule dépense avait été la télévision à écran plat, qui trônait sur le meuble du salon. Pour le reste, il était resté très proche de son budget. Ce n'était pas comme s'il avait quelqu'un pour subvenir à ses besoins, plus maintenant.

JD posa ses clés sur la table près de la porte et traîna son sac d'équipement vers l'arrière de la maison. Il verrouilla son arme et jeta une brassée de linge dans la machine à laver avant de s'asseoir dans son fauteuil préféré dans le salon et d'allumer la télévision. Il ne prit pas la peine d'allumer la lumière. Il se pencha en arrière pour se mettre à l'aise et réussit à s'endormir dans le fauteuil avant de pouvoir s'intéresser à ce qui passait à l'écran.

Il se réveilla quelques heures plus tard avec le visage et le sourire de Fisher à l'esprit. Quelque chose en lui le touchait. Peut-être était-ce la solitude qui semblait toujours présente dans ses yeux, un sentiment que JD essayait de dissimuler, mais qu'il connaissait bien. Il connaissait des gens au travail – des amis, même, comme Terry et Red – mais il n'avait personne ici, pas comme chez lui, où il connaissait des gens depuis qu'il était enfant et qu'ils couraient sous les arroseurs par une chaude journée, en criant et en s'engueulant. Carlisle n'avait rien de ce genre d'histoires pour lui. Non pas que cela ait beaucoup compté en fin de compte.

Avec un soupir, il se leva du fauteuil, éteignit la télévision et monta se coucher. La journée de demain serait longue, il le sentait au plus profond de lui-même.

Le métier de flic était souvent synonyme de travail acharné et de journées interminables, mais son téléphone sonna à huit heures du matin, bien trop tôt. Il l'arracha de la commode, s'attendant à ce que ce soit le travail qui l'appelle.

— Bonjour, dit-il en essayant d'avoir l'air groggy et pitoyable.

— Jefferson Davis, c'est ta mère.

Elle s'arrangeait toujours pour donner l'impression de donner des ordres.

— Ta tante est morte ce matin. J'ai pensé qu'il fallait que je t'appelle pour te le dire. Bien que nous ne nous attendons pas à ce que tu reviennes pour l'enterrement, tu pourrais envoyer des fleurs.

JD ne savait plus où donner de la tête. Sa tante Lillibeth était la seule personne de la famille à ne pas lui avoir tourné le dos. Cela lui rappelait une fois de plus qu'il était vraiment seul et que la vie qu'il pensait avoir eue un jour avait disparu.

Le bruit que fit sa mère fut quelque chose qu'aucune dame ne devrait jamais faire; du moins, c'était ce que sa tante aurait dit.

— Jefferson Davis, la famille commence tout juste à se remettre de cette honteuse... exposition.

Chaque mot semblait être douloureux pour elle. C'était son fils, et elle aurait dû se tenir derrière lui, comme le reste des personnes dont il avait été proche, mais non.

— Il est préférable que tu envoies des fleurs pour montrer ton respect et que tu te souviens d'elle, mais reste à l'écart. Un peu de distance et de temps aideront tout le monde à guérir et à aller de l'avant.

— Tu veux dire que c'est le mieux pour toi, insista JD. Ne me mens pas, Maman. Tu ne veux pas que je vienne à l'enterrement de ma tante, parce que tu as peur de ce que les salopes de la ville diront de moi. Admets la vérité. Tu es lâche.

Il en avait assez de l'hypocrisie de sa mère.

— Très bien. Pense ce que tu veux de moi. Dieu sait que j'ai beaucoup sacrifié pour mes enfants, et le Ciel m'interdit d'avoir un peu de tranquillité d'esprit et des amis dans ma vieillesse. J'ai beaucoup souffert pour m'occuper de toi et de ta sœur pendant que ton père travaillait toutes ces heures au bureau et faisait Dieu sait quoi avec ses secrétaires.

— Je vois que ta capacité à atteindre les sommets du drame n'est pas affectée par la mort de Tante Lillibeth.

— Ne sois pas désinvolte avec moi. Je ne pense pas pouvoir en supporter davantage en ce moment avec la mort de ta tante et la décision de ton père de prendre sa retraite. Seigneur, qu'est-ce que je vais faire avec lui à la maison tous les jours ?

— Arrêter de baiser ton professeur de tennis ? railla JD.

— Ne sois pas grossier, s'emporta-t-elle. Comment oses-tu insinuer que j'ai une liaison ?

L'indignation dans sa voix lui fit comprendre que sa plaisanterie était probablement plus proche de la vérité qu'il ne le pensait.

— D'accord, Maman. Tu es aussi pure que la neige et aussi douce et gentille qu'un agneau.

Il commençait à en avoir assez de cette conversation.

— Inutile d'avoir recours au sarcasme.

— Envoie-moi les informations sur la date des funérailles, et je déciderai de ce que je veux faire, insista JD.

Il pouvait tout aussi bien laisser sa mère dans l'incertitude pendant un certain temps. Qu'elle se demande s'il était prêt à venir à Charleston et à relancer les rumeurs et les discussions. La vérité était qu'il n'était pas impatient de le faire et que Tante Lillibeth ne l'aurait pas voulu non plus. C'était elle qui lui avait conseillé de partir et de faire sa vie ailleurs, là où il pourrait être lui-même.

— Très bien. Tu feras ce que tu veux, souffla-t-elle. Je ne peux rien y faire, mais pense au moins à ce que tu vas faire subir à ta famille.

— Très bien, Maman. C'est tout ce que tu avais à me dire ? Tu m'as annoncé la nouvelle et tu as décidé de remuer le couteau dans la plaie. Es-tu heureuse maintenant ?

JD sortit du lit et enfila un survêtement contre le froid. Il avait besoin de se laver et savait qu'il ne se rendormirait pas, pas après l'appel de sa mère.

— Si tu as fini de me culpabiliser, je vais raccrocher maintenant.

C'était sa mère, mais JD se rendait compte qu'il ne l'aimait pas beaucoup.

— Je voulais juste m'assurer que tu savais ce qui s'était passé.

Un silence gênant s'installa.

— S'il n'y a rien d'autre, je vais y aller. J'ai travaillé tard hier soir, et...

— Je ne sais pas comment tu peux faire cela. Un policier qui travaille avec tous ces criminels. Si tu voulais travailler dans le droit, tu aurais dû devenir avocat. Tu aurais pu avoir beaucoup de succès, mais maintenant...

JD n'en pouvait plus d'entendre le bruit de sa désapprobation.

— Au revoir, Maman, dit JD en mettant fin à l'appel.

S'il restait en ligne, il allait se mettre en colère et être encore plus blessé. Le décès de sa tante n'était pas inattendu. Elle souffrait depuis un certain temps d'une maladie cardiaque et son état déclinait rapidement depuis six mois. Pourtant, sa mère avait ressenti le besoin de l'appeler non seulement pour le lui annoncer, mais aussi pour s'assurer qu'il ne rentrerait pas à la maison. C'était la meilleure façon de commencer la journée : une bonne dose de dégoût mélangée à une énorme cuillerée de culpabilité.

Il soupira et jeta son téléphone sur le lit, puis le récupéra et parcourut ses contacts à la recherche de quelqu'un qu'il pourrait appeler pour parler de sa tante. Mais au fur et à mesure qu'il les faisait défiler, il se rendit compte que, malgré tous ces noms, ces portes lui étaient désormais fermées. Il posa le téléphone sur la table de nuit et s'en détourna. Heureusement qu'il devait aller travailler. Au moins, il serait entouré de gens moins toxiques que sa propre famille. Même les personnes qu'il avait arrêtées étaient moins toxiques pour son âme que sa propre famille.

Avec un soupir, il se rendit dans la salle de bains. Il se brossa bien les dents, se remémorant le nombre de fois où sa mère l'avait bassiné avec ça, toujours en lui rappelant le montant exact, au centime près, qu'ils avaient déboursé pour qu'il ait un appareil dentaire. Il grinça des dents à cette idée et faillit avaler une bouchée de dentifrice, ce qui lui rappela qu'il devait aller au magasin pour trouver quelque chose de mieux que l'horrible produit qu'il utilisait. Il pourrait peut-être en trouver un aromatisé à la cannelle. Crachant dans le lavabo, il se rinça la bouche, se rasa et prit une douche. Une fois qu'il eut fini, il se dit qu'il ferait ses courses avant de commencer son service.

II

FISHER MORELAND sortit du lit et consulta le réveil. Heureusement, son corps ne l'avait réveillé que quinze minutes après l'heure à laquelle son alarme aurait dû sonner. Cela signifiait tout de même qu'il devait se dépêcher, sinon il serait en retard au travail, ce qui était un comble. Il devait pointer, donc une minute de retard se voyait et se reflétait dans son évaluation.

Fisher se précipita dans la salle de bains et se rasa avant de sauter dans la douche. Son rythme le rendait nerveux. Il détestait être en retard – cela bouleversait toute sa journée et signifiait qu'il devait sauter quelque chose dans sa routine matinale, ce qui le laissait toujours à se demander ce qu'il avait oublié et le poussait à regarder par-dessus son épaule.

Après s'être douché, il enroula une serviette autour de sa taille maigre et ouvrit l'armoire à pharmacie. Il sortit le pilulier hebdomadaire qu'il remplissait chaque dimanche et l'ouvrit, gémissant doucement lorsqu'il réalisa qu'on était dimanche et que ses pilules du samedi étaient dans leur logement. Au moins, cela expliquait le blues qui s'était abattu sur lui et les montagnes russes qu'il avait traversées. Cela expliquait aussi les quelques heures dont il ne se souvenait pas de la soirée d'hier. Il se souvenait du restaurant avec JD, Red et Terry, de la nourriture, des discussions, de la bonne humeur. Mais tout ce dont il se souvenait des heures précédentes, c'était d'avoir froid et d'être seul. Ce sentiment ne l'avait pas quitté, même s'il ne se souvenait plus exactement ce qui s'était passé.

Fisher répartit ses médicaments de la semaine à venir dans leurs emplacements, puis prit ses pilules du dimanche dans le conteneur, les plaça dans sa paume et les accompagna d'une gorgée d'eau. Il retourna ensuite dans la chambre, s'habilla et se regarda dans le miroir, ainsi que l'heure.

Il lui restait cinq minutes avant de partir et il avait besoin de manger après avoir pris ses pilules. Il se précipita dans sa petite cuisine, ouvrit le réfrigérateur et prit une pomme. Il n'y en avait qu'une, mais elle ferait l'affaire pour le petit déjeuner. Il la mangea en quittant la maison et en montant dans sa voiture pour parcourir les six kilomètres qui le séparaient de son lieu de travail.

Lorsqu'il entra dans le parking et se gara, beaucoup de gens se dirigeaient dans la même direction que lui. Ils se dirent bonjour, se saluèrent, bavardèrent. Fisher enfonça ses mains dans ses poches et marcha, la tête légèrement baissée, comme il le faisait toujours. Il entrait dans l'entrepôt, s'enregistrait, vérifiait les systèmes, puis se rendait à la cabine de contrôle près de l'entrée, où il rencontrait les chauffeurs qui arrivaient et leur expliquait où ils devaient aller. C'était sa journée, tous les jours où l'entrepôt fonctionnait. Il passait une grande partie de son temps à parler avec les chauffeurs ou à attendre, assis. Dans sa poche, il y avait un petit livre de poche qu'il pouvait lire pendant sa pause et son déjeuner.

— Bonjour, le salua l'un des hommes en passant devant lui.

Fisher lui rendit la politesse, puis s'assit sur sa chaise et commença à enregistrer le premier des nombreux camions qui attendaient leur chargement. À la fin de sa matinée, il avait parlé à des dizaines de chauffeurs entrant dans la cour et à un nombre équivalent de chauffeurs attendant d'être enregistrés avec leur chargement à expédier. Il était la première et la dernière ligne de défense du chantier, et il prenait son travail au sérieux. Il était toujours méticuleux et prudent, vérifiant chaque chargement par rapport aux manifestes et à la documentation.

— C'est l'heure du déjeuner, le prévint Ellen, sa responsable, en s'approchant de la cabine. Je vais te remplacer pour que tu puisses entrer et manger.

Il y a quelques mois, après avoir constaté que Fisher restait dans la cabine et mangeait un sandwich devant son ordinateur, elle avait commencé à intervenir, l'invitant à déjeuner.

— Merci.

— Tu passes beaucoup trop de temps seul, lui dit-elle en s'installant sur le siège. J'ai fait ce travail pendant quatre ans avant que tu n'arrives, et il y a eu des moments où j'ai eu envie de m'arracher les cheveux. L'été, il faisait une chaleur d'enfer, et l'hiver, il faisait un froid de canard.

— Ça ne me dérange pas, déclara Fisher. Je suppose que je suis un solitaire par nature.

Il se retourna, fit un signe de la main et traversa la cour jusqu'au bâtiment principal et descendit jusqu'à la cantine.

Il fit la queue derrière ses collègues qui attendaient de passer leur commande. Il repensa à la nuit précédente… et à JD. Il avait été si gentil, et cela lui avait fait du bien d'avoir quelqu'un avec qui parler. Il songea à l'appeler, pour voir s'ils pouvaient manger ensemble à nouveau, mais tout ce qu'il savait, c'était que JD était officier de police. Il ne connaissait pas son nom de famille, et ce n'était pas comme si cela avait vraiment de l'importance. JD avait été gentil avec lui et il était vraiment mignon… D'accord, JD était sexy, très sexy, donc il ne s'intéresserait pas à un type aussi maigre que lui, même si JD était gay.

L'homme derrière le comptoir demanda :

— Puis-je vous aider ?

Et Fisher réalisa qu'il regardait dans le vide en pensant à JD depuis un moment. Tous les gens derrière lui le dévisageaient et attendaient. Fisher déglutit difficilement et, pendant une seconde, songea à sortir de la file d'attente et à se priver de déjeuner.

— Un hamburger, s'il vous plaît, dit-il doucement, avec des frites.

— D'accord.

L'homme passa la commande, puis encaissa Fisher avant de passer à la personne suivante. Fisher s'écarta du chemin et prit un gobelet d'eau. Avec ses médicaments, il faisait attention à la quantité de caféine qu'il consommait. Elle avait pour effet d'intensifier les hauts qu'il essayait de gérer, tout comme l'alcool intensifiait les bas, et il n'avait pas besoin de ça. Le mieux qu'il puisse espérer, c'était d'être sur un pied d'égalité la plupart du temps.

Le repas arriva, et Fisher s'assit à sa place habituelle, près du mur, et sortit de sa poche le roman d'action qu'il avait apporté. Il ouvrit le livre à l'endroit où il s'était arrêté et commença à lire, faisant sauter des frites dans sa bouche au fur et à mesure qu'il tournait les pages. Il ne tarda pas à se retrouver au cœur de l'action, les méchants poursuivant les gentils à travers les montagnes. Son cœur s'emballa et il continua à tourner les pages. Il prit son hamburger d'une main, tout en tenant le livre de l'autre, et il mangea et lut, s'évadant dans le monde imaginaire de l'auteur. C'était tellement mieux que sa propre vie et tout ce qu'il pouvait imaginer dans sa tête.

Fisher avait beaucoup d'histoires à raconter, mais lorsqu'il essayait de les écrire, elles étaient toujours désorganisées, mélangées, et il n'arrivait jamais à terminer quoi que ce soit. Dans sa tête, il pouvait raconter l'histoire, mais entre sa tête, ses mains et la page, tout se mélangeait et n'avait pas de sens. Cela n'avait pas vraiment d'importance. De toute façon, personne n'allait les lire.

Il consulta l'horloge et nota qu'il avait dix minutes pour finir de manger et retourner à son poste. Il mangea le reste de son repas et s'occupa de sa vaisselle. Puis il remit son livre dans la poche de son manteau et commença à marcher jusqu'à la cour.

— Comment c'était? demanda-t-il à Ellen lorsqu'il entra dans la cabine et vérifia l'état du système.

— Tranquille. Tu sais, comme la plupart des camionneurs à l'heure du déjeuner. Tu as bien mangé?

Fisher haussa les épaules et vit un camion entrer dans la cour. Ellen descendit du tabouret et se tint à proximité pendant que Fisher enregistrait le camion et attendait que le système détermine le lieu de livraison. Il dirigea ensuite le chauffeur et lui donna son numéro de porte. Il venait de terminer lorsque le téléphone sonna.

Ellen répondit. Elle n'était pas contente.

— Nous ferons un ajustement dans le système. Mais rappelez-lui de suivre les instructions la prochaine fois.

Elle raccrocha.

— Le camion que nous avons envoyé à la porte 18 est allé à la porte 20. Il a dit qu'il n'aimait pas l'aspect du quai de chargement. Ils vont le faire examiner, mais nous devons le changer dans le système et noter le dix-huit en indisponible.

Fisher se mit au travail pour effectuer le changement. Ce n'était pas aussi simple qu'il y paraissait. L'ancienne entrée devait être supprimée, puis la nouvelle entrée saisie. Une fois cela fait, le système devait recalculer, et cela prenait plus de temps, surtout avec tous les autres traitements du système en cours.

— Tout est prêt, lui annonça-t-il quelques minutes plus tard. Ils devraient être prêts à partir.

Ellen passa l'appel et s'approcha de la porte.

— Tu dois sortir plus souvent, Fisher. Je m'inquiète pour toi.

— Je vais bien.

Elle fit une pause, et Fisher détourna le regard de l'écran de son ordinateur.

— Tu le penses peut-être, mais je te connais depuis longtemps. Tu as toujours été discret, mais pas à ce point. Tu t'es éloigné de tout le monde et tu t'es replié sur toi-même. Nous avions l'habitude de déjeuner ensemble et nous discutions. Puis tu as commencé à rester ici...

Fisher soupira.

— Je vais essayer.

— Bien, dit Ellen avant de quitter la cabine.

Fisher savait qu'il avait fait une promesse en l'air. La seule raison pour laquelle Ellen et lui avaient déjeuné tous les jours avant qu'elle ne reçoive sa promotion bien méritée était qu'elle venait le chercher à son bureau à midi. Sinon, il serait resté assis seul et aurait lu, comme il le faisait maintenant.

Le flux de camions ralentit dans l'après-midi, car la plupart des livraisons étaient programmées le matin, mais les camions sortants reprirent, et il dut donc les contrôler et vérifier les scellés et les manifestes. Lorsque la deuxième équipe arriva à 17 heures, il était fatigué et prêt à rentrer chez lui. Il ferma la cabine et se déconnecta du système avant de prendre toutes ses affaires et de fermer à clé. Il retourna ensuite au bureau pour pointer et se joignit au flot des personnes qui rentraient chez elles.

Parfois, il se sentait comme l'un de ces drones qui survolaient l'Afghanistan. Il avait entendu parler d'eux aux informations et il se disait qu'il en était la version humaine. Oh, il avait un esprit, mais la plupart du temps, il avait l'impression que quelqu'un d'autre contrôlait la situation et qu'il ne faisait que suivre le mouvement qu'il était censé faire. Il n'en avait pas toujours été ainsi. Il y a quelques années, avant qu'il ne soit placé sous traitement, sa vie avait été folle. Il allait à des fêtes, buvait et s'amusait. Il le savait, parce que les gens le lui avaient dit. Il ne se souvenait pas vraiment de tout cela. Certaines parties de ses souvenirs étaient floues, et ce, depuis un certain temps.

Fisher monta dans sa voiture et sortit du parking, se dirigeant vers son appartement. Contrairement à d'autres employés de l'entrepôt, il n'avait qu'un court trajet à faire. Un homme qu'il avait entendu parler à la cafétéria faisait près d'une heure de route pour se rendre au travail. C'était quelque chose que Fisher ne pouvait pas comprendre, mais il l'avait gardé pour lui. Il aimait bien ce petit trajet sur la route rurale, approchant de l'agglomération, puis s'arrêtant dans son coin de pays familier et confortable.

Une fois garé, il se souvint qu'il n'avait rien à manger chez lui, alors il recula la voiture et se rendit à l'épicerie pour faire ses courses hebdomadaires. Il n'était pas de ceux qui dressaient une liste, mais il ne se promenait pas non plus dans les allées, à la recherche de ce qui lui tombait sous la main. Il achetait généralement les mêmes choses et savait où elles se trouvaient, combien elles coûtaient et de combien il avait besoin. La caissière pouvait presque lui dire le montant qu'il allait dépenser avant de l'encaisser. Comme beaucoup de choses dans sa vie, cela variait rarement, et il ne faisait aucun effort pour changer.

De retour à la maison, il était encore plus fatigué. Il déchargea la voiture et entra, déballa les courses, les rangea et accrocha son manteau. Il ne faisait pas mauvais dehors. Le ciel était dégagé. Il allait faire froid, à en juger par le ciel bleu sans nuage, et comme il n'avait pas encore faim, il remit son manteau et décida d'aller se promener.

Dès qu'il sortit, il plongea ses mains dans ses poches, resserra son manteau autour de lui et se dirigea vers la place à vive allure. Le mouvement l'aidait à se réchauffer, mais il n'avait pas d'endroit où aller, alors il se retrouva à sa place habituelle sur la place, assis sur le banc qui se trouvait juste devant le mémorial des vétérans. Il trouvait que c'était parfait. Le mémorial faisait office de coupe-vent, et il y avait un espace entre les arbres, de sorte que le soleil l'éclairait parfois. Il y avait beaucoup de monde sur la place, des visages familiers. Non pas qu'il leur parlait ni qu'ils lui parlaient. Il y avait la femme qui s'asseyait sur le banc au coin de la rue, en face de l'église. Il la connaissait. Elle était toujours assise là, regardant les gens passer, souriant aux petits enfants, disant parfois un mot ou deux avant de reprendre sa posture rigide. Fisher l'appelait grand-mère, parce qu'elle se comportait comme la grand-mère de la ville. Et il y avait le gamin qui s'asseyait sur le banc juste à côté du palais de justice. Il avait un regard sauvage, et Fisher s'était souvent demandé si quelque chose n'allait pas chez lui. Parfois, le gamin se balançait légèrement d'avant en arrière, sans jamais dire un mot.

Bien sûr, il y avait les scootéristes, pour la plupart de vieux retraités qui n'avaient rien à faire et qui se déplaçaient en fauteuil roulant motorisé comme s'il s'agissait d'un char royal. Lorsqu'ils s'approchaient, il fallait s'écarter du chemin, car ils pensaient que le trottoir leur appartenait. À part quelques individus, personne ne se parlait vraiment. Certains scootéristes étaient des amis et se retrouvaient pour discuter ou aller prendre un café, mais tous les autres vivaient dans leur propre petit monde, visibles par toute la ville, mais jamais vraiment remarqués par qui que ce soit. Ils étaient là, assis, les oubliés. Fisher avait l'habitude de les plaindre quand il passait devant la place, et maintenant il était l'un d'entre eux, assis sur son banc, le manteau serré, sans rien faire.

— Hé, chuchota un jeune homme en s'approchant. Tu as une cigarette ?

— Non, répondit Fisher. Désolé.

— Pas de problème.

Il sourit, dévoilant un trou à l'endroit où se trouvait une dent de devant. L'homme à la peau sombre avait l'air assez sympathique, mais Fisher se méfiait. Se faire aborder ici n'était pas normal.

— Tu as besoin d'aide ? Quelque chose qui te rende heureux et te fasse oublier ?

Fisher s'en était douté.

— Non, merci.

Il sourit légèrement, se tassant plus fort contre le banc, comme s'il allait le protéger si l'homme devenait méchant.

— C'est cool, dit le jeune, et il s'en alla en sautillant, son long manteau flottant dans la brise.

Fisher l'observa partir pendant une seconde, puis détourna la tête. Il n'était pas bon de regarder de trop près un type comme lui.

Une voiture de police descendit la rue en direction de la place, et Fisher se demanda si JD était à bord. Il ne pouvait pas voir à l'intérieur, mais son cœur battit un peu la chamade et il sourit légèrement à cette idée. Il pensa à faire un signe de la main, juste pour voir, mais la voiture tourna et continua sa route. Il aurait peut-être dû lui indiquer où le dealer était allé. Non pas qu'il ait des preuves, et ce n'était probablement pas une bonne idée de créer des problèmes. Il avait une façon de le trouver tout seul, sans qu'il ne le demande.

Fisher savait qu'il valait mieux qu'il rentre. Il allait faire de plus en plus froid, mais il voulait rester assis un peu plus longtemps. Il savait qu'il était stupide, mais c'était là qu'il avait rencontré JD, et il espérait que ce dernier aurait envie de reparler ou quelque chose comme ça. Il n'avait pas son numéro. Il savait qu'il était policier, mais c'était tout. Ils s'étaient rencontrés ici, sur la place, et il voulait voir si JD repasserait par là.

Une autre voiture de police passa devant la place. Celle-ci ralentit, tourna au niveau de la place, puis derrière la place, en direction du bar du Gingerbread Man. Fisher la suivit des yeux, et quand elle s'arrêta, il attendit de voir si l'officier en sortait. Bien sûr, ce ne fut pas JD, mais Fisher reconnut Red. Il se dit que c'était sa chance. Il se leva et s'approcha.

— Fisher ? demanda Red en s'avançant.

— Bonjour, Red.

Il afficha un sourire.

— On nous a signalé quelqu'un qui faisait du racolage. As-tu vu quelque chose ? demande Red.

— Un jeune Noir est venu me demander si je voulais quelque chose pour me rendre heureux. Quand j'ai refusé, il est passé à autre chose, raconta Fisher doucement. Il lui manquait une dent de devant, mais il avait l'air d'aller bien par ailleurs.

Fisher recula d'un pas devant le regard orageux de Red.

— Je ne fais plus ce genre de choses, bredouilla-t-il avant qu'il ne puisse l'arrêter. Ce n'est pas que j'en ai fait beaucoup, mais j'étais assez perturbé. Je lui ai dit non, et il s'est dirigé vers la petite rue à côté de l'église.

— Il n'y trouvera pas son compte, grogna Red avant de passer un appel dans une sorte de code de police.

Au même moment, le type sortit de la ruelle en courant, la queue de son manteau volant, JD sur ses talons. JD courait comme le vent, les foulées longues et fluides. Fisher ne put le quitter des yeux, alors que Red remontait dans la voiture et s'éloignait, sirènes hurlantes. Le bruit rebondit sur les façades des bâtiments, se répercutant dans toutes les directions et se chevauchant jusqu'à donner à Fisher l'impression d'une perceuse dans la tête, mais il ne détourna pas le regard jusqu'à ce que JD plaque l'homme au sol. Ce fut la dernière chose qu'il vit, car la voiture de Red s'arrêta, bloquant la vue.

Fisher attendit et observa l'activité dans les environs, se demandant s'il pourrait aller voir ce qui se passait et peut-être attirer l'attention de JD, mais il travaillait, et Fisher n'avait pas vraiment envie que le trafiquant de drogue le voie parler avec la police. Inutile de chercher les ennuis. Il retourna donc à son banc et s'assit, le froid s'infiltrant instantanément à travers ses vêtements. Peut-être serait-il préférable qu'il rentre chez lui, pensa-t-il de nouveau. Il pouvait être seul dans son propre appartement aussi bien qu'ici, et il y faisait plus chaud.

Mais Fisher resta là où il était et observa les officiers charger l'homme à l'arrière de la voiture de police, qui s'éloigna. Fisher s'attendit à ce que JD s'en aille aussi, mais il le vit rester debout sur le trottoir. JD regarda d'un côté à l'autre, puis traversa la rue en trottinant.

— Bonjour, Fisher, le salua JD en s'approchant.

— Officier, répondit formellement Fisher, se demandant de quel genre d'interpellation il s'agissait.

Il aimait bien JD, c'était un type sympa. Mais il ne savait toujours pas de quoi il retournait et il avait déjà appris à ses dépens que l'espoir pouvait être une chose dangereuse.

— Qu'est-ce que tu fais ici ? demanda doucement JD. Il fait trop froid pour rester assis sur un banc. Tu vas tomber malade, et où iras-tu ?

— J'avais besoin de sortir de la maison.

Même à ses oreilles, cela sonnait faux, mais il n'allait pas dire qu'il était resté assis dehors dans l'espoir de le voir.

— Je t'ai vu courir après ce type. Tu es rapide.

JD se mit à marcher vers la rue et, comme s'il était attaché à une corde, Fisher le suivit.

— Il ne fait pas trop froid pour que tu sois dehors ? Ils ne te donnent pas une voiture ou quelque chose comme ça ?

— Si, mais je devais attraper le suspect, et Red a dit que tu pouvais l'identifier. Il a dit qu'il avait essayé de te vendre des trucs.

Fisher secoua la tête.

— Il m'a approché, mais de cette manière qu'ils ont et qu'on peut nier. Rien de solide, juste le clin d'œil et le coup de coude habituels.

JD acquiesça.

— Il avait des choses sur lui, alors on l'a arrêté pour possession.

— Il y a eu beaucoup d'activité récemment, déclara Fisher.

Il s'était assis assez souvent sur son banc et savait ce qu'il fallait chercher. Il avait donc vu de nombreux types approcher des gens, les emmener pour faire des affaires, des choses de ce genre.

— Jusqu'à quelle heure travailles-tu ?

— Tard, soupira JD, et Fisher hocha la tête et baissa les yeux, tandis qu'ils se dirigeaient vers le trottoir.

Il lui fallut deux minutes pour réaliser que JD le raccompagnait chez lui.

— Tu sais, je me débrouillerai tout seul. Je ne suis pas quelqu'un dont ces types vont s'occuper.

Il enfonça ses mains dans ses poches et les plaça contre son corps pour se réchauffer.

— Pourquoi dis-tu ça comme ça ? demanda JD.

Fisher s'arrêta et haussa les épaules.

— C'est comme ça. Je suis un de ces types qui s'assied sur un banc sur la place, parce qu'il n'a rien de mieux à faire. Les gens passent toute la journée. Nous les regardons parfois, mais ils ne nous voient pas. Pas vraiment. Nous faisons partie du banc lui-même. C'est comme ça pour les drogués aussi. Je suis surpris que le type que vous avez arrêté se soit adressé à moi aujourd'hui. Je l'avais déjà vu, avec son manteau de cuir hors de prix et son sourire béat. Il traverse la place comme s'il la possédait et ne voit jamais personne. Je suis sûr que tu le fais aussi.

Fisher jeta un coup d'œil à JD.

— Non pas que tu as fait quelque chose de mal. Ce n'est pas comme si j'étais la personne la plus mémorable.

— Je t'ai vu hier, deux fois. Je ne pense donc pas faire partie de cette catégorie, répliqua JD, l'air contrarié.

— D'accord.

Il ne voulait pas discuter, mais il savait qu'il avait raison. Il était oubliable et facile à mettre de côté. *Ne regardez pas Fisher et il disparaîtra.* Et c'était ce qui s'était passé avec sa famille et les gens qui avaient fait partie de sa vie. Ils avaient cessé de le regarder, et il avait disparu.

— Nous sortons de nouveau après notre service. Tu veux venir ?

— Chez Applebee's ? demanda Fisher.

— Oui. On pourrait aller au Gingerbread Man, mais Terry dit que le menu est meilleur chez Applebee's, et il y a peu d'endroits qui restent ouverts aussi tard en ville. La plupart ferment avant la fin de notre service. Je pourrais venir te chercher à ton immeuble après mon service, si tu veux.

Fisher acquiesça avant de pouvoir réfléchir. Il voulait demander à JD pourquoi il faisait cela, mais il ne le fit pas, parce qu'il avait peur de la réponse. Il savait qu'il était assez pathétique, qu'il passait une grande partie de son temps assis sur la place et que JD avait probablement pitié de lui. Le problème, c'était qu'il ne voulait pas entendre les mots. Ensuite, pendant une heure environ, il pourrait espérer que JD et ses amis l'apprécient au lieu de tolérer sa compagnie.

— Je dois retourner à mon véhicule et partir en patrouille, mais va te réchauffer, je te verrai un peu après vingt-trois heures.

JD se détourna et commença à revenir vers le coin de la rue avant de s'arrêter.

— Est-ce que je peux avoir ton numéro pour t'envoyer un texto au cas où je serais en retard ?

Fisher accepta, et JD sortit son téléphone. Le portable de Fisher sonna quelques secondes plus tard, puis se tut. JD leva la main et se dirigea vers le coin de la rue, laissant Fisher se demander ce qui se passait, mais dans le bon sens du terme.

Dès que JD fut hors de vue, il rentra et monta au deuxième étage, s'introduisit dans son appartement et commença à dîner. Il mangea et passa la soirée devant la télévision, regardant l'horloge d'un peu trop près. Puis, à vingt-trois heures, il posa son téléphone sur ses genoux, attendant qu'il sonne pour lui dire que JD devait travailler tard ou qu'il ne viendrait pas du tout. Au lieu de cela, quelques minutes plus tard, il reçut un texto indiquant *5 minutes* et un visage souriant.

Le cœur de Fisher s'emballa et il se précipita dans la salle de bains pour s'assurer qu'il n'était pas trop en désordre. Il vérifia qu'il avait bien pris ses pilules du soir, se lava le visage et les mains et se coiffa. Puis il se dépêcha de sortir et d'attraper son manteau et ses gants.

Il quitta son appartement et atteignit le bas de l'escalier, apercevant JD qui regardait par la vitre. Il ouvrit la portière et sortit.

— Terry et Red viennent-ils ?

— Oui, tout comme Carter et Donald. Je travaille avec Carter, et Donald est assistant social, expliqua JD en ouvrant la portière de la voiture.

Fisher n'avait jamais vu quelqu'un lui tenir la porte. Il haussa les sourcils, mais monta dans le véhicule et attendit que JD se précipite du côté du conducteur.

— J'ai cru comprendre qu'ils avaient un fils et qu'il était chez un ami pour quelques jours. Ils sortent rarement à cause d'Alex, mais ils profitent d'un peu de temps sans enfant.

JD démarra le moteur et se mit en route.

— Tous vos amis sont-ils des couples homosexuels ? demanda Fisher, espérant un peu de clarté.

— Jusqu'à présent, c'est à peu près le cas. Les gens qui se ressemblent s'assemblent parfois, et Carter et Red ont été très amicaux et ont essayé de m'inclure.

JD prit le chemin de la ville pour se rendre au restaurant.

— Je suppose que le principe de la ressemblance est vrai. Je ne sais pas s'il y a des couples ou des personnes homosexuels là où je travaille.

JD tendit la main et lui serra le genou pendant une seconde.

— Ce n'est pas grave. Tu rencontres des gens maintenant.

JD retira sa main, et Fisher évalua le contact inattendu. La chaleur l'avait instantanément envahi avant que Fisher ne puisse y penser, et le temps qu'il se fasse une idée de la sensation, elle avait déjà disparu.

— Carter est dans la police depuis quelques années, et sa spécialité, ce sont les ordinateurs et les données. Il peut dénicher des informations là où personne d'autre ne peut le faire.

Fisher déglutit et se demanda ce que Carter découvrirait sur lui s'il cherchait.

Ils atteignirent le restaurant et sortirent. Il faisait un froid glacial, mais au moins il ne neigeait pas. C'était une amélioration. Fisher remarqua qu'au moment où ils atteignaient la porte du restaurant, JD grelottait.

— Il faut que tu t'achètes un meilleur manteau, des gants épais et peut-être un bonnet. S'il fait déjà froid pour toi, ça va empirer.

— C'est ce qu'on me dit. Je suis allé au magasin de sport pour voir ce qu'ils avaient, mais ça ne m'a pas aidé, et dans les grands magasins, ça coûte un bras et une jambe.

Fisher regarda sur le côté et montra une devanture du doigt.

— Va là-bas. Le TJ Maxx a un tas de manteaux et d'autres choses – de bons manteaux lourds à des prix vraiment intéressants. C'est là que j'achète la plupart de mes vêtements.

Il n'ajouta pas que c'était tout ce qu'il pouvait se permettre.

— Ils doivent être ouverts le matin, tu pourras donc y aller avant le travail.

— Cool, dit JD, et ils rentrèrent à l'intérieur.

Fisher reconnut Red et Terry. Ils se trouvaient à une grande table et ils se levèrent tous lorsque JD et lui s'approchèrent. JD fit les présentations, ils s'assirent, et on leur offrit des menus. Au moins, ce soir, Fisher n'était pas dans les vapes comme la veille. Il se sentait bien, et quand les autres commandèrent des bières, il l'envisagea, mais il prit un Sprite à la place.

— Comment JD et toi vous êtes-vous rencontrés ? demanda Carter, et Fisher ne sut pas trop quoi répondre.

— JD a amené Fisher hier soir, et nous avons passé une bonne soirée. Il travaille dans l'un des entrepôts de la I-81, répondit Terry. Tu avais l'air un peu mal en point, mais tu as l'air d'aller mieux maintenant, dit-il à Fisher.

Le serveur leur distribua leurs boissons, et Terry but la sienne à petites gorgées.

— Tout s'est bien passé aujourd'hui ?

— C'était un autre jour. Mon travail n'est pas très excitant, admit Fisher en se tournant vers Carter et Donald. JD a dit que vous aviez un petit garçon ?

— Oui, nous l'avons adopté il y a un peu plus d'un an. Il est différent. Il passe la nuit avec son ami Isaac chez Kip et Jos. Ces deux-là sont presque inséparables.

— Ils ont tous les deux connu des moments difficiles, expliqua Donald. Il n'est pas si surprenant qu'ils se lient.

31

Il se pencha plus près de Carter. Même si Fisher n'avait pas su qu'ils étaient ensemble, leur besoin d'être proches aurait été un signe évident.

— Je suis simplement heureux qu'Alex se comporte comme un enfant normal après ce qu'il a vécu.

Fisher se tourna vers JD pour obtenir une explication, mais ce dernier regarda Carter et Donald.

— Alex était maltraité avant que nous ne le trouvions, dit Carter très sérieusement. Maintenant, c'est comme s'il était un enfant complètement différent : extraverti, énergique, courant et criant tout le temps. Mais assez parlé des enfants. Donald et moi parlerions d'Alex pendant des heures si vous nous laissiez faire.

— Hé, interrompit Red. J'allais te demander. J'ai trouvé de vieux objets à moi, et je me demandais si tu les voulais pour Alex. Ce sont des maquettes d'avion. Je les ai fabriquées quand j'étais adolescent, j'ai fouillé dans de vieux cartons et je les ai trouvées. Elles sont très colorées.

— Alex adore les avions, ce serait génial.

— J'avais aussi l'habitude de faire ces modèles, déclara Fisher. Vous vous souvenez de tous les petits boutons et des peintures détaillées sur les tableaux de bord que personne ne pouvait voir à moins de regarder à travers les vitres embuées ?

Il sourit.

— Il y a quelques années, j'en ai acheté une et j'ai décidé d'essayer d'en refaire. C'était amusant. J'en ai terminé une et je me suis demandé ce que j'allais en faire.

— C'était toujours le problème. Une fois que tu as fini, le plaisir est terminé, expliqua Red. J'ai même trouvé quelques kits encore emballés. J'allais les jeter dans un vide-grenier…

Son regard rencontra celui de Fisher.

— Si tu les veux, ils sont à toi. Je n'ai plus beaucoup de temps maintenant.

— Oui, dit Fisher. Ce serait amusant.

Il n'avait rien d'autre que du temps, alors quelque chose pour l'occuper serait bien. Il avait aussi besoin de choses sur lesquelles se concentrer, et les activités sans importance qui demandaient de la concentration étaient une bonne thérapie.

— Voulez-vous m'excuser ? demanda-t-il en repoussant sa chaise pour pouvoir aller aux toilettes avant qu'ils ne commandent.

Il se précipita à l'arrière et fit ses besoins, puis se lava les mains et quitta les sanitaires pour retourner à la table.

— Sur un banc au square ? entendit-il l'un des gars demander.

Fisher n'arriva pas à discerner lequel. Il s'arrêta net, ne connaissant que trop bien ce ton.

— Oui. Je l'ai vu et mon gaydar s'est déclenché si fort dans mes oreilles que j'ai cru que j'allais devenir sourd. Il était vraiment mignon et seul, alors je suis allé lui parler.

Fisher ne voulait pas avoir l'air d'espionner, alors il reprit son chemin jusqu'à la table et s'assit, essayant de ne pas se retourner et de ne pas sourire à JD après ce qu'il avait entendu. JD le trouvait vraiment mignon. Enfin, mignon n'était pas exactement le mot qu'il espérait pour le décrire, mais il l'acceptait. Au moins, il savait que l'aide de JD n'était pas seulement une affaire de flics.

— Qu'est-ce que j'ai raté ?

— JD nous a raconté comment vous vous êtes rencontrés, répondit Terry. Il est vrai que Red et moi en savions déjà une partie. Carter n'était pas très politiquement correct, et nous lui rappelions juste qu'il n'était pas la crème la plus lisse de la laiterie.

Fisher fut obligé rire, il n'y eut pas moyen de l'arrêter.

— Tu es prêt à dire n'importe quoi, hein ?

— C'est la bière, plaisanta Red. Donne-lui une bière et il est bavard, deux et il danse sur la table, trois et il s'évanouit sous la table.

Il demanda de l'eau à la serveuse lorsqu'elle passa, et elle lui répondit qu'elle revenait tout de suite.

C'était tellement agréable. Heureusement, la conversation porta ensuite sur Terry et sa grande gueule. Bien sûr, avec trois policiers à table, la conversation s'orienta ensuite vers le travail.

— Cette coke est un truc dégueulasse, dit Kip.

— Oui, acquiesça Red. Nous avons démantelé un important trafic de drogue il y a quelque temps, et les choses se sont bien calmées.

Terry se rapprocha de Red, et Fisher sut qu'il y avait là une histoire à raconter.

— Mais ce n'était qu'une question de temps avant que quelqu'un ne vienne combler le vide.

— Je suis surpris que ça ait pris autant de temps, ajouta Carter.

— Ce qui s'est passé ces derniers jours n'est que la partie émergée de l'iceberg, prévint JD. Les choses vont empirer. Quelqu'un diffuse allègrement ce produit, et il est en train de devenir la dose de choix.

Il passa son bras autour de l'épaule de Fisher.

— Tu as été d'une grande aide aujourd'hui.

— Pas vraiment.

— Si, tu as confirmé la description du type que nous avons attrapé.

— Je n'aurai pas à témoigner ou quoi que ce soit d'autre, n'est-ce pas ? voulut savoir Fisher, l'estomac noué.

Il s'efforça de garder une voix égale et de poser la question comme s'il s'agissait d'une simple curiosité – et non d'une chose qui l'effrayait au plus haut point.

— Non. Tu as seulement aidé à confirmer que nous avions le bon gars, le rassura JD, alors que la serveuse revenait avec leur eau et prenait leurs commandes avant de s'éloigner rapidement.

L'endroit s'était à peu près vidé, et il s'agissait probablement des dernières commandes de la soirée.

Pendant qu'ils attendaient leur repas, Fisher passa le plus clair de son temps à écouter les autres raconter des histoires. Il fut surpris par certains de leurs choix. La plupart des gens racontaient des histoires qui les mettaient en valeur, mais ces gars-là racontaient des histoires de faiblesses – à propos d'eux-mêmes – et partageaient ensuite leurs rires avec les autres. Ils étaient ouverts et honnêtes, sans prétention. Le rire venait facilement, et Fisher souhaitait plus que tout pouvoir ressentir lui-même cette aisance. Lorsque les assiettes arrivèrent, la conversation se calma, mais seulement pour quelques secondes, puis les rires reprirent de plus belle.

— Ça suffit la bière, gronda Red envers Terry. Tu ne raconteras plus jamais l'histoire de Hershey Park.

— Allez, Fisher ne l'a pas entendue, se plaignit Terry avec un grand sourire. Nous étions au parc l'été dernier, et ils avaient d'énormes toboggans aquatiques. On fait la queue, et c'est le tour de Red. Il est descendu, et je l'ai entendu crier à travers le tube. Au bout de deux secondes, le cri monte d'une octave, et au fond de la piscine, je vois Red patauger dans l'eau. Au bout d'une seconde, son maillot de bain le suit hors du toboggan. Il s'est retourné pour l'attraper et a montré son magnifique derrière à tout le parc Hershey.

— Nous ne portons pas tous des slips de bain, grommela Red.

— Oui, mais ça a marché cette fois-là, n'est-ce pas ? s'esclaffa Terry. Je me suis senti si mal, parce que je venais de lui acheter ce maillot et qu'il ne m'avait pas dit à quel point il était ample. Il voulait le porter pour me faire plaisir, et le toboggan l'a emporté en le retournant dans tous les sens.

Terry fit face à Red.

— Ça aurait pu arriver à n'importe qui, et la moitié des femmes qui attendaient leurs enfants ont eu le frisson de leur vie.

— Je pense que si ça m'arrivait, je ne pourrais plus jamais montrer mon visage, déclara Fisher.

Terry ricana encore plus fort.

— Eh bien… Red montrait l'un de ses meilleurs… profils.

Les autres éclatèrent de rire, et Red éloigna la bière de Terry en souriant avec indulgence.

— Tu dévoilais tes propres atouts ce jour-là aussi, murmura Red, puis il se pencha près de lui pour le caresser légèrement.

Être entouré d'autres personnes était vraiment agréable, mais ces couples étaient si heureux que cela donnait à Fisher l'envie de quelque chose qu'il ne pensait pas pouvoir avoir un jour, pas avec sa liste de problèmes. S'il essayait de les cataloguer, cela prendrait jusqu'à la fin des temps.

— As-tu également des histoires de ce genre ? demanda Terry, qui semblait être le directeur social de la table.

Fisher remarqua que tout le monde le regardait.

— Je ne suis pas une personne très excitante, rétorqua-t-il, et il reporta son attention sur sa nourriture, espérant de tout son cœur que tout le monde passerait à autre chose.

Comme cela ne sembla pas être le cas, il fit une pause et posa son couteau et sa fourchette.

— Il y a environ quatre ans…

Il détestait raconter cette histoire.

— OK, je conduisais cette très vieille voiture et… je ne devrais probablement pas vous raconter ça.

— Tu avais bu ? demanda Carter.

— Non, mais j'étais anxieux et préoccupé par certaines choses. Je sais que je ne devrais pas conduire quand je suis distrait.

— Tu veux dire comme hier ? interrogea JD d'une manière qui l'enveloppa.

Fisher acquiesça.

— Je ne conduis pas beaucoup si je peux faire autrement. En général, je vais au travail et je reviens, ou je vais au magasin. Mais la plupart du temps, je marche. Le truc, c'est que j'étais excité et…

Il divaguait et s'arrêta pour reprendre ses esprits.

— Désolé, marmonna-t-il en attrapant son verre d'eau, puis en le buvant entièrement pour combattre la chaleur que ses nerfs généraient. Je me suis arrêté au feu près de l'autoroute. Je déteste cet endroit. C'est juste avant que les voies se séparent et que tout le monde se rende compte qu'il n'est pas sur la bonne voie. Ce type derrière moi était plus attentif à l'endroit où il voulait être qu'à celui où il allait, et son camion-benne a percuté l'arrière de ma voiture. C'est tout ce dont je me souviens. Je me suis réveillé à l'hôpital et on m'a dit que j'avais une commotion cérébrale.

Donald tendit la main de l'autre côté de la table, et Fisher sursauta lorsqu'il la toucha.

— Traumatisme crânien? demanda-t-il.

Fisher acquiesça.

— J'ai perdu une partie de ma mémoire. Il y a donc beaucoup de choses qui n'ont pas de sens pour moi.

Il s'arrêta et récupéra son couteau et sa fourchette.

— Tout va bien, dit JD en lui tapotant la jambe.

— J'aimerais que ce soit le cas, continua Fisher. Quand j'avais huit ans, j'ai acheté une paire de patins à roues alignées. Je le sais, parce que j'ai vu des photos, mais je ne m'en souviens pas. Ma mère m'a dit que je les réclamais depuis des mois et qu'elle était allée les chercher spécialement, mais tout ce dont je me souviens, c'est qu'ils étaient verts et que je détestais cette couleur. C'est ce qui me reste en mémoire : ma mère m'a offert des patins moches. Je sais que ça n'a pas de sens pour vous, mais le contexte a disparu. Alors les choses auxquelles la plupart d'entre nous s'accrochent, ces souvenirs heureux, sont effacées ou mélangées.

Il se tourna vers JD.

— Tu nous as raconté comment vous aviez emmené ta sœur à la chasse. Je n'ai pas ce genre de souvenirs. Les miens semblent normaux, comme s'ils étaient réels et pleins, mais je sais qu'il en manque des parties parce que j'en ai vu la preuve.

Il se gratta la tête, espérant qu'il était logique.

— Qu'en pense ta famille? s'enquit JD.

Fisher haussa les épaules. Cela n'avait plus d'importance. Ils avaient fait connaître leurs sentiments sur le sujet.

— Ils pensent que…

Il marqua une nouvelle pause, tous les yeux de la table braqués sur lui.

— Hé, c'est bon. Tu n'es pas obligé d'en parler, assura JD.

Fisher acquiesça et retourna à ses ailes, utilisant le couteau et la fourchette pour atteindre la viande. Il ne leva pas les yeux de sa tâche. Il valait mieux essayer d'agir normalement que de voir la pitié ou le regard confus de la plupart des gens lorsqu'il essayait d'expliquer le fonctionnement de sa tête.

— Qu'est-il arrivé au chauffeur du camion ? voulut savoir Carter.

— Il a été jugé, mais l'entreprise pour laquelle il travaille est restée bloquée pendant tout ce temps.

Il haussa de nouveau les épaules. Il n'y avait pas beaucoup de choses dont il pouvait s'inquiéter, sinon il entrerait dans l'une de ses spirales. Il en avait eu assez pour savoir quand elles arrivaient et quels étaient les éléments déclencheurs.

— Mais tu vas bien maintenant ? insista Terry.

— La plupart du temps. Mes souvenirs ne reviennent pas, et les médecins ont dit que certaines choses avaient changé à l'intérieur et qu'elles ne reviendraient jamais comme avant.

C'était le cas, et il avait fait de son mieux pour l'accepter.

— J'ai perdu le contrôle pendant un certain temps parce que je ne comprenais pas ce qui m'arrivait et j'ai fait des choses dont je ne suis pas fier. Je ne me souviens pas de certaines d'entre elles.

Et il avait blessé les personnes dans sa vie d'une manière dont il ne se souvenait pas non plus, mais le résultat final était le même.

— Hé, c'est bon, répéta JD, et Fisher aurait aimé qu'il arrête de dire ça.

Tout le monde lui disait ça tout le temps.

— Non, ça ne l'est pas, s'écria-t-il trop fort, repoussant la main de JD et renversant le verre d'eau de ce dernier.

Tout le monde sursauta et commença à jeter des serviettes sur la table pour éponger. Fisher se leva et recula, essayant de nettoyer un autre de ses dégâts.

— Les choses ne s'arrangeront jamais pour moi.

— On s'en occupe, assura Donald d'un ton calme, tandis que la serveuse s'approchait pour aider à nettoyer l'eau renversée.

— Ce n'est pas grave, monsieur. Ça arrive tout le temps.

Elle ramassa ce qui restait de l'assiette d'ailes de Fisher – qui flottaient maintenant dans l'eau – et essuya la table.

— Je vais demander à la cuisine de vous en refaire, proposa-t-elle avant de s'empresser de partir.

Fisher se rassit lentement, avec l'envie de disparaître dans le sol.

— Je suis désolé.

Que pouvait-il dire d'autre ? C'était une piètre excuse, et tous ces gens devaient se demander pourquoi JD l'avait amené avec lui. Il ferait mieux de rester chez lui… seul.

— Ce n'était qu'un peu d'eau, et je comprends, déclara Donald.

— Vraiment ?

Il ne put s'empêcher de faire preuve de sarcasme.

— Bien sûr. Je parie que tout le monde te dit tout le temps que tout va bien pour essayer de te faire taire et de te calmer. Il se passe quelque chose, et les gens autour de toi ont peur que tu t'énerves, alors ils te disent que tout va bien, que tu dois te calmer, puis ils interviennent et essayent de faire en sorte que les choses restent en l'état.

— Et nettoyer mes dégâts, ajouta Fisher.

— C'était un accident. Ça arrive.

Le regard était si ferme dans les yeux de Donald que, même si Fisher voulait argumenter, cela mourut sur ses lèvres. Donald se pencha sur le côté, et ses lèvres se retroussèrent en un rictus malicieux.

— Oh non, murmura Carter à voix basse.

Fisher n'eut pas le temps de se demander ce qui se passait avant que Donald ne sorte son téléphone et ne lui montre des photos du plus adorable des petits garçons.

— Voici Alex. Il a cinq ans maintenant.

— Tu n'es pas obligé de montrer des photos à toutes les personnes que nous rencontrons, soupira Carter avec indulgence.

Donald l'ignora.

— Il voulait être une tortue pour Halloween, et pas une de ces tortues ninja, mais une vraie tortue, quoi que ça veuille dire. Je jure qu'il m'a obligé à chercher un costume jusqu'à ce que j'en trouve un en vraie carapace de tortue.

Le téléphone passa d'une personne à l'autre.

— Il est vraiment adorable, déclara Fisher.

— J'ai fini par le faire pour lui. Il m'a fallu trois jours, huit piqûres, une visite chez le médecin pour une injection contre le tétanos, et j'ai failli coudre trois de mes doigts ensemble, mais j'ai réussi.

— Ce n'était pas si grave, se moqua Carter en levant les yeux au ciel. Ne fais pas ta reine du drame.

— J'ai dû aller chez le médecin, répéta Donald, et Fisher se surprit à sourire de leurs pitreries.

La serveuse lui apporta une nouvelle assiette d'ailes de poulet, et l'incident du verre d'eau sembla oublié, tandis que la gaieté revenait à la table. Lorsque Fisher jeta un coup d'œil à JD, il fut surpris par la chaleur de ses yeux. Il se détourna pour manger et essayer de se rappeler la dernière fois que quelqu'un l'avait regardé de cette façon. La vérité, c'était qu'il ne s'en souvenait pas du tout. Soit les souvenirs avaient disparu, soit ils n'avaient jamais existé. Il était certain que ces dernières années, il n'y avait rien eu, car cette partie de sa vie était restée intacte.

— Tu sais, il va falloir qu'on arrête de prendre l'habitude de fermer cet endroit, dit Terry une fois qu'il n'y eut plus que de la vaisselle sale et des verres vides sur la table.

La serveuse avait apporté leur addition, et ils attendaient la monnaie.

— Peut-être que la prochaine fois, nous pourrions aller à la maison ou quelque chose comme ça.

— Oui, accepta Donald. Mais il faudrait alors faire le ménage, là, nous payons l'addition et quelqu'un d'autre fait la vaisselle.

— C'est vrai, convint Terry avant de se lever et d'enfiler son manteau. Il faut que ces agents des forces de l'ordre, qui travaillent dur, rentrent chez eux après leur longue journée passée à assurer la sécurité des rues.

— Tu es parfois pénible, gronda Red.

— Ça fait partie de mon charme, plaisanta Terry, et Red le serra dans ses bras sans rien dire de plus.

Il n'en avait pas besoin. Fisher se détourna un instant, essayant de ne pas regarder. Ils étaient en public, mais quelque chose dans la façon dont ils se regardaient lui donnait l'impression d'être un voyeur, d'être témoin de quelque chose d'intime entre eux.

— Nous devrions y aller. Je sais que tu dois être au travail plus tôt que le reste d'entre nous, intervint JD, et après avoir dit bonne nuit à tout le monde et après que Fisher avait été étreint à plusieurs reprises, lui et JD se dirigèrent vers la porte.

Fisher s'arrêta pour enfiler son manteau et ses gants, puis ils sortirent dans la nuit claire et froide jusqu'à la voiture de JD.

Le retour vers Pomfret Street fut rapide, pas plus de quelques minutes, et ils furent bientôt devant l'immeuble de Fisher. Il sortit de la voiture et s'apprêtait à lui souhaiter bonne nuit lorsque JD se précipita pour le rejoindre à la porte d'entrée.

— Je suis content que tu sois venu. C'était une bonne soirée, et ils t'ont tous apprécié.

— Qu'y a-t-il à apprécier ? demanda Fisher, qui devina immédiatement qu'il aurait dû se taire.

D'un point de vue intellectuel, il savait que l'insécurité n'était pas belle à voir.

— Beaucoup. Il fallait du courage pour nous révéler ce qui s'était passé et comment ça t'avait affecté.

JD était si proche, presque trop proche. Fisher pouvait sentir la chaleur entre eux lutter contre le froid de l'air, et à son grand étonnement, la chaleur l'emportait… du moins pour le moment.

— Arrête d'être si dur avec toi-même et de te soucier de ce que tout le monde pense, et laisse Fisher sortir.

— C'est ennuyeux, non ?

Il s'attendait à ce que JD lui offre une belle platitude sociale. Mais au lieu de cela, JD se pencha plus près de lui, puis réduisit la distance entre eux. Fisher faillit sursauter. On l'embrassait, on l'embrassait *vraiment.* JD l'entoura lentement de ses bras, sa chaleur se mélangea à la sienne, et Fisher s'envola. Heureusement, il se souvint de l'embrasser à son tour, parce que c'était incroyable et qu'il aurait été dommage de laisser passer cela et… Il fit taire le commentateur décousu dans son esprit au moment où JD s'écartait.

— C'était ennuyeux ? murmura JD, et Fisher secoua la tête, se léchant les lèvres pour goûter une dernière fois à JD, là où elles picotaient encore. J'ai cette théorie qu'il faut deux personnes excitantes pour faire un baiser vraiment excitant, et jusqu'à présent, quand il s'agit de baisers, je ne me trompe jamais. Je dirais donc que c'était excitant, et donc que nous devons tous les deux être vraiment pas ennuyeux pour que ça se produise. D'accord ?

Fisher hocha la tête, car qui pourrait contester une telle logique ? D'ailleurs, qui voudrait le faire ?

— Bien.

JD se pencha pour un autre baiser et, cette fois, le commentateur resta silencieux. Fisher se laissa envahir par le baiser et la chaleur. Lorsque JD se retira, Fisher était à bout de souffle et un peu étourdi.

— J'ai du café, dit-il.

Il vit JD y réfléchir lorsque son téléphone sonna. JD décrocha et écouta. « Très bien » fut tout ce qu'il dit avant de raccrocher.

— Il faut que j'y aille. Une autre fois pour le café.

JD s'empressa de contourner la voiture et, avec un dernier signe de la main, il monta à bord et partit. Fisher entra et ferma la porte, pensant encore à ces baisers et se demandant pourquoi JD avait dû partir si vite.

III

Trois heures après avoir quitté Fisher devant son immeuble, JD entra dans son appartement d'un pas traînant et se coucha. Un incendie s'était déclaré dans l'un des entrepôts situés à l'extérieur de la ville, et l'endroit s'était rapidement embrasé. L'entreprise manipulait divers produits chimiques de nettoyage et la chaleur avait mélangé certains d'entre eux, créant un combustible. Les maisons situées sous le vent avaient dû être évacuées et toute la zone avait été bouclée. Quel gâchis ! Au moins, les responsables de l'entrepôt tenaient des registres appropriés et étaient en mesure d'expliquer la nature de tous les produits chimiques. Lorsque JD avait été renvoyé chez lui, l'incendie était encore incontrôlable, mais le nombre d'heures qu'il pouvait travailler était limité et il était censé reprendre son poste dans moins de huit heures.

Il réussit à enlever sa chemise, ses chaussures et ses chaussettes avant de s'écrouler sur le matelas, de frapper plusieurs fois son oreiller et de fermer les yeux. C'était tout. Il s'endormit, et la chose suivante dont il se rendit compte, c'était que son téléphone sonnait à nouveau cinq heures plus tard.

— Allô ? dit-il d'une voix rauque.

— C'est ta mère. J'espère que je ne te réveille pas, déclara-t-elle comme si sept heures du matin était une heure trop tardive pour qu'une personne décente puisse dormir. L'enterrement de ta tante a lieu jeudi. J'espère que tu feras ce qu'il faut et que tu laisseras la famille faire son deuil sans drame ni brouhaha inutiles.

— Très bien. Envoie-moi les détails par e-mail, et je serai le bon fils et ferai ce que tu veux.

Il était trop fatigué pour lutter contre elle.

— Tu as cessé d'être un bon fils quand tu as décidé d'embarrasser ta famille. Je suis heureuse que tu aies décidé de faire ce qu'il fallait. Je t'enverrai les détails.

— D'accord.

Il attendit qu'elle dise quelque chose de plus, mais la ligne resta silencieuse et finit par se couper. Il jeta son téléphone sur le lit et se retourna, enfouissant son visage dans son oreiller. Il n'allait pas pleurer à nouveau pour ça. Il l'avait fait une fois, c'était fini. Il ne pouvait rien faire pour changer ce qui s'était passé ou pour modifier les sentiments de sa famille à ce sujet. Ils ressentaient ce qu'ils ressentaient, et Dieu savait que sa mère ne cesserait d'attiser les tensions s'ils n'étaient pas d'accord.

Il se retourna sur le dos et ferma les yeux, imaginant que le plafond avait disparu et qu'il se trouvait dans une prairie, celle où sa tante l'emmenait pique-niquer l'été. Le ruisseau tout proche coulait sur les rochers, glougloutant et riant. Tante Lillibeth était unique en son genre. Lorsque sa mère et lui se disputaient, ce qui arrivait régulièrement, elle était toujours là pour l'aider à recoller les morceaux. Il faisait chaud en été, et il jouait dans l'eau fraîche pendant qu'elle s'asseyait sur la berge, le regardant et riant avec lui. Sa légèreté et sa capacité à rire et à ne pas prendre les choses trop au sérieux allaient lui manquer, ce qui contrastait fortement avec sa mère et même son père, le frère de Lillibeth. Bien sûr, il ne pouvait pas rester éternellement dans son imagination, et il s'endormit en pensant à elle.

Lorsqu'il se réveilla, il regarda l'heure et s'habilla. Puis il appela le commissariat. On lui demanda de se présenter immédiatement à son poste. Le feu brûlait encore et pouvait durer des heures.

—Nous avons besoin d'aide pour patrouiller dans la zone d'évacuation. Les habitants ont essayé de rentrer. Par ailleurs, de nombreuses personnes tentent de se rendre au travail dans d'autres établissements de la région. C'est une véritable pagaille, déclara le capitaine des pompiers.

— D'accord, je suis en route. Dois-je faire mon rapport tout de suite ?

— Oui. Voyez Cloud. Il s'occupe des missions pour l'instant, pendant que les grands garçons dorment.

— Merci, dit-il.

Il finit de se préparer à affronter froid avant de quitter la maison et de sortir.

Alors qu'il s'approchait de la zone, deux choses s'imposèrent rapidement : les routes étaient encombrées de voitures et les gens essayaient de se rendre à leur travail. Les officiers tentaient de leur faire faire demi-tour, mais c'était difficile. De toute évidence, la nouvelle n'avait pas été diffusée aussi efficacement qu'elle aurait dû l'être, ce qui entraînait de nombreux désagréments. JD s'enregistra et se mit au travail en essayant de contrôler la circulation.

— Monsieur, appela-t-il en s'approchant de la voiture suivante et en attendant que le conducteur baisse sa vitre. La zone est fermée. Vous devez faire demi-tour et revenir sur vos pas. Tournez à droite pour rejoindre la I-81.

— Mais je travaille là-bas, indiqua l'homme en désignant l'entrepôt situé à quelques centaines de mètres.

— Il se peut qu'il y ait des produits chimiques dangereux. Ils ont fermé pour aujourd'hui. Toutes les entreprises de cette zone sont évacuées. Veuillez rebrousser chemin.

Il répéta le même discours des dizaines de fois, tandis que les véhicules s'éloignaient lentement de la zone d'évacuation. Alors qu'il s'approchait d'une des dernières voitures, il aperçut un visage familier et inquiet qui le regardait.

— JD, que se passe-t-il ? demanda Fisher à bout de souffle. Quelqu'un a dit qu'un des entrepôts brûlait.

— Tu n'as pas regardé les informations ? demanda JD.

Fisher secoua la tête.

— Je ne me suis pas réveillé à cause de la soirée d'hier soir et je me suis dépêché de venir ici pour ne pas être en retard. D'habitude, j'arrive plus tôt au travail, mais nous devions travailler tard ce soir, alors ils m'ont demandé de venir à neuf heures. Ce n'est pas Optima, n'est-ce pas ?

JD eut envie de mentir et de dire que ce n'était pas le cas, mais il hocha la tête. Il vit les yeux de Fisher se fermer, puis il se mit à trembler.

— Oh mon Dieu.

— Ça va aller.

Ce fut la première chose qui sortit de ses lèvres, mais il comprit que ce n'était pas la bonne chose à dire.

— Tu devrais rentrer chez toi et appeler le siège de l'entreprise. Fais-leur savoir que tu vas bien, et ils te diront ce qu'il faut faire, j'en suis sûr.

Fisher acquiesça. JD pouvait lire la douleur dans son expression.

— D'accord. Je vais rentrer chez moi.

— Appelle-moi plus tard si tu veux. Si tu veux parler, proposa JD en reculant pour permettre à Fisher de faire demi-tour.

Il n'était pas sûr qu'il le fasse et il était un peu inquiet pour son nouvel ami.

— C'est à Optima que Fisher travaille ? demanda Carter en se garant. Je t'ai vu lui parler.

— Oui, répondit JD en se retournant, regardant où Fisher était allé. Il ne sait pas trop quoi faire.

— Beaucoup de gens vont se retrouver au chômage, à moins qu'ils ne trouvent un nouveau site et qu'ils le fassent fonctionner. Il ne restera rien du site actuel. Au moins, le feu est en train de mourir, et ils progressent bien. J'ai parlé au chef des pompiers et il espère que les gens pourront rentrer chez eux dans quelques heures. Ça va être très compliqué pour beaucoup de gens.

JD acquiesça.

— Je m'inquiète pour une personne en particulier en ce moment.

Carter leva les yeux au ciel.

— Je t'accorde que ce type est mignon, mais qu'est-ce que tu lui trouves?

JD dut réfléchir à sa réponse.

— Tu te souviens, enfant, du matin de Noël, lorsque tu descendais et que tu voyais pour la première fois le sapin avec tous les paquets, les nœuds et les rubans? À ce moment-là, tout était possible. Il pouvait y avoir n'importe quoi dans ces boîtes. Eh bien, beaucoup de gens sont comme les paquets ouverts. Tu sais qui ils sont et ce que tu vas recevoir dix minutes après les avoir rencontrées. Parfois, tu as une vraie surprise, mais la plupart du temps, ils entrent dans un moule et c'est tout ce qu'il y a à découvrir.

— Mon Dieu, c'est un sentiment lugubre.

— Oui. Peut-être, et les surprises sont généralement mauvaises. Mais Fisher est un paquet emballé que personne n'a pris la peine de regarder. Les eaux calmes sont profondes, et je pense qu'il y a beaucoup de profondeur là-dedans.

Il ne dit pas qu'il avait vu une partie de la douleur de Fisher dans ses yeux et qu'elle reflétait la sienne. Fisher avait des yeux bleus magnifiques, mais ils étaient embrouillés par des couches de souffrance et de désir pour ce qu'il n'avait pas pu avoir.

— Je dois me remettre au travail. J'espère qu'une fois que j'aurai fait mes heures, je pourrai partir.

Il était encore fatigué, il pourrait profiter de l'occasion pour se reposer un peu plus.

— Tu as une façon intéressante de voir les choses, déclara Carter. Est-ce une caractéristique du Sud?

— Non. Je pense que c'est un truc de Burnside, répondit-il catégoriquement en tapotant le toit de la voiture de patrouille de Carter.

Carter remonta la vitre et s'en alla, tandis que JD retournait s'assurer que la zone d'évacuation restait dégagée.

APRES SON service, JD n'avait jamais été aussi heureux de terminer sa journée. Il puait et se sentait sale, mais l'incendie était éteint et les habitants avaient été autorisés à rentrer chez eux. Mais son esprit ne pouvait s'empêcher de penser à l'expression dévastée du visage de Fisher lorsqu'il avait appris la nouvelle. Tout au long de la journée, en y réfléchissant, il s'était rendu compte qu'il avait vu quelqu'un qui avait l'impression que sa vie était finie. Il essayait de se convaincre qu'il se faisait des idées, mais au fond de lui, il savait que ce n'était pas le cas.

— Appelez Donald sur son portable, demanda-t-il à la connexion Bluetooth de sa voiture alors qu'il rentrait chez lui après avoir quitté la gare.

Son véhicule était juste assez récent pour être équipé de cette fonction et juste assez vieux pour faire les choses les plus folles. Parfois, il avait envie d'étrangler la voix de sa voiture, mais cette fois-ci, elle fit ce qu'il lui avait demandé.

— JD, qu'est-ce qui se passe ? répondit Donald.

JD entendit un bébé pleurer en arrière-plan.

— C'est peut-être moi qui devrais te poser cette question.

— Je suis au bureau et on vaccine les enfants, alors je n'ai entendu que des pleurs toute la journée. Ma tête va exploser, ajouta-t-il d'un ton plus doux. Qu'est-ce qu'il y a ?

— Il y a eu un énorme incendie aujourd'hui.

— Oui, je l'ai vu aux informations.

— C'est là que Fisher travaille, déclara JD. Je lui ai fait faire demi-tour sur la route aujourd'hui et... il avait l'air de ne pas savoir ce qu'il allait faire.

— Juste une seconde, dit Donald, et quelques secondes plus tard, le bruit de fond avait disparu. Qu'attends-tu de moi ? Je ne l'ai rencontré qu'hier soir très brièvement.

— Je sais.

Il n'aurait probablement pas dû appeler.

— Je ne sais pas ce que je dois faire.

— Qu'est-ce que tu veux faire ? demanda Donald dans sa meilleure voix de « psychologue qui vous a allongé sur son canapé ».

— Merci.

Ça ne l'aidait pas du tout.

— Je suis sérieux. Je ne peux pas me glisser dans la tête de Fisher et te donner la clé de ce qui se passe. Je ne peux pas faire ça avec Carter, même si Dieu sait que j'aimerais le faire parfois. Alors qu'est-ce que tu veux faire ?

— Je lui ai dit de rentrer chez lui, parce qu'il n'y avait rien pour lui là-bas. Je veux aller le voir et m'assurer qu'il va bien. Il semblait si fragile, comme s'il était soudain fait de verre.

— D'accord. Laisse-moi te poser une question : quand as-tu ressenti ça pour la dernière fois ? Souvent, la réponse aux questions sur les autres consiste à se mettre à leur place.

JD trembla. Il se souvenait s'être senti comme du verre, comme s'il était sur le point de se briser à tout moment. Il se souvenait d'être debout devant ses parents, de les voir crier, puis lui tourner le dos. Tout ce qu'il avait pu faire, c'était rester là, immobile, incapable de croire ou de comprendre ce qui était en train de se passer. Puis il était allé chez tante Lillibeth et… Sa tête commença à palpiter alors qu'il s'arrêtait devant sa maison.

— J'ai compris.

— Tu sais ce que tu vas faire ?

— Oui. Merci. On se parle plus tard.

Il raccrocha et ouvrit la portière de la voiture. Il réussit tant bien que mal à entrer chez lui et à se rendre aux toilettes avant de rendre ce qui restait de son déjeuner. Lorsqu'il eut terminé, il se rinça la bouche en se regardant dans le miroir. Il était un imposteur et il le savait. Toujours heureux à l'extérieur, mais creux et vide à l'intérieur. Son travail exigeait qu'il soit fort, confiant et sûr de lui. Lorsqu'il était dans la rue, le danger était partout, alors en plus des gilets pare-balles, des fusils, des armes et de la forme physique, il se drapait dans un air de confiance et d'invincibilité. C'était une image qu'il projetait, parce que les faiblesses pouvaient être exploitées. Mais tout cela n'était que de la comédie. Il était attiré par Fisher, parce qu'il se voyait en lui, mais en plus intense.

Dans des situations comme celle-ci, lorsqu'il était désemparé, il avait toujours appelé sa tante. Mais maintenant, ce n'était plus possible, et il était encore plus seul. Il prit un verre d'eau et quitta la salle de bains à toute vitesse. Il attrapa un pull et l'enfila, puis prit son manteau et le passa avant de quitter la maison en toute hâte. Au lieu de conduire, il marcha, se dégourdissant les jambes, les mains dans les poches de son manteau, les yeux fixés devant lui. Tous ceux qui se trouvaient sur son chemin avaient intérêt à s'écarter, car il était en mission.

Il ne savait pas trop où il irait en premier, mais ses jambes le conduisirent jusqu'à la place, et Fisher était là, assis sur le même banc, examinant ses chaussures, les bras et la tête presque recroquevillés sur eux-mêmes, comme s'il essayait d'être le plus petit possible. JD l'observa et se demanda s'il devait dire quelque chose. Au lieu de cela, il s'assit à côté de lui et attendit. Les mots semblaient creux quand on se sentait comme Fisher. JD n'en comprenait pas entièrement la cause, mais il connaissait le sentiment de perte et d'éclatement. Au bout de quelques minutes, il se replia lui aussi sur lui-même, devenant introspectif.

JD ne le sentit pas tout de suite, mais la chaleur qui s'infiltra lui indiqua que Fisher s'était rapproché. Il leva la tête, s'arrachant aux pensées de sa tante et à la chaleur qui l'avait toujours entourée. La main de Fisher était à côté de la sienne, enveloppée dans un gant de cuir, mais JD plaça la sienne par-dessus et sourit légèrement lorsque les doigts de Fisher s'enroulèrent autour des siens.

— Parfois, je sais que je suis stupide, mais je ne sais pas comment m'arrêter, déclara Fisher.

— Qu'ont-ils dit à ton travail ? demanda JD.

Il était plus facile d'essayer d'aider Fisher à résoudre son problème que d'affronter sa propre perte et ses peurs.

— Qu'ils ne savent rien pour l'instant. Ils ont dit qu'ils nous paieraient pendant un certain temps et qu'une fois qu'ils auraient pris une décision pour l'avenir, ils nous en informeraient.

— Très bien. Il semble que tu aies quelques jours de vacances inattendus. Pourquoi ne pas en profiter si tu le peux ? Optima va avoir besoin d'un entrepôt, et ils vont devoir remplacer les produits qu'ils ont perdus, il est donc logique qu'ils aient besoin de personnes de confiance dans ce nouvel entrepôt.

— Mais s'ils décident de déplacer l'entrepôt au Kansas ou dans l'Ohio ou ailleurs ? Je n'ai pas les moyens de déménager là-bas, se lamenta Fisher en levant la tête. Je ne peux pas chercher un nouvel emploi, pas maintenant. Je ne suis pas doué pour rencontrer de nouvelles personnes, et quand je vais dans les bureaux, je me fige, ma bouche fonctionne, mais rien ne sort et j'ai l'air d'un poisson stupide.

JD s'esclaffa, et Fisher sourit un peu avant de poursuivre.

— Depuis l'accident, je ne suis pas très à l'aise dans beaucoup de situations, poursuivit Fisher. Les salles pleines de monde me dépassent. Au travail, je m'assieds dans la petite cabine au bord de la cour pour guider les camions là où ils doivent aller. La plupart du temps, je suis seul, et ça me convient. Il y a une structure et une routine, et je m'en accommode bien.

Fisher resserra son étreinte.

— Avant, j'étais comme tout le monde. Enfin, surtout avant l'accident, maintenant c'est difficile de faire certaines choses que tout le monde fait.

— Tu vas chez le médecin ? interrogea JD.

— Oui, tous les mois. Les médicaments que je prends doivent être constamment ajustés.

Il tourna la tête, et JD vit ses joues rougir.

— Les gens pensent qu'il suffit de prendre quelques pilules pour que tout aille bien, mais ce n'est pas le cas. Je ne serai jamais plus ce que j'étais avant l'accident.

Fisher lâcha sa main et se leva lentement.

— Rester assis ici ne va pas rendre les choses plus faciles ou changer quoi que ce soit.

— Peut-être pas, mais au moins, il ne fait pas trop froid, dit JD.

Fisher se rassit.

— Pourquoi es-tu là ? demanda-t-il.

— Je suis venu m'assurer que tu allais bien.

— Mais tu avais l'air aussi déprimé que je le suis parfois. Que s'est-il passé ?

JD marqua une pause.

— Ma tante est morte hier. L'enterrement aura lieu jeudi, et je crois qu'elle me manque, avoua-t-il en se tournant vers Fisher. Tu sais, cette personne de la famille qui te comprend ? Celle dont on est proche et qui, quoi qu'il arrive, est toujours là ? C'était ma tante. Je ne pense pas que j'aurais jamais atteint l'âge adulte avec une once de santé mentale sans elle. C'était la sœur aînée de mon père. Elle ne s'est jamais mariée et a toujours dit qu'elle n'avait pas le temps pour un homme, et que si elle en avait besoin, il y en avait beaucoup qu'elle pouvait louer.

Fisher s'esclaffa.

— Elle a l'air merveilleuse.

— Elle était… Tante Lillibeth avait l'habitude de venir à la maison dans une de ses grosses voitures, nous nous y entassions tous et elle nous conduisait en ville avec la capote baissée, on s'amusait comme des fous. Ma mère ne cessait de s'en plaindre, mais papa avait un faible pour sa sœur et n'aurait jamais toléré un mot contre elle.

— Alors pourquoi tu ne vas pas à l'enterrement ? Je suis sûr qu'ils te laisseraient partir. La plupart des entreprises accordent des congés pour les funérailles.

— Je ne suis pas le bienvenu dans ma famille, souffla JD.

Fisher hocha la tête.

— Je comprends très bien.

Il marqua une pause et se mordit la lèvre inférieure.

— Tu veux en parler ?

— Mon Dieu, non, répliqua JD, et ils partagèrent un sourire. Je pense que nous avons eu assez de pensées déprimantes pour aujourd'hui.

Il consulta sa montre tandis que son estomac grommelait. Il avait maintenant faim.

— J'allais essayer de trouver quelque chose de léger pour le dîner. Les choses sont devenues un peu dingues tout à l'heure, alors je dois faire attention.

— J'ai du pain frais et j'allais faire des pâtes. Tu peux te joindre à moi. J'en ai assez.

JD réfléchit un instant.

— J'ai de la root beer à la maison. Elle est bonne, brassée artisanalement avec de la canne à sucre. Je pourrais en prendre.

— Ça semble être un bon plan, approuva Fisher.

Ils commencèrent à marcher. Devant l'immeuble de Fisher, JD eut envie de l'embrasser pour lui dire au revoir, mais il préféra dire qu'il revenait et continua à descendre la rue jusqu'à sa maison. Il se dirigea vers le réfrigérateur et en sortit les bières. Il essaya de penser à quelque chose d'autre qu'il devrait apporter, mais il partit avec seulement cela et monta dans sa voiture. Il lui semblait stupide de ne faire que quelques pâtés de maisons, mais il ferait froid plus tard et la marche serait encore plus pénible pour ses os sudistes.

JD eut la chance de trouver une place de parking près de l'immeuble de Fisher et entra. Il s'attendait à devoir sonner à l'entrée et fut surpris de voir que la porte extérieure s'ouvrait d'elle-même. Une fois ouverte, il vérifia et constata que le loquet était cassé.

Un « Va-t'en ! » dévala les escaliers depuis l'étage supérieur.

— Pourquoi tu m'as balancé aux flics ? grogna une voix bourrue.

JD posa les sodas et avança, montant lentement les escaliers. Un homme noir se tenait dans l'embrasure d'une porte, bloquant son ouverture. La dernière fois que JD l'avait vu, il était à plat ventre sur le trottoir après qu'il l'avait plaqué au sol pour avoir dealé et tenté de s'enfuir. Le cœur battant d'excitation, il sortit son téléphone et passa un appel rapide.

— Je ne pense pas que tu veuilles faire ça, intervint JD en se servant de sa voix comme d'une arme.

— Qu'est-ce que ça peut te faire ? ricana l'homme. Mon ami et moi étions juste en train de discuter. Vous devriez passer votre chemin.

La façon dont il retroussait les lèvres pour essayer d'avoir l'air menaçant aurait peut-être fonctionné sur quelqu'un d'autre, mais ce n'était pas ça qui allait arrêter JD.

— En fait, puisque vous êtes en liberté sous caution, c'est déjà assez pour moi. Je vous ai entendu le menacer, et vous n'êtes pas le bienvenu ici. La police est déjà en route.

— Mais qui es-tu ?

— Je suis le gars qui t'a attrapé hier, répondit JD en le saisissant par le bras, le retournant contre le mur et lui bloquant les mains derrière le dos. Ce n'est pas ton jour de chance, hein ? La caution va être révoquée, et tu vas rester en prison jusqu'à ce que tu sois jugé, puis tu y retourneras.

Il maintint l'homme au sol jusqu'à l'arrivée de ses collègues. Il expliqua ce qui s'était passé et, après avoir parlé à Fisher, ils emmenèrent Dent-en-moins.

— Tu vas bien ?

— Il ne m'a pas fait de mal, assura Fisher, mais il était pâle.

— La serrure de la porte était-elle déjà cassée ? demanda JD.

— Non. Il a dû le faire. Je vais devoir appeler le propriétaire pour qu'il la répare. Il ne va pas être content.

— Ce n'est pas ta faute, contra JD. Je dois aller chercher ce que j'ai apporté. Je reviens.

Il se retourna et se dépêcha de descendre les escaliers, ramassa le pack de six canettes chaudes et revint. Le type avait dû les suivre, Fisher et lui, depuis la place, alors qu'ils revenaient à pied. JD n'avait remarqué personne, mais il n'avait pas regardé non plus.

— J'aurais dû être plus attentif sur le chemin du retour.

— Tu penses qu'il nous a suivis ? s'exclama Fisher, et JD acquiesça. Oui, sans doute. Je ne l'ai pas remarqué, mais comment aurait-il pu savoir où me trouver ?

Fisher ferma la porte et la verrouilla.

L'appartement était petit mais chaleureux, avec des meubles qui avaient une histoire. JD tendit les sodas à Fisher, qui les emmena dans la petite cuisine, pendant que JD s'asseyait sur le canapé du salon.

— J'ai du fromage et des crackers, l'informa Fisher en apportant une assiette qu'il posa sur la table basse. Je n'ai pas beaucoup de compagnie.

L'appartement était impeccable, sans un grain de poussière ou une pile de papier égarée.

— Les meubles sont-ils des pièces de famille ?

— Oui. Beaucoup d'entre eux viennent de ma grand-mère. Elle avait une grande maison à Old Mooreland, et quand elle est morte, nous avons tous pu choisir ce que nous voulions. J'ai déménagé à ce moment-là, alors j'ai pris beaucoup de choses pour aménager mon premier appartement, et je les ai toujours eues depuis.

Fisher s'attarda, puis se dépêcha de partir, revenant quelques minutes plus tard avec des verres remplis de glace et les canettes de soda que JD avait apportées.

— Je sais que tu as dit que le métier de policier était une affaire de famille.

— Non. C'est le droit qui est une affaire de famille. Mon grand-père était juge et a eu de l'influence dans un certain nombre d'affaires importantes. Il a également su faire de cette fonction un moyen de gagner beaucoup d'argent. Je ne sais pas exactement comment, car personne n'en parle. Mon père est l'associé principal d'un grand cabinet d'avocats de Charleston. Il s'occupe de dossiers importants et connaît toutes les personnes importantes au sein du gouvernement. Mes parents n'ont pas été très satisfaits lorsque j'ai décidé d'entrer dans les forces de l'ordre. Ils voulaient que je suive les traces de mon père, que je reprenne le cabinet, que j'épouse une belle du Sud et que j'aie des enfants calmes, beaux et respectables, railla-t-il en acceptant le verre que Fisher lui tendait.

— Savent-ils que tu es gay ? demanda Fisher.

— Oh, oui. Mais ça n'a pas d'importance. Je devais quand même me plier à ce qu'on attendait de moi : épouser une femme que je n'aime pas pour satisfaire leurs illusions. Je ne pouvais pas faire ça, mais mon péché capital a été mon choix de carrière. Je suis allé à l'académie de police, j'ai obtenu mon diplôme en étant le premier de ma classe et j'ai été engagé à Charleston dans les forces de police dès ma sortie de l'académie. C'est énorme. D'habitude, ils recrutent des officiers ayant de l'expérience dans d'autres services, mais ils m'ont pris tout de suite. Tu crois que mes parents étaient fiers ?

JD secoua la tête.

— Non.

— Et ta sœur ?

— Rachel est plutôt cool quand elle est seule, mais elle ne l'est plus jamais et elle doit suivre le mouvement. Elle a fait des études de droit, et Papa la prépare à prendre la tête du cabinet maintenant.

— Et tu n'es pas rentré dans le moule ? demanda Fisher en se levant et en allant dans la cuisine. Je sais ce que ça fait.

Les casseroles s'entrechoquèrent plus bruyamment que nécessaire, puis se turent.

— Je suis désolé. Je t'écoute, mais je dois faire bouillir l'eau des pâtes.

Il ouvrit le robinet et remplit la casserole, puis la mit sur le feu.

— Où en étais-je ? Non, je ne cadrais pas avec leurs exigences, mais je pensais qu'ils finiraient par accepter qui j'étais. Eh bien, soupira-t-il, la famille Burnside prouve que le déni n'est pas seulement un fleuve en Égypte [1]. Ils vivent dans le déni chaque jour. Si quelque chose ne correspond pas à l'image, ils l'ignorent, le combattent ou, si tout le reste échoue, le découpent et le jettent.

Il y avait plus que cela, mais il avait beaucoup parlé, et la soirée commençait à être très déprimante.

— Parlons de quelque chose de plus agréable que les déceptions familiales. J'ai l'impression que nous pourrions remplir un livre avec nos expériences, clama Fisher.

— Oui, c'est vrai. Parlons de quelque chose de plus agréable. Que dirais-tu d'un génocide ethnique ?

— Ou peut-être le sort des réfugiés Syriens ? proposa Fisher.

JD sourit. Il aimait que Fisher comprenne son sens de l'humour.

— D'accord, donc pas de génocide, pas de réfugiés, et sautons la politique et la religion pour faire bonne mesure, énuméra JD en se levant. Il ne reste plus grand-chose…

Il sourit et se rapprocha encore plus de Fisher.

— Un sujet joyeux ? demanda-t-il, et Fisher acquiesça. Peut-être même quelque chose d'excitant ?

---

1 Phrase célèbre de Mark Twain.

Les lèvres de Fisher s'écartèrent, ses yeux s'écarquillèrent, ses joues rosirent.

— Peut-être même avec des picotements.

La respiration de Fisher s'accéléra, tandis que JD caressait doucement sa joue légèrement barbue. Fisher se pencha vers le contact, et JD ne put résister. La nuit dernière, ces lèvres pleines et pulpeuses avaient eu un goût si doux, alors il se lança. Bien sûr, ce fut exactement comme dans son souvenir, mais plus doux et plus chaud, sans la fraîcheur de l'air pour les refroidir. Bon sang, quand il attira Fisher à lui, il fondit si volontiers, tremblant tandis que JD le tenait.

— Est-ce qu'on t'a déjà embrassé ? murmura JD lorsqu'ils reprirent leur souffle.

— Oui, mais avant l'accident. Je suis sorti avec quelques hommes.

Fisher se raidit.

— Tu sortais avec quelqu'un quand tu as eu l'accident ? interrogea JD, et Fisher hocha la tête. Oh, mon Dieu.

Il voyait bien qu'il avait mis dans le mille rien qu'à son expression. Il fallait qu'il apprenne à se taire.

— Il s'appelait Gareth. Il était irlandais et magnifique, avec des cheveux légèrement roux, des muscles et un sourire qui pouvait illuminer une pièce. Je me demandais ce qu'il voyait en moi, mais il était attentif, gentil, attentionné, et il levait les yeux au ciel aux bons moments, si tu vois ce que je veux dire. Je m'en souviens, et je me souviens aussi de sa visite à l'hôpital après mon réveil. Nous avions parlé d'emménager ensemble, mais lorsqu'il m'a ramené à la maison, il m'a emmené chez moi et m'a dit que j'avais probablement besoin d'un peu de temps pour me reposer. Le lendemain, il est venu me dire que ça ne marchait pas et qu'il valait mieux qu'on arrête de se voir.

— Le salaud, jura JD.

— J'avais besoin d'aide pour accomplir les tâches quotidiennes. Mes mains tremblaient, je pouvais marcher, mais seulement lentement. Gareth m'a regardé et s'est enfui aussi vite qu'il le pouvait. Depuis, il n'y a plus eu personne. Pourquoi s'embêteraient-ils alors qu'ils pourraient avoir quelqu'un d'entier et non pas un paquet de problèmes, de sautes d'humeur et de dépressions ? J'ai vu Gareth il y a un an. Il avait un homme superbe à son bras, et ils se promenaient en ville. Ils faisaient du lèche-vitrine. En fait, je pense qu'ils marchaient dans la rue, s'admirant dans les différentes vitrines.

JD sourit.

— J'espère qu'il est heureux, conclut Fisher.

— Au diable cette idée, rétorqua JD. J'espère qu'il attrapera des morpions, que ses couilles exploseront et que sa bite se ratatinera jusqu'à atteindre la taille d'un champignon de Paris.

Fisher essaya de prendre un air horrifié, puis éclata de rire.

— Bon sang, ça fait du bien. Ça faisait longtemps que je n'avais pas pu rire de quoi que ce soit en rapport avec lui.

Fisher se rapprocha, posant sa tête sur l'épaule de JD.

— Le traumatisme crânien est en partie dû au fait qu'il est difficile de lâcher prise. Quand on n'a plus de souvenirs, on a tendance à s'accrocher à ce qu'on a, et il est donc plus difficile d'oublier quelque chose. Le bon et le mauvais ont tendance à s'accrocher.

Fisher ne bougea pas, et JD réalisa à quel point il était bon de serrer quelqu'un dans ses bras et d'être étreint en retour.

— Je sais que tu as déjà reçu des baisers.

— Comment ?

— Parce que tu embrasses bien.

— Oui. Je suis sorti avec un autre homme pendant que j'étais à l'académie, mais il était tellement au fond du placard qu'il ne reverra probablement jamais la lumière du jour. Je suis sorti avec un autre officier de la police, mais nous avons évité le désastre et décidé d'être amis. Il vit maintenant à Key West avec son mari et, si je me souviens bien, une maison pleine d'enfants – des triplés ou quelque chose comme ça. Apparemment, l'insémination artificielle s'est très bien passée.

Fisher s'esclaffa.

— Je ne pense pas vouloir d'enfants.

— O... K.

Fisher se redressa.

— J'aime les enfants et je m'entends très bien avec eux. Mais je ne pense pas que je devrais soumettre un enfant aux sautes d'humeur que je peux avoir parfois. Ce n'est pas juste pour eux de ne pas avoir un parent qui a les idées claires et qui est capable de prendre des décisions raisonnées de temps en temps. Et si je suis en dépression et que j'oublie de nourrir le bébé ou de préparer le dîner parce que je ne peux pas fonctionner ? Ce n'est pas juste.

Fisher secoua la tête.

JD ouvrit la bouche pour dire à Fisher que tout dans sa vie n'avait pas à se résumer à sa blessure et à sa maladie. Mais qui était-il pour dire ce qu'était la vérité ? Fisher l'avait vécue, et JD ne le connaissait que depuis quelques jours. Comment pouvait-il savoir ce qui était vrai ?

— Il faut que je mette les pâtes dans l'eau, dit Fisher en se dégageant des bras de JD.

Ils se sentirent instantanément vides et la pièce plus fraîche sans la chaleur de Fisher, qui pulsait à côté de lui comme une fournaise. Fisher travaillait tranquillement et concentrait toute son attention sur sa tâche. Il ne s'agissait que d'ajouter des pâtes à l'eau et de faire chauffer la sauce, mais il était concentré sur ce qu'il faisait.

— Tu crois que le type qui était là va revenir ? demanda Fisher en levant les yeux, et il fallut une seconde à JD pour se rendre compte du changement complet de sujet.

— Je vérifierai demain qu'il reste en détention. Sa caution sera révoquée pour l'effraction, et je peux m'assurer que le rapport indique qu'il t'a suivi et harcelé. Le fait qu'il ait été libéré sous caution moins d'un jour et qu'il constitue déjà une menace signifie qu'il n'aura pas de seconde chance. Je ne voudrais pas être la personne qui a payé cette caution.

— Moi non plus, dit Fisher en se remettant à remuer sa sauce. Mais est-ce que d'autres personnes vont venir m'embêter maintenant ? Je n'ai fait que parler à Red pendant quelques minutes et je ne pense pas qu'il a dit quoi que ce soit.

La main de Fisher trembla et il se remit à remuer avec l'autre main.

— Je pense qu'il était seul. Mais tu as mon numéro et tu peux m'appeler à tout moment si tu ne te sens pas en sécurité. Si je travaille ou si je suis en patrouille, j'ai des amis qui viendront.

Bon sang, c'était surprenant de voir à quel point il se sentait protecteur à l'égard de Fisher. Oui, c'était dans sa nature, mais il n'avait pas envie d'envelopper n'importe qui dans une couverture et un rembourrage pour que rien ne puisse lui nuire.

Fisher acquiesça, mais il semblait toujours aussi nerveux. Une fois les pâtes cuites, il les retira de la cuisinière, la casserole cognant sur le brûleur. JD ramassa la manique sur le comptoir et aida doucement Fisher à égoutter les pâtes. Fisher recula, tremblant, puis commença à arpenter le sol minuscule de la cuisine. Chaque fois qu'il passait, sa main effleurait le dos de JD.

— Où sont les assiettes ? demanda JD, essayant d'agir normalement et espérant que ce qui s'était emparé de Fisher passerait.

Il ne savait pas trop quoi faire. Fisher pointa un placard du doigt, et JD alla les chercher. Il mélangea les pâtes et la sauce et les plaça dans le plat. Il ne savait pas ce que Fisher avait prévu d'autre, mais il apporta le plat dans la petite table à manger, ainsi que les assiettes.

JD réussit à trouver les couverts, se procura deux autres root beers, puis guida Fisher jusqu'à la table.

— J'ai des sachets de salade et de la vinaigrette dans le réfrigérateur, se souvint Fisher.

Il se leva d'un bond et commença à fouiller, son énergie se répandant en vagues. Il revint quelques minutes plus tard avec un saladier de salades mélangées et une bouteille de vinaigrette, qu'il posa sur la table.

C'était comme manger avec un lapin frénétique. Fisher ne pouvait pas rester assis, et JD se demandait ce qu'il pouvait faire pour le calmer un peu.

— C'est l'une de tes périodes folles ? demanda JD.

Fisher s'arrêta de manger et ferma les yeux.

— Je pense que oui. Parfois, je ne sais pas quand elles arrivent avant qu'il ne soit trop tard.

— Je ne pense pas qu'il y ait de quoi s'inquiéter. Je suis là et je ferai tout ce que je peux pour que tu sois en sécurité.

Fisher acquiesça et, après quelques minutes, sembla se calmer. Il garda les yeux fermés et respira profondément. Finalement, Fisher s'excusa et quitta la pièce. JD l'entendit dans la salle de bains, et lorsqu'il revint, il avait toujours les yeux aussi écarquillés, mais semblait moins agité.

— J'ai des médicaments à prendre quand c'est comme ça. Mais je dois être prudent.

— C'est une bataille pour toi, hein ? demanda JD.

— Oui, c'est possible. Le fait est que j'ai pris conscience de ma différence et du problème. Je n'ai pris qu'une pilule, et elle va bientôt commencer à faire effet. Je n'en prends jamais plus que ça, à moins que la situation ne soit vraiment grave et que je ne rebondisse sur les murs. Le pire, c'est que les périodes actives sont plutôt agréables. J'ai de l'énergie et j'ai l'impression de pouvoir affronter le monde. Ce sont les périodes creuses qui sont vraiment difficiles.

— Qu'est-ce que c'était ? s'enquit JD. Tu n'es pas obligé de répondre si tu ne veux pas.

— Une crise de nerfs. Ça m'arrive aussi parfois, soupira Fisher. Pouvons-nous parler de quelque chose, n'importe quoi d'autre que de ça?

Il prit sa fourchette et recommença à manger.

— La plupart des gens autour de moi parlent de ma maladie, comme si c'était la chose à faire.

— Ta famille fait ça?

— C'était le cas. Nous ne nous voyons plus.

Fisher fixa son assiette et continua à manger. Comme au restaurant, chaque mouvement était précis. Curieusement, il n'attrapait que trois brins de spaghetti sur sa fourchette, les faisait tourner et les mangeait, puis répétait le mouvement avec la bouchée suivante.

JD baissa le regard et se concentra sur son repas.

— Merde, marmonna-t-il, avant d'espérer que Fisher ne l'avait pas entendu.

Pas de famille ni d'amis, à ce qu'il semblait. Dans son esprit, JD pensait qu'il n'avait pas été bien traité par sa famille, et il n'arrêtait pas de parler de la façon dont ils agissaient. Fisher avait moins de soutien que lui, mais il ne s'était pas apitoyé sur son sort et n'avait pas fait une litanie de ses problèmes. En fait, il n'en avait parlé que parce que JD en avait parlé.

— Demain, je dois travailler très tôt, l'informa JD. Ils modifient mes horaires. Le département utilise des algorithmes qui analysent nos emplois du temps pour savoir quand les équipes doivent changer et ce genre de choses. Je devrais avoir fini en fin d'après-midi, nous pourrions peut-être nous promener dans les magasins d'antiquités ou quelque chose comme ça.

Compte tenu de l'appartement, JD pensait que cela pourrait plaire à Fisher.

— Ce n'est pas nécessaire, déclara Fisher. Je sais ce que tu essaies de faire, c'est inutile. Je ne suis pas une âme perdue que tu dois sauver ou un cas de charité avec lequel tu passes du temps, parce que tu crois que c'est ta bonne action de la semaine. Tu es un mec sympa, JD, et tu pourrais avoir plein de mecs quand tu veux. Tu le sais bien. Je vais bien, vraiment, et je ne veux pas être ton cheval de bataille.

— C'est ce que tu penses? demanda JD.

— Qu'est-ce que ça pourrait être d'autre? Regardons les choses en face. Tu m'as vu sur la place, tu as eu pitié de moi et tu as pensé que j'avais peut-être besoin d'aide, alors tu m'as donné à manger. Et tu as fait la même chose hier soir. Aujourd'hui, tu as réalisé que l'endroit où je travaille a brûlé, alors que s'est-il passé ? Ton instinct de flic protecteur s'est manifesté et tu as décidé d'essayer de m'aider.

Fisher posa sa fourchette et sa cuillère sur son assiette désormais vide.

— Tu n'as pas besoin de passer tout ton temps libre avec moi. Tu as des amis, des gens qui sont bien plus amusants que moi à fréquenter.

Il souleva sa bouteille de soda.

— Je suis une personne brisée qui doit passer ses journées à se rappeler de prendre des pilules pour ne pas péter les plombs et embarrasser tout le monde autour d'elle.

Fisher renversa la bouteille et but jusqu'à la dernière goutte.

JD resta assis, abasourdi. Il en fallait beaucoup pour le surprendre, mais bon sang, c'était un sacré discours.

— Finis ton dîner et rentre chez toi. C'est mieux ainsi.

La finalité de la voix de Fisher résonna sur les murs comme un feu d'artifice sur un terrain vague.

JD chercha un signe indiquant que Fisher plaisantait avec lui ou ne pensait vraiment pas ce qu'il avait dit, mais il n'y avait rien d'autre qu'une expression très sérieuse. Fisher ne sourcilla même pas en posant sa bouteille vide. JD avait mangé la plus grande partie de son assiette, et c'était sans aucun doute une fin de non-recevoir. Il se leva, ayant été éduqué à ne jamais s'imposer quand sa présence n'était plus désirée.

— Je suis désolé que tu le prennes comme ça.

Fisher hocha lentement la tête.

— C'est vraiment mieux pour toi.

JD marqua une pause et s'approcha de l'endroit où Fisher était assis. Il se pencha et l'embrassa sur la joue.

— Tu es sûr que c'est pour moi que tu t'inquiètes ?

Il récupéra son manteau et ses gants, puis quitta l'appartement. Il descendit les marches, monta dans sa voiture et s'enfonça dans la nuit, essayant toujours de comprendre ce qui s'était passé.

— BONJOUR, ONCLE Jeffy, le salua Alex lorsque Carter conduisit JD à l'intérieur l'après-midi suivant.

Alex lui sauta pratiquement dans les bras pour l'enlacer, puis descendit.

— Tu veux une bière ? Il est un peu tôt, mais je pense qu'on l'a bien mérité aujourd'hui, dit Carter en allant dans la cuisine et en partageant un baiser avec Donald, qui était assis à la table devant son ordinateur, marmonnant dans sa barbe.

— Je devrais peut-être y aller, réfléchit JD.

Donald grommela une fois de plus et rabattit l'écran de son ordinateur portable.

— Ne t'occupe pas de moi. La bureaucratie au travail me rend fou, et j'ai besoin de lâcher prise.

Il se leva et salua JD en le serrant dans ses bras.

— Qu'est-ce qui s'est passé aujourd'hui pour que tu aies besoin d'une bière à trois heures de l'après-midi ?

— Des trucs dégueulasses, répondit Carter. Cocaïne, méthamphétamine, tout y est passé. Dans le quartier nord-est, nous avons reçu un appel pour ce que nous pensions être un trouble domestique. Il s'est avéré que deux groupes avaient emménagé dans des maisons voisines. Ça a commencé par des cris et s'est terminé par une fusillade entre deux gangs rivaux de trafiquants de drogue. Ils se tiraient dessus depuis les maisons. On se serait cru dans les quartiers défavorisés de Los Angeles, pas à Carlisle. À notre retour, le maire a convoqué le chef de la police et, au vu de la tête qu'il tirait quand il est revenu, le chef s'est fait passer un savon, et il est en train de mettre sur pied un groupe de travail sur la drogue pour essayer de comprendre ce qui se passe.

— Nous pensions qu'il s'agissait d'un nouvel arrivant sur un territoire sans concurrence, mais ça ne semble pas être le cas, ajouta JD.

Le suspect qui avait essayé de malmener Fisher avait parlé en échange d'un marché.

— C'est tout un système de distribution, probablement à cause de l'autoroute et du péage. Cette région est connue pour ses entrepôts, alors quelqu'un a dû en réquisitionner un pour y installer la drogue. Il y a tellement de camions, petits et grands, qu'ils se cachent dans le trafic existant.

Carter ouvrit deux bières et en tendit une à JD. Alex entra avec des crayons et du papier, s'installa sur la chaise à côté de JD et commença à dessiner.

— Qu'est-ce que tu prépares ? demanda Carter.

— Je dessine Oncle Jeffy. Il a besoin d'un dessin pour sa maison, répondit Alex sans lever les yeux.

— Ah oui ?

Alex acquiesça et continua à travailler.

— Comment ça se passe avec ton nouvel ami ? interrogea Donald. A-t-il eu des informations concernant son travail ?

— Je ne sais pas. Je l'ai trouvé hier soir, assis sur la place, et nous avons dîné chez lui. C'était un peu étrange. Il s'est agité, et j'essaie encore de comprendre pourquoi. Je pense qu'il s'agit du type qui s'est introduit dans son immeuble, ce qui est une tout autre histoire, mais je n'en suis pas sûr. Il est devenu très nerveux, a dû prendre des médicaments et m'a dit qu'il n'était pas nécessaire que j'aie pitié de lui et qu'il valait mieux que je parte.

Donald hocha lentement la tête, ne semblant pas le moins du monde surpris.

— Quoi ?

— Il a subi une lésion cérébrale traumatique et il est bipolaire à cause de ça. C'est une combinaison assez impressionnante, et je soupçonne que ça lui a causé beaucoup de chagrin dans ses relations. Il n'est pas déraisonnable qu'il veuille se protéger d'une douleur supplémentaire.

— Quoi ? Tu es assis là comme si tu savais quelque chose et que j'étais la personne la plus stupide de la planète, s'offusqua JD avant de boire sa bière et d'attendre.

— Il suffit de le lui dire, déclara Carter.

Donald tira la langue à Carter.

— On ne tire pas la langue, gronda Alex.

— C'est exact, répliqua Carter d'un ton supérieur.

Donald leva les yeux au ciel et se tourna vers JD.

— Est-ce que Fisher et toi… avez fait quelque chose ?

— Nous nous sommes embrassés, admit JD.

— Beurk, ronchonna Alex. S'embrasser, c'est dégoûtant.

— Non, ça ne l'est pas, lui dit Donald. Ton papa et moi nous embrassons tout le temps, et ce n'est pas dégoûtant.

— C'est ce que vous pensez, grommela Alex, et ils éclatèrent tous de rire.

— Oublions la philosophie d'un enfant de cinq ans, Fisher n'était peut-être pas prêt pour ça. Ou peut-être qu'il a trop aimé ça, suggéra Donald. Pour les gars comme lui, les choses doivent aller lentement et à un rythme régulier. L'ordre, la routine et la prévisibilité sont les clés qui lui permettent de rester au niveau. Il se peut qu'il ait été submergé entre toi, le baiser, l'incendie de son lieu de travail, le type qui s'est introduit dans son

61

immeuble… Penses-y, c'est beaucoup pour quelqu'un en une journée, et il a réagi en se retirant là où il était en sécurité.

— C'est logique. Alors, que dois-je faire? soupira JD en prenant une autre gorgée, puis en repoussant la bière.

Elle ne faisait pas de bien à son estomac.

— Faire? Il n'y a rien à faire. C'est une personne qui essaie probablement de vivre au jour le jour et de ne pas voler en éclats.

Carter se leva et prit Alex dans ses bras.

— Toi et moi, on va laisser Papa et Oncle Jeffy discuter.

Il déplaça Alex dans ses bras et le fit sortir de la pièce comme un avion. JD les regarda partir, puis se retourna vers Donald.

— Tu l'aimes vraiment bien, constata Donald.

— Oui.

— Alors, le baiser était bon? demanda Donald. Les choses sont-elles allées au-delà du baiser et transformées en pelotage?

— Non. Enfin, pas grand-chose. Je l'ai enlacé.

JD s'arrêta. Pourquoi avait-il l'impression d'être de retour au lycée? Ensuite, ils allaient parler de la deuxième et de la troisième base.

— Je l'aime bien, dit-il fermement, espérant ainsi couper court à toute discussion.

— D'accord. Pourquoi? insista Donald.

— Je ne sais pas. Pourquoi aimes-tu Carter? répliqua JD. J'ai entendu dire que vous vous êtes battus comme chien et chat au début et qu'il t'appelait Icicle. Pourquoi vous êtes-vous mis ensemble?

Donald se rapprocha.

— Tu l'as vu?

Il prit un air rêveur et lointain.

— Oui, exactement. Il n'y a pas d'autre raison que le fait qu'il ait fait flotter ton bateau, répondit JD. Pourquoi serait-ce différent pour moi et Fisher?

— Tu l'as rencontré il y a quelques jours. Laisse-lui du temps et de l'espace. Si les choses doivent marcher, elles marcheront. La première fois que nous nous sommes rencontrés, Carter et moi, c'était un désastre, et la deuxième fois, ça ne s'est pas beaucoup mieux passé, mais nous avons eu de la chance. C'est une marieuse de trois ans qui nous a réunis.

Donald se tourna vers les éclats de rire provenant du père et du fils dans le salon. JD devait admettre qu'il pouvait imaginer peu de sons plus heureux. Sans aller dans la chambre à coucher, du moins.

— JD, tu dois aussi savoir que Fisher ne changera pas, poursuivit Donald. Les problèmes qu'il a vont rester avec lui pour le reste de sa vie. Ses souvenirs ne reviendront pas. Il souffrira de dépression bipolaire par intermittence et de manie extrême. Il n'y a pas de remède. Je suis sûr qu'il sait que…

Donald s'arrêta au milieu de sa phrase.

— Il y a autre chose, n'est-ce pas ?

JD s'éloigna de la table.

— Oui. Je comprends maintenant. Il a eu un accident, et après, son petit ami l'a quitté pour quelqu'un d'autre. Et il a dit qu'il ne voyait plus sa famille.

JD serra le poing.

— Tout le monde l'a repoussé, alors avant que ça ne se reproduise, il m'a repoussé.

— Au moins, de cette façon, il garde le contrôle, déclara Donald. Beaucoup de personnes souffrant de telles blessures perdent le contrôle de leur vie. Ils perdent leur emploi, leur famille est mise à rude épreuve, ils deviennent sans-abri, voire pire. Je vois ça tout le temps. Des parents s'auto-médicamentent avec tout ce qu'ils peuvent trouver pour garder les bons moments et la dépression à distance. Ça ne marche pas et ne fait qu'empirer les choses.

— Mais je ne veux pas que Fisher soit seul comme ça. Il n'a pas à l'être.

— Je sais, mais c'est son choix, tu dois le respecter.

Donald se pencha sur la table.

— Si tu veux mon conseil, laisse-lui du temps, et si vous vous rencontrez à nouveau, laisse les choses se dérouler à son rythme. Mais tu ne peux pas le pousser.

— D'accord, mais je ne suis pas vraiment connu pour ma patience. Surtout quand je trouve quelque chose que je veux.

— Oui, c'est vrai. Ça va de pair avec le métier. Carter n'est pas non plus connu pour sa patience, plaisanta Donald avant de baisser la voix. Il peut être carrément insistant.

— J'ai entendu, s'offusqua Carter. Papa s'en prend à moi.

Alex cria et éclata de rire, et JD se leva.

— Je devrais y aller et vous laisser tous les trois passer un peu de temps en famille. On dirait qu'il n'y en aura pas beaucoup pour chacun d'entre nous dans un avenir proche, si le chef et le maire font ce qu'ils veulent.

Il serra Donald dans ses bras et passa dans l'autre pièce, remercia Carter pour la bière et rentra chez lui.

Il faisait encore jour et un peu plus chaud qu'avant. Lorsque JD arriva sur la place, il regarda le banc de Fisher, mais il était vide. Sans réfléchir, il s'assit, regardant les gens passer. Fisher lui manquait. Oui, il savait que c'était idiot de regretter quelqu'un qu'il n'avait rencontré que quelques fois, mais c'était le cas. Il avait des amis et aimait penser qu'il avait été gentil et qu'il avait essayé d'aider Fisher en l'incluant, mais c'était un mensonge. Oui, Fisher était seul, mais pas beaucoup plus que JD. C'était amusant d'être avec Fisher. Ils s'étaient raconté des histoires, la plupart déprimantes, mais Fisher était devenu aussi indigné et compatissant face à la situation de JD que JD l'avait été face à celle de Fisher, et ils avaient ri ensemble. C'était agréable de se faire un nouvel ami. C'était encore plus agréable d'embrasser un homme et de le voir lui rendre la pareille sans se sentir coupable par la suite.

JD resta assis sur le banc et réalisa que Fisher avait parfaitement raison. Les gens passaient sans voir personne. En s'asseyant et en restant immobile, il était devenu pratiquement invisible. Les avocats se hâtaient le long des allées pour se rendre à leurs rendez-vous au palais de justice de l'autre côté de la rue. Les commerçants vaquaient à leurs occupations. Les adeptes de l'exercice physique se promenaient entre les monuments aux morts et les parterres de fleurs, et personne ne lui prêtait la moindre attention. JD n'aimait pas les pensées qui tourbillonnaient dans sa tête. Être invisible, ça craignait, et il détestait que Fisher se sente ainsi régulièrement. Il se leva, s'éloigna du banc et sortit de la place, continuant à descendre Hanover, choisissant un itinéraire qui ne l'amènerait pas à passer devant l'immeuble de Fisher sur le chemin de la maison.

IV

FISHER RACCROCHA le téléphone avec un petit sentiment de soulagement. Pendant trois jours, il avait appelé Optima chaque matin pour savoir ce qu'ils comptaient faire, et aujourd'hui, il avait enfin reçu des nouvelles. L'entreprise louait d'urgence un entrepôt dans le même complexe et s'attendait à ce que les employés reprennent bientôt le travail. Fisher avait reçu l'assurance qu'ils avaient l'intention de payer leurs employés à temps plein pour la semaine. Au moins, c'était un gros souci en moins pour lui. Il s'assit sur son canapé et alluma la télévision. Cela faisait trois jours qu'il restait assis, passant ses journées à regarder la télévision, et c'était plutôt lugubre.

Normalement, il aurait dû se promener et probablement passer un peu de temps assis à l'extérieur, mais il avait peur. Il ne voulait pas l'admettre, mais s'il s'asseyait sur la place ou se promenait en ville, il craignait d'être vu par l'un des amis du type qui s'était introduit dans son immeuble et l'avait menacé chez lui. Il risquait aussi de croiser JD, et il n'était pas sûr de pouvoir l'affronter. Le lendemain matin, lorsqu'il s'était réveillé, toute la conversation s'était répétée dans sa tête. Parfois, quand il prenait ses médicaments, cela jouait avec sa mémoire, et il n'était pas sûr de savoir ce qui était réel et ce qui était le fruit de son imagination, mais le fait qu'il se soit comporté comme un porc moralisateur envers quelqu'un qui avait été gentil avec lui l'avait fait grimacer et se sentir honteux. Cette nuit-là, il avait passé une bonne partie des heures à revivre les baisers qu'il avait partagés avec JD, et son esprit l'avait emporté dans une envolée qui l'avait amené à sortir du lit pour prendre une douche.

Il n'y avait plus rien à faire. Il avait vraiment tout gâché avec JD, tout comme il avait gâché sa relation avec sa famille. Peu importait dans quel sens il les tournait, les problèmes dans sa vie étaient de son propre fait.

Il se leva du canapé et se dirigea vers la fenêtre qui donnait sur la rue. Le soleil brillait et il faisait plus chaud dehors. Il y avait beaucoup de gens sur le trottoir et ils avaient l'air de bien s'entendre. Fisher alla chercher un manteau et une paire de lunettes de soleil dans son armoire. Il pourrait peut-être se cacher derrière. Une fois bien habillé, il sortit de l'appartement, ferma sa porte à clé, puis descendit les escaliers à toute vitesse et sortit sur le trottoir. Le propriétaire avait déjà fait réparer et renforcer la porte d'entrée. Cela rassurait Fisher que le propriétaire prenne la sécurité de l'immeuble au sérieux.

Après avoir pris une profonde inspiration pour se calmer, il se dirigea vers les deux rues commerçantes de Pomfret, regardant les vitrines et respirant un peu d'air frais. Il avait emporté son téléphone et l'avait glissé dans sa poche. Il ne recevait jamais d'appels, mais il avait besoin de savoir qu'il était là, au cas où.

Personne ne lui prêta attention. Il vérifia même plusieurs fois derrière lui, mais bien sûr, personne ne le suivait. Il essaya de repousser l'idée paranoïaque qu'il ne saurait probablement pas si c'était le cas. Il faisait demi-tour lorsqu'il se heurta de plein fouet à quelqu'un. Fisher eut de la chance de ne pas tomber sur les fesses.

— Excusez-moi, je n'étais pas…

Fisher se retourna et se retrouva face à Gareth. Il cligna des yeux et recula.

— Euh…

Il ne savait pas trop quoi lui dire.

— Il faut que j'y aille.

— Ça fait longtemps. Comment vas-tu ? demanda Gareth.

— Je gère au jour le jour.

Il estima que c'était une bonne réponse.

— Les choses ne se sont donc pas améliorées ? J'ai vu ta mère la semaine dernière, et elle m'a dit que tu luttais toujours contre tes démons. Nous avons discuté, et elle a dit qu'elle essayait de te trouver une aide professionnelle. Est-ce qu'elle est restée en contact ?

— Ma blessure m'a laissé un handicap permanent, Gareth, dit-il en s'avançant. Je ne peux rien y faire, sauf apprendre à vivre selon mes capacités, prendre mes médicaments, essayer d'être quelqu'un de bien et de prendre soin de moi. Et je l'ai fait sans ton aide ni celle de ma famille. J'ai reconstruit ma vie du mieux que j'ai pu. Qu'as-tu fait ? Oh, attends, tu es toujours un trou du cul.

Il se retourna et se dirigea à grands pas vers le coin de la rue, prenant le virage et s'éloignant aussi vite qu'il le pouvait.

Fisher avait du mal à croire qu'il avait dit cela. Pendant une seconde, il fut fier de lui pour avoir tenu tête à Gareth. Peut-être qu'il se remettait de l'accident et que c'était derrière lui.

— Fisher, cria Gareth après lui, et il accéléra le pas, marchant plus vite au rythme de son cœur qui battait de plus en plus fort.

Et si Gareth le poursuivait? Il marcha encore plus vite, n'osant pas se retourner.

— Oh mon Dieu, murmura-t-il.

Gareth avait parlé à sa mère. Les deux personnes qui avaient fait de sa vie un enfer parlaient de lui, comparaient leurs notes, décidaient de ce dont ils pensaient qu'il avait besoin. Fisher avait vécu tout cela, il n'était pas prêt à recommencer. Il aspira de l'air et se mit à courir. Il atteignit la rue principale, vérifia qu'il n'y avait pas de voitures et la traversa à toute allure. Un klaxon retentit derrière lui, mais il continua. Si Gareth était à ses trousses, cela devrait le ralentir. Fisher ne s'arrêta pas et ne fit pas de pause pour vérifier; il regarda devant lui, guettant les gens qui venaient vers lui. Ses pieds et ses jambes picotaient et ses mains tremblaient, mais il n'osait pas s'arrêter. Il n'allait pas retourner dans un hôpital où il n'aurait plus rien à dire ni à contrôler dans sa vie. Pas question, pas question. Il secoua sauvagement la tête pour ponctuer ses propres pensées et continua à courir, s'éloignant de ce qui le poursuivait.

Lentement, la réalité et la prise de conscience s'infiltrèrent dans son esprit, devenant plus fortes, et Fisher ralentit, puis s'arrêta, se penchant pour faire entrer de l'air dans ses poumons brûlants.

— Je vais bien, murmura-t-il encore et encore. Je vais bien. Il n'y a personne derrière moi. C'était juste une crise de panique, c'est fini. Peu importe ce que dit Gareth. C'est un crétin, je n'ai pas besoin de l'écouter. Je suis en sécurité, il ne pourra plus jamais me faire de mal.

Il continua à répéter ces sentiments comme un mantra, encore et encore, en ajoutant d'autres jusqu'à ce qu'il puisse se lever.

Fisher ne savait pas où il se trouvait. Aucune des maisons ou des rues ne lui était familière. Il essaya de se rappeler où il était et ce qui s'était passé, mais sa mémoire était floue et il n'était pas sûr de savoir comment il était arrivé ici. Un bruit sec fendit l'air, et Fisher resta immobile, se demandant ce qui s'était passé exactement. Un homme fonça sur lui, le visage caché par la capuche de son sweat-shirt gris. Fisher s'écarta d'un bond, tandis qu'un autre homme, portant un sweat à capuche bleu marine, le poursuivait à toute allure.

— Fils de pute, tu es mort, hurla l'homme à la capuche bleue, et tous deux coururent comme si les chiens de l'enfer étaient à leurs trousses.

Un coup de feu retentit, puis un autre. Fisher sauta dans une cour et tomba au sol, se couvrant la tête de ses bras, tremblant comme une feuille. Il ne releva pas la tête, gémissant, se balançant d'un côté à l'autre, tout pour éviter que sa tête n'explose. Les feuilles se pressaient sur son visage et il inhalait de la poussière et de la saleté, ce qui le faisait tousser, mais il était trop effrayé pour regarder quoi que ce soit.

Une douleur au côté attira son attention. Il se demanda d'abord si on lui avait tiré dessus, mais c'était son téléphone qui s'enfonçait dans sa hanche. Il le sortit, espérant qu'il n'était pas cassé, et recomposa le dernier numéro appelé.

— Aidez-moi, murmura-t-il lorsqu'il entendit une voix à l'autre bout du fil. Je ne sais pas où je suis, aidez-moi.

Fisher laissa tomber le téléphone sur le sol et garda la tête couverte, se demandant si les hommes qui s'étaient enfuis allaient revenir le chercher.

Le silence s'installa dans l'esprit de Fisher. Il n'y avait pas de bruits de pas, pas de coups de feu, juste le vent qui faisait bruisser les feuilles sèches. Pourtant, il n'osait pas bouger.

— Fisher !

Il sursauta et recula lorsque quelqu'un le toucha.

— Ne me faites pas de mal, cria-t-il, supplia-t-il, il ne savait pas ce qu'il faisait.

Les mots sortirent avant qu'il n'ait pu réfléchir.

— Ne me faites pas de mal. Je n'ai rien vu. Je…

— Fisher, c'est moi. JD.

Il releva la tête des feuilles.

— Qu'est-ce qu'il y a ?

— Tu m'as appelé. Mon Dieu, j'ai eu du mal à te trouver.

JD l'aida à se redresser et le prit dans ses bras.

— Tu vas bien ? Tu as été blessé ? Qu'est-ce qui s'est passé ?

Il fit une pause, puis dit dans sa radio :

— Red, je l'ai trouvé dans les avenues, près de D et College.

— Ils… je…

Fisher ne savait pas par où commencer, les larmes coulèrent. Il enfouit son visage dans l'épaule de JD et se mit à pleurer. Cela faisait longtemps qu'il n'avait pas versé de larmes, mais il était si confus, et comme la peur s'en allait, il fallait la remplacer, et c'était tout ce qu'il avait.

— Prends ton temps, l'apaisa JD en restant sur place.

— J'ai vu des hommes courir, l'un poursuivant l'autre. Peut-être des coups de feu. Je ne suis pas sûr, raconta Fisher en s'essuyant les yeux.

— Qu'est-ce que tu fais là ? Tu as fait tout ce chemin à pied ?

— Je pense que oui, répondit Fisher. J'ai dû le faire, mais je ne me souviens pas exactement de tout. J'ai vu Gareth, il a été méchant et il a crié après moi. Je voulais m'enfuir, alors j'ai continué à avancer. Puis des hommes ont commencé à courir vers moi. Je crois que j'ai entendu des coups de feu et je suis resté au sol jusqu'à ce que tu arrives.

Les sirènes retentirent, et Fisher se crispa.

— C'est seulement Red, le rassura JD. On nous a signalé des coups de feu dans cette zone, alors nous enquêtions et tu as appelé. Nous avons pu tracer ton appel, mais seulement jusqu'à la ville.

— C'étaient bien des coups de feu, leur apprit Red en sortant de sa voiture et en s'approchant de l'endroit où Fisher était toujours assis sur le sol. As-tu été touché ?

— Non. Mais j'ai peut-être vu l'homme qui tirait. Je n'en suis pas sûr.

Fisher tenta de se calmer et de mettre de l'ordre dans ses pensées et ses souvenirs.

— Un homme vêtu d'un jean et d'un sweat à capuche gris a couru vers moi, et un autre l'a suivi en criant qu'il était mort.

Fisher garda sa voix aussi calme que possible, mais sa panique recommença à monter rien qu'en racontant ce qui s'était passé.

— Je vais appeler tout le monde, dit Red. Il va falloir faire venir des gens pour quadriller le quartier et voir si on trouve quelque chose.

Fisher déglutit, la bile remontant dans sa gorge.

— Ils sont partis par là. Les premiers tirs venaient de là-bas, et les derniers de là où ils sont allés. Je n'ai rien vu d'autre.

— Merci, dit Red, et il commença à contacter des gens avec sa radio.

Bientôt, d'autres sirènes retentirent au loin, de plus en plus fort. JD l'aida à se lever et ouvrit la portière arrière de sa voiture de patrouille, lui offrant ainsi un endroit où s'asseoir.

— Détends-toi et respire. Tu veux que j'appelle une ambulance ? Tu es encore rouge et tu respires difficilement.

— Je vais m'en sortir, dit-il.

Il n'avait plus aussi peur et, maintenant qu'il avait dit ce qu'il pouvait, il ferma les yeux et laissa JD prendre le relais. Lorsque les autres voitures arrivèrent, les officiers se concertèrent hors de sa vue, puis il les observa se déployer en éventail.

— Avez-vous besoin que quelqu'un vous ramène chez vous ?

La voix lui était inconnue, et il leva le regard.

— Je suis l'inspecteur Cloud. L'officier Burnside a quelques tâches à accomplir. Il sera de retour dans un petit moment, alors, si vous pouvez attendre, il vous ramènera chez vous.

— Merci. J'apprécierais.

— Avez-vous vu qui a tiré les coups de feu ? interrogea-t-il.

— Non. Je les ai entendus et j'ai vu des hommes courir, mais c'est tout. J'ai dit à Red et JD ce que j'avais vu, ils l'ont noté.

— Vous habitez près d'ici ?

— Non, j'habite à Pomfret.

— Alors que faisiez-vous jusqu'ici sans voiture ? demanda l'inspecteur avec insistance.

— Je marchais.

L'estomac de Fisher se serra et le calme qui commençait à s'installer fut rompu.

— Je suis allé me promener et je me suis… retourné.

Il essaya de réfléchir à la manière dont il pourrait expliquer tout cela sans paraître aussi fou que sa famille et Gareth semblaient le penser. Mon Dieu, pourquoi était-il sorti de son appartement ? Après avoir vu Gareth, il aurait dû rentrer chez lui, fermer sa porte à clé et rester là. L'inspecteur le regardait comme s'il était un monstre ou qu'il avait quelque chose à voir avec ce qui s'était passé ici.

— C'est une bonne distance, fit remarquer l'inspecteur Cloud.

— Aaron, appela JD en s'approchant, et Fisher soupira de soulagement lorsque l'inspecteur s'éloigna.

JD et lui discutèrent à voix basse, puis l'inspecteur lui fit un signe de tête et se tourna vers les autres officiers.

— Viens, dit JD. Mon service est terminé, et Aaron a dit que je devais te ramener chez toi.

Fisher s'installa sur le siège avant, et JD ferma la portière. Puis il monta et commença à rouler à travers la ville.

— Il pensait que j'étais impliqué dans la fusillade, murmura Fisher.

— C'est son travail de poser des questions et d'essayer de comprendre ce qui s'est passé. C'est un homme méfiant, mais il fait très bien son travail. Je lui ai expliqué ce qui s'était passé et pourquoi tu étais là. Je lui ai aussi dit que je te connaissais, et le fait que nous ayons trouvé des douilles et d'autres preuves nous a aidés.

Fisher ne demanda pas ce que c'était. Il ne voulait pas penser à des traces de sang ou à des cadavres pour le moment. Ils prirent un chemin de traverse, et bientôt, JD s'arrêta au commissariat.

— Je dois prendre mes affaires, puis je te ramènerai chez toi dans ma voiture.

Ils sortirent, et Fisher entra, s'asseyant dans le hall pendant que JD faisait ce qu'il avait à faire.

Les officiers vaquaient à leurs occupations, mais chaque fois que l'un d'entre eux le regardait ou marchait dans sa direction, Fisher s'attendait à moitié à ce qu'ils le ramènent dans l'une de ces petites salles qu'ils avaient probablement pour pouvoir lui poser plus de questions.

— Allons-y.

Fisher se leva, quitta le commissariat avec JD et monta dans sa voiture. Il s'attendait à ce qu'il le ramène à son appartement, aussi fut-il surpris lorsque JD s'arrêta devant une petite maison.

— Où sommes-nous ?

— C'est chez moi. Je ne pense pas que tu devrais être seul en ce moment. Tu as besoin de temps pour reprendre tes esprits.

JD sortit, puis se dépêcha de faire le tour et d'ouvrir sa portière.

— Entre un moment.

— Je n'ai pas besoin que tu prennes soin de moi, protesta Fisher.

Ses jambes recommençaient à picoter sous l'effet de l'anxiété, et lorsqu'il fit un pas, la gauche se déroba sous lui. JD le rattrapa et le porta à moitié jusqu'à la porte d'entrée. Une fois que Fisher réussit à se mettre debout, JD les fit entrer et aida Fisher à s'asseoir sur le canapé.

— Je vais te donner de l'eau, et tu pourras te calmer. Il n'y a pas de raison d'être nerveux. J'ai des crackers, du fromage et des fruits, si tu as besoin de manger quelque chose.

JD sortit précipitamment de la pièce et revint avec une bouteille d'eau. Fisher la regarda fixement.

— C'est moi, dit JD, et Fisher hocha la tête, prenant la bouteille d'un air absent. Tu m'inquiètes.

— Je vais bien. Je suis juste un peu épuisé et confus. J'ai besoin de réfléchir à ce qui s'est passé et…

Fisher leva la tête, reconnaissant à JD de s'asseoir sur une chaise à proximité. Il avait besoin de calme et de tranquillité, pas que JD coure dans tous les sens et ajoute à son inquiétude.

— Que s'est-il passé avec Gareth ? Qu'est-ce qu'il t'a dit ? demanda JD.

— Qu'il avait parlé à ma mère et qu'ils voulaient que je trouve de l'aide.

Fisher ouvrit la bouteille d'eau.

— La dernière fois que ma mère a décidé que j'avais besoin d'aide, elle a essayé de me placer dans un hôpital privé. Je suppose qu'ils lui ont dit qu'ils pouvaient me guérir. Je m'y suis opposé, et elle n'a rien pu faire. J'ai le droit de prendre mes propres décisions. Quand j'ai dit à ma mère que je ne voulais pas être hospitalisé, elle m'a tourné le dos, et Gareth m'a rapporté qu'elle avait dit qu'elle allait réessayer.

C'était du moins ce que Fisher avait entendu Gareth dire, mais il n'allait pas se laisser faire.

— J'espère que tu as dit à Gareth ce que tu en pensais, dit JD.

Fisher se mit à glousser.

— Je lui ai dit que j'avais une maladie mentale, mais que lui était resté un connard.

Il but une gorgée de la bouteille.

— Mais ensuite, il m'a crié dessus, et j'ai pensé qu'il pourrait me poursuivre, alors j'ai marché plus vite. Je n'étais pas sûr qu'il soit toujours derrière moi, alors j'ai continué, et puis je me suis retrouvé dans un endroit étrange et j'ai eu une crise de panique. Les hommes ont commencé à courir vers moi en criant, puis j'ai entendu des coups de feu et j'ai plongé sur le sol. Je me suis fait mal à la hanche, mais ça m'a rappelé que j'avais mon téléphone sur moi, alors je t'ai appelé.

Il inspira et but encore un peu d'eau.

— C'est tout ce qu'il y a à dire.

Il tenta d'empêcher sa main de trembler.

— Essaie de te détendre.

— J'étais calme, et puis tu m'as laissé avec cet inspecteur, et il a commencé à m'interroger et à agir comme si c'était moi qui avais tiré. Les officiers de police n'ont-ils pas une meilleure attitude au chevet des malades, ou des témoins, ou quelque chose comme ça?

Mon Dieu, il était en train de perdre la tête, et sa bouche ne voulait pas se fermer.

— Je crains que non. Parfois, nous obtenons plus de réponses lorsque nous posons des questions insistantes. Ça fait partie du métier.

JD quitta de nouveau la pièce. Fisher enleva son manteau et s'assit, regardant autour de lui l'étrange collection d'objets. Il savait qu'il était très pointilleux sur la propreté de son appartement. JD ne semblait pas avoir le même souci. Non pas que la maison soit sale, mais elle était un peu en désordre. Mais une fois de plus, c'était peut-être son côté maniaque qui ressortait. La plupart des gens auraient probablement trouvé l'endroit très agréable, mais Fisher pouvait voir une légère couche de poussière sous la chaise et se demandait si JD ferait une crise s'il prenait quelque chose pour l'essuyer.

JD revint avec une assiette de fromage et quelques crackers qu'il posa sur la table. Fisher les prit et les grignota, puis il but de l'eau. Au moins, il avait quelque chose à faire.

— T'arrive-t-il souvent de subir ce genre de crises ? demanda JD.

— Non. J'en ai eu quelques-unes avant que les médecins ne me mettent sous traitement et ne les régulent. Il s'agit de crises de panique bipolaires, qui prennent le dessus. La première fois que j'en ai eu une, j'ai cru entendre des voix et je me suis demandé pourquoi je ne comprenais pas ce que les gens disaient. Je pensais en fait que Dieu me parlait, mais, en même temps, je savais que ce n'était pas le cas. Puis ils m'ont mis sous traitement, et nous avons fait des tests pour obtenir les bonnes doses et tout le reste.

Il fit une pause et se rendit compte qu'il s'emballait de nouveau.

— Ça fait plusieurs années, j'aimerais savoir pourquoi ça recommence.

Il expira et souffla de l'air vers le haut de manière à ce qu'il balaie une mèche de cheveux.

— La dernière fois, c'était il y a deux ans, et avant que tu ne poses la question, j'ai pris mes médicaments.

— Hé. Je n'allais pas demander et je suis content que tu te sentes mieux.

Fisher acquiesça, s'enfonça avec reconnaissance dans les coussins du canapé et laissa le confort l'envelopper. Il prit de grandes respirations et essaya de se concentrer sur un seul sujet. Lorsqu'il ouvrit les yeux, JD le regardait avec un sourire niais, il se concentra sur ce sourire et se rendit compte qu'il souriait à son tour.

— Quoi ?

— Rien. C'est juste que je ne m'attendais pas à te revoir après la dernière fois, et puis tu m'as appelé.

Fisher sentit sa main trembler, créant des vagues dans la bouteille d'eau.

— Je suis désolé. Je sais que ce n'est pas une excuse, mais il y a des moments où je réagis de manière excessive et…

JD se leva et s'assit à côté de lui sur le canapé.

— Ce n'est pas grave. J'allais trop vite.

— Ce n'était pas ça. Les gens m'ont repoussé, et je pense que je t'ai repoussé en premier, avant que tu ne puisses le faire.

Il tendit sa bouteille, mais JD lui prit la main à la place.

— Écoute. Je suis assez perturbé, comme tu l'as vu aujourd'hui. Je ne gère pas très bien le stress, ni les surprises, et ce que les gens « normaux » voient et perçoivent me dépasse.

C'était la façon la plus simple d'essayer de l'expliquer. La vérité, c'était qu'il se passait des choses et qu'il réagissait parfois sans trop savoir pourquoi. Il pouvait voir qu'il faisait quelque chose ou entendre ses propres mots, mais ils avaient leur propre pouvoir. Il voulait arrêter ce qu'il faisait ou disait, mais il n'y parvenait pas. Parfois, c'était comme s'il regardait un film dans lequel il se précipitait du haut d'une falaise, sans pouvoir rien faire.

— J'apprécie vraiment que tu sois gentil avec moi. C'est vrai, et je ne peux pas te dire ce que ça signifie pour moi que tu sois venu quand j'ai appelé.

— Bien sûr que je l'ai fait. Je t'ai dit de m'appeler si tu avais besoin de quoi que ce soit.

— Mais j'ai été un tel crétin.

JD serra sa main plus fort, et Fisher aima ça. Il ne lui faisait pas mal, mais sa prise était solide et constante.

— Et si on mettait ça derrière nous ? Promets-moi juste que si tu veux essayer d'être proactif sur quelque chose, comme, je ne sais pas, me repousser pour mon propre bien ou parce que tu as peur de quelque chose, tu m'en parleras.

— Mais parfois les choses… prennent le dessus.

— Parler des choses peut aider.

Fisher tourna la tête et plongea son regard dans les yeux d'un bleu intense de JD.

— Tu es magnifique, dit-il. Pourquoi voudrais-tu d'une personne dérangée et folle comme moi dans ta vie ?

JD sourit, montrant des dents blanches parfaites.

— Et si nous disions simplement que j'ai un faible pour les blonds robustes aux yeux bleu océan et aux lèvres pulpeuses ?

JD passa ses mains dans les cheveux de Fisher et fit glisser ses doigts le long de sa mâchoire. Il se pencha plus près.

— Tu n'as pas idée à quel point tu es beau. Et j'aime que tu aies des fossettes quand tu souris.

— Pas moi.

Fisher essaya de ne pas sourire et échoua lamentablement.

JD se pencha en arrière et poussa un petit cri.

— C'était pour quoi ça ?

— Je t'ai fait sourire. J'ai envie de lancer le ballon et de faire une de ces danses de poulet dans la zone d'en-but.

— J'aimerais bien voir ça, gloussa Fisher en regardant si JD allait vraiment battre des bras et des jambes après avoir lancé une balle imaginaire.

Il ne le fit pas. Au lieu de cela, il se pencha plus près, un souffle s'échappant de ses lèvres.

— Qu'en est-il de ressentir ?

— JD. C'est là que les choses ont mal tourné la dernière fois.

— Le baiser, c'était mal ?

— Non. Mais tu as commencé à bouger rapidement, et…

JD ne recula pas. Il resta immobile, clignant des yeux.

— Tu n'as pas aimé que je t'embrasse ?

— Bien sûr que si. Tu embrasses vraiment bien, mais…

JD se rapprocha, et le nez de Fisher se remplit de musc et d'un soupçon de sueur, le parfum des dieux.

— Alors profitez-en. Sois heureux et laisse-toi aller à un peu de plaisir dans l'instant. Tout n'est pas forcément bouleversant. Parfois, un baiser ou un contact – JD posa sa main sur celle de Fisher, l'enveloppant de chaleur – n'est que le fait de deux personnes qui se disent bonjour… avec des possibilités.

JD combla le fossé qui les séparait.

La chaleur s'empara instantanément de Fisher, et avant qu'il ne s'en rende compte, il avait glissé ses bras autour du cou de JD, ses mains et ses bras chatouillés par ses cheveux. C'était agréable – non, plus qu'agréable, inspirant – et cela lui donnait envie de choses qu'il ne pensait plus pouvoir avoir. Lorsque JD l'enlaça et le rapprocha, pendant quelques secondes, l'anxiété et les voix de la prudence dans sa tête se turent. Tout ce qui existait, c'était la bouche de JD sur la sienne, la façon dont il écartait ses lèvres et utilisait sa langue pour effleurer le bord des dents inférieures de Fisher. Un doux gémissement traversa la pièce, et Fisher se rendit compte qu'il venait de lui.

— Tu vois, tu peux te permettre d'être heureux.

— Ce n'est pas un de ces moment avec un touchdown et une danse du poulet, n'est-ce pas? demanda Fisher.

JD secoua la tête d'un côté à l'autre une seule fois, leurs regards rivés l'un à l'autre, puis il prit la mâchoire de Fisher dans sa main, guidant leurs bouches l'une vers l'autre. Lorsque JD s'écarta un peu plus tard, Fisher était rouge, transpirait un peu et son sang battait à tout rompre dans ses oreilles. Il ne voulait pas que cela se termine. Il se sentait vivant et entier, au moins pour un court moment. Il pouvait imaginer qu'il n'y avait rien qui clochait chez lui et que JD pouvait le désirer et être heureux avec lui.

— Ne bouge pas, murmura JD. Quel que ce soit ce qui te donne l'impression que tu es sur le point de sauter dans une piscine de crème fouettée, retiens-le, mets-le de côté et ressors-le quand les choses deviennent difficiles.

— C'est comme ça que tu fais?

— Oui, mais je vais m'accrocher à ce regard sur ton visage, maintenant.

JD traça les lèvres de Fisher de son pouce, ce qui le fit bâiller. Fisher tenta de le réprimer, sans toutefois y parvenir.

— Tu as traversé beaucoup d'épreuves ces dernières heures. Si tu as besoin de te reposer, j'ai une chambre d'amis où tu peux t'allonger.

JD se leva d'un bond et sortit précipitamment de la pièce. Il revint avec une couverture qu'il posa sur le canapé à côté de lui.

— Je vais bien, assura Fisher alors que sa bouche le trahissait de nouveau.

JD ramassa la vaisselle et les verres, laissant Fisher seul dans le salon. Il prit la couverture et s'étendit sur le canapé, surpris par son confort. Il devrait vraiment rentrer chez lui, mais le fait d'être avec quelqu'un était agréable et il se sentait plus en sécurité. Fisher vérifia l'heure et se souvint qu'il devait prendre ses pilules. Il se leva et sortit la boîte de voyage qu'il portait sur lui. Il se rendit dans la salle de bain du rez-de-chaussée et prit ses pilules, puis retourna sur le canapé.

— C'est bon? s'enquit JD en éteignant la lumière de la pièce.

Avant que Fisher ne puisse répondre, la sonnette retentit, et JD quitta la pièce. Fisher s'installa et écouta JD ouvrir la porte et parler doucement à quelqu'un. Il entendit la porte se refermer et suivit JD du regard, tandis qu'il transportait une grande enveloppe à travers la pièce jusqu'à la cuisine.

Fisher était curieux. Il n'avait pas le droit de demander ce que c'était, bien sûr, mais les grosses enveloppes, selon son expérience, apportaient rarement de bonnes nouvelles. Les grosses enveloppes contenaient des ordonnances restrictives lui enjoignant de ne pas s'approcher de la maison où il avait grandi. Fisher se sortit cette idée de la tête du mieux qu'il put. Il était stupide. Ce n'était qu'un paquet que JD avait reçu, rien de plus.

— Bah ça alors !

Fisher entendit le souffle de JD dans la cuisine. Il ouvrit les yeux et regarda dans l'autre pièce, mais il ne voyait pas JD. Il repoussa les couvertures et se leva, puis s'approcha lentement jusqu'à ce qu'il le voie assis à la table, les papiers devant lui, se tenant la tête entre les mains. Fisher ne connaissait que trop bien la position « qu'est-ce que je vais faire ? ».

— Tu vas bien ?

JD leva le regard, et Fisher ne sut pas quoi penser de son expression.

— C'est une lettre d'un avocat de Charleston à propos de Tante Lillibeth. Elle m'a légué ses biens. Tout son patrimoine.

— Et ton père ? demanda Fisher.

— Elle dit dans son testament qu'il a tout ce qu'il lui faut, qu'il n'a besoin de rien d'elle et qu'elle ne veut pas que ma mère mette ses griffes sur quoi que ce soit qui lui appartienne. Je suppose que ma tante avait elle aussi des griffes.

JD baissa de nouveau les yeux sur les papiers.

— Je ne suis même pas allé à l'enterrement. J'ai laissé ma mère me faire culpabiliser pour que je reste ici au lieu de leur dire d'aller se faire foutre et de faire ce que je savais être juste.

JD sursauta.

— C'est grave ?

— Non, je ne sais pas ce que ça signifie. Il y a des inscriptions pour des avoirs offshore, sa maison et une maison sur la plage, ainsi que des œuvres d'art et des voitures.

— Ta tante était-elle riche ? demanda Fisher.

— Je ne sais pas. Je veux dire, je connais la maison dans laquelle elle vivait. Elle était jolie – très vieille et pas immense ou quoi que ce soit d'autre. Et j'avais l'habitude de lui rendre visite à la maison de la plage, mais je ne savais pas qu'elle en était propriétaire. Je pensais que c'était une location qu'elle réservait chaque année.

Il ne bougea pas, fixant toujours les papiers devant lui.

Fisher se plaça derrière lui et posa doucement ses mains sur ses épaules. Il pétrit lentement le cou de JD de ses doigts. La tension qui n'existait pas dix minutes plus tôt emplissait maintenant la pièce, et il pouvait presque sentir la présence du spectre de la culpabilité se former dans le coin, puis s'agrandir jusqu'à ce qu'il se profile au-dessus d'eux comme un ours géant prêt à frapper.

— Que dois-je faire ? Je ne mérite rien de tout ça. Je ne suis même pas revenu pour ses funérailles, parce que…

JD ne termina pas sa réflexion.

— Tu as eu peur ? proposa Fisher. Je sais ce que c'est que d'avoir peur. Je vis ma vie dans un état d'anxiété nerveuse en me demandant quelle mauvaise chose va m'arriver, et le pire, c'est que les mauvaises choses arrivent.

— Mais ce n'est pas forcément de ta faute, dit JD. C'est moi qui ai fait ça. J'ai laissé ma mère me dissuader de faire ce que je savais être juste. Je ne suis pas allé l'enterrement de la seule personne de ma famille qui ne m'ait pas tourné le dos.

Il tourna la tête, et les mains de Fisher tombèrent à ses côtés.

— Pour quoi faire ? Pour rendre heureux des gens qui ne m'accepteront jamais et ne voudront plus jamais de moi dans leur vie ? Pourquoi me suis-je soucié de ce qu'ils pensaient ?

— Parce que tu ne voulais pas de bagarre à l'enterrement de ta tante. En plus, ta tante n'était plus là. Il n'y avait que son corps, et tous ces trucs d'enterrement, c'est pour les vivants. La personne dans le cercueil ne vit qu'à l'intérieur de nous, dans nos cœurs.

Fisher tira la chaise à côté de celle de JD et s'assit.

— Si ta tante te regarde de là-haut, elle comprend ce qui s'est passé dans ta famille et elle ne t'en veut pas.

JD détourna son attention des papiers.

— Tante Lillibeth a toujours su ce qu'elle voulait, et tout ce qu'elle voulait, elle le faisait. Et elle pouvait agacer ma mère plus que n'importe qui… toujours.

— Elle n'aimait pas ta mère ?

— Non.

— Alors elle ne va pas t'en vouloir. Je ne te le reprocherais pas.

JD leva les yeux vers lui, le regard chaleureux.

— Y a-t-il quelqu'un de ta famille que tu vois encore ?

— Non. Tous les membres de ma famille doivent contourner ou passer par ma mère, y compris mon père. Ils ne veulent pas lui tenir tête.

— Pourquoi ? Je n'ai pas tenu tête à ma propre mère.

— C'est Maman qui possède l'argent dans ma famille, beaucoup d'argent. Mon père est resté sur ses talons pendant toute la durée de leur mariage, et mon jeune frère ne veut pas être mis à l'écart, alors il reste discret et à distance. Mes sœurs sont toutes les filles de leur mère. Maman dirige tout, et tous ceux qui se trouvent dans sa sphère d'influence se rangent à ses côtés ou se mettent à l'écart. Après mon accident, ma mère a voulu tout diriger dans ma vie, et lorsque mes problèmes sont devenus permanents et gênants, elle a voulu me mettre à l'abri des regards.

— Il semble que nos mères aient beaucoup de choses en commun.

JD ramassa les papiers et commença à les glisser dans l'enveloppe.

— Tu n'étais pas fatigué ?

— Si. Mais tu étais contrarié, donc…

— Vas-y et allonge-toi, si tu veux. Tu as raison. J'étais contrarié par quelque chose que je ne peux pas changer, et ma tante serait en colère contre moi si je laissais ma mère m'atteindre. Connaissant ma tante, elle m'a laissé ses biens pour que je puisse me libérer de ma mère, si c'est ce que je veux.

— Et c'est ce que tu veux ? demanda Fisher.

— Plus que tout. Enfin, plus que presque tout.

Quelque chose dans la voix de JD provoqua un frisson suivi d'une bouffée de chaleur dans le dos de Fisher. Il se déplaça d'avant en arrière, tandis que la sensation remontait le long de son dos comme le battement fluide de la queue d'un dauphin. Il n'était même pas sûr de ce que JD voulait dire exactement, mais il était presque certain, surtout au vu de la façon dont il ne détournait pas le regard, que JD parlait de lui.

En vérité, Fisher n'était pas sûr de ce qu'il ressentait à l'idée d'être l'objet de l'attention de JD. C'était bien, mais les relations qu'il avait eues, amoureuses ou non, n'avaient pas survécu à son accident et à ses conséquences. Et si JD se rendait compte qu'il n'en valait pas la peine, comme tous les autres ?

— JD.

— Je sais. Il faut que je ralentisse et que je te laisse te ressaisir.

Il n'était pas sûr que cela l'intéresse.

— Tu me fais passer pour un cheval poussif que tout le monde doit attendre pour franchir la ligne d'arrivée.

JD tira sur son col.

— Non. J'ai parlé à Donald il y a quelques jours. Il m'a expliqué que ta vie était construite autour de la routine et des choses qui te sont familières. Il a dit beaucoup d'autres choses, mais je crois que ce qu'il voulait dire, c'est que je dois faire partie de ta routine au lieu d'essayer de la perturber.

Fisher se leva et retourna sur le canapé, ayant besoin d'une minute pour comprendre ce qu'il ressentait à l'idée que JD parle de lui à Donald.

— Ce n'était rien d'important, je te le promets. J'avais besoin de ses conseils après la façon dont tu as agi parce que j'étais blessé et surpris. Il m'a donné un petit aperçu et m'a dit que je devais être patient.

— Mais comment savais-tu que je t'appellerais ? demanda Fisher en s'asseyant et en tirant la couverture sur ses jambes.

JD s'assit à côté de lui et étendit le tissu sur ses propres jambes.

— Je ne le savais pas. Tout ce que je pouvais faire, c'était espérer que nos chemins se croisent à nouveau. Je ne m'attendais pas à ce que ce soit sur les lieux d'une fusillade, mais j'ai été heureux – pendant quelques secondes, en tout cas – lorsque ton numéro s'est affiché sur mon téléphone. Je m'étais pourtant dit que si j'avais une deuxième chance, j'allais essayer d'en profiter au maximum. Je vais donc essayer d'aller à ton rythme et de te laisser me guider. Je ne suis pas quelqu'un de patient, mais j'essaierai de l'être avec toi.

— Tu as parlé de moi à d'autres personnes ?

Fisher avait du mal à laisser passer ça.

— Si je m'en fichais, je ne lui aurais pas parlé.

— D'accord.

Il essaierait de l'accepter.

— Oh, je dois te dire que je reprends le travail lundi. J'ai enfin obtenu une réponse. Ils pensent que les systèmes seront restaurés et nettoyés. Nous devrons mettre toutes les informations sur les bacs, et ensuite nous pourrons recommencer à recevoir des expéditions.

— Veux-tu bien m'éclairer sur cette histoire de bacs ? Je ne sais pas vraiment ce que c'est, mais ça ressemble à un progrès.

— Oui, ils ont dit qu'ils disposaient d'un espace temporaire et que le plan était de reconstruire l'entrepôt sur le terrain que nous avions. Au moins, je garde mon travail.

C'était un énorme soulagement pour lui.

— Un facteur de stress en moins, accorda JD, et Fisher ne pouvait qu'être d'accord. Viens ici.

JD l'attira dans un autre baiser, et cette fois, Fisher lâcha prise et s'y abandonna.

— J'aime bien t'embrasser, murmura Fisher, alors qu'ils reprenaient leur souffle.

JD fit semblant d'être déçu.

— Tu *aimes bien* ça? Sache que j'ai beaucoup travaillé pour perfectionner mes compétences en matière de baisers.

— Combien as-tu dépensé exactement pour ce dur labeur, et où sont tous ces hommes que tu as embrassés?

Il essaya de garder le même ton taquin que JD avait utilisé, mais la jalousie monta du plus profond de ses tripes. Il n'aimait pas l'idée que JD embrasse d'autres personnes, pas du tout.

— J'espère qu'il ne s'agit pas d'un récent voyage de découverte et d'amélioration de soi.

— Non. J'ai fait mes études il y a longtemps et je n'ai pas pu mettre en pratique mes connaissances théoriques depuis un certain temps.

— Bien, approuva Fisher en comblant l'écart entre eux.

Il se sentait un peu comme un adolescent flirtant sur le canapé de ses parents, sauf qu'il n'avait jamais embrassé personne à proximité des meubles précieux et délicats de sa mère.

Après quelques minutes de baisers, Fisher, espérant que cela ne poserait pas de problème, laissa ses doigts se promener sous les couvertures. Les jambes de JD étaient larges, étirant son jean, les muscles frémissant sous sa main. En continuant, Fisher rencontra un renflement assez important, et JD ferma les yeux, gémissant légèrement. Il n'avait pas l'intention d'être taquin, alors il retira sa main, mais il aurait aimé explorer un peu plus avant.

JD les rapprocha, et Fisher appuya sa main sur le torse de JD pour se stabiliser.

— Tu es fait de roches? murmura-t-il en tapotant les pectoraux de JD. De beaux cailloux. Des pierres sexy.

Il finit par faufiler sa main sous la chemise de JD et…

— … caresser jusqu'à ce que ma tête explose.

— Chéri, tu peux faire ce que tu veux. Je fais beaucoup d'exercice, parce que le maintien d'une bonne condition physique fait partie de mon travail et que ça me permet de mieux me protéger et de mieux protéger les gens.

JD avait l'air d'être le porte-parole d'un publireportage.

— On s'entraîne, parce qu'on aime l'apparence que ça donne, déclara Fisher. Il n'y a rien de mal à ça. J'aime ton apparence.

Il se blottit contre JD, qui l'entoura de ses bras.

— Mais je dois rester en forme pour mon travail.

— Oui, mais ce n'est pas la seule raison pour laquelle tu le fais.

Il reposa sa tête sur l'épaule de JD jusqu'à ce que le téléphone de ce dernier sonne.

— Merde.

— J'espère que ce n'est pas le travail, marmonna JD, saisissant son téléphone en gémissant.

— Je peux rentrer chez moi, si tu en as besoin, proposa Fisher en repoussant la couverture pour se lever.

— En parlant du diable, soupira JD en lui montrant l'écran qui affichait « Maman », puis il répondit. Je suis un peu occupé en ce moment. J'ai fait ce que tu m'as demandé, je suis resté à l'écart. Maintenant, je veux que tu me laisses seul pour faire mon deuil à ma manière pendant un moment.

Il fit une pause.

— J'ai de la compagnie pour l'instant. Tu pourras m'appeler plus tard.

JD raccrocha, ressemblant au chat qui venait de manger le canari.

— Ça m'a fait du bien.

— Tu aurais pu prendre l'appel. Et si c'était important ? s'inquiéta Fisher.

— Il n'y a rien qui puisse être aussi important, et elle s'attend toujours à ce que tout le monde laisse tomber ce qu'il fait parce qu'elle nous siffle. Ma mère a tourné le dos à son propre fils, alors elle ne mérite pas d'être une priorité.

Il se leva et se dirigea vers les fenêtres de l'entrée.

— Il fait beau dehors.

— Tu veux faire quelque chose ? demanda Fisher.

— Nous pourrions nous rendre dans les magasins d'antiquités sur la route. Il y en a quelques-uns de bien, et j'ai besoin d'un abat-jour pour une lampe que j'ai trouvée chez Goodwill. J'avais l'intention de jeter un coup d'œil, mais je n'ai pas eu l'occasion de le faire.

JD laissa retomber les rideaux.

— Nous irons en voiture, bien sûr.

— Si c'est ce que tu veux.

Une crise comme celle qu'il avait eue drainait généralement toute son énergie. Lorsque JD lui avait suggéré de s'allonger, c'était une bonne idée, et s'il était resté tranquille, il se serait endormi. Mais JD avait tellement d'énergie, et Fisher ne voulait pas dormir pendant le temps qu'ils passaient ensemble. Il pouvait se coucher tôt et dormir tard, parce qu'il n'avait pas besoin d'aller travailler.

— L'un des magasins a une salle de jeux avec des flippers.

— Oh, j'adore ça.

— Moi aussi. Je suis vraiment bon, se vanta Fisher.

— Tu es assez courageux pour affronter le maître ? plaisanta JD en gonflant son ample poitrine. Alors allons-y, et nous verrons qui est le magicien du flipper.

Il prit un manteau et tendit le sien à Fisher, puis ils quittèrent la maison.

Le trajet se déroula rapidement, et ils s'arrêtèrent au premier magasin qu'ils rencontrèrent. Il était implanté depuis de nombreuses années et rempli de toutes sortes d'objets qu'une grand-mère avait jetés. Bon nombre étaient cassés et en mauvais état. Il semblait que c'était là que les objets de collection indésirables allaient mourir. C'était du moins la première impression de Fisher. Il regarda les premières caisses et continua à déambuler, sans vraiment prêter attention aux objets, car rien n'attirait vraiment son attention.

— C'est sympa, déclara JD.

Fisher refit ses quelques pas jusqu'à l'endroit où JD regardait.

— C'est une reproduction, probablement faite l'année dernière. Ils trompent les gens, annonça Fisher, étonné que JD se tourne vers lui d'un air sceptique. Et c'est toi l'officier de police ! Ces vases chinois ont été très populaires et recherchés pendant un certain temps, et quand ça arrive, les gens les recréent. Certains sont bons et d'autres… moins bons.

Fisher souleva le vase.

— C'est un bon vase, mais…

Il le retourna.

— L'argile est trop blanche et l'usure trop uniforme. Même la marque est ressemblante.

Fisher reposa le vase sur l'étagère.

— Comment le sais-tu ?

— Des années à regarder *Antiques Roadshow*, à lire des livres et un peu d'expérience.

Il continua à marcher le long des rangées, passant devant une caisse de décorations vintage pour Halloween.

— De plus, si ça semble trop beau pour être vrai, c'est probablement le cas.

Surtout dans un endroit comme celui-ci. Fisher ne le dit pas à haute voix, mais il le pensa. Il était peu probable de trouver une véritable perle rare parmi les pièces ébréchées de Fiestaware et les verres de la Dépression.

— Une vieille bouche d'incendie, remarqua JD alors qu'il manquait de trébucher sur l'une d'entre elles à laquelle s'accrochaient les derniers morceaux de peinture rouge.

— Bien sûr, elles font de superbes décorations de jardin, déclara Fisher. Presque tout peut y trouver sa place.

— Sans blague, dit JD. Je n'ai fait que passer devant ces endroits, mais j'ai pensé que puisque tu possédais des antiquités, ça te plairait peut-être. Je ne savais pas que tu étais un expert.

— Je n'en suis pas un. Mais il faut savoir ce que l'on a et développer une connaissance de base des choses, expliqua Fisher en se saisissant d'un crémier en argent sur un plateau.

— Un plateau d'argent, dit JD.

— Oui, mais regarde où l'argent est usé sur le bas des anses. Il n'est pas gris, mais cuivré. C'est une indication de la qualité de l'argent de Sheffield.

Il reposa le crémier sur le plateau.

— C'est peut-être le joyau caché de tout cet endroit, et tout le monde passe à côté parce qu'il est noir et sale.

Fisher continua jusqu'à l'arrière, puis ils remontèrent le magasin et se dirigèrent vers la caisse.

— Qu'est-ce qu'il y a ? demanda JD derrière lui.

Fisher ne s'était même pas rendu compte qu'il s'était arrêté et se tenait immobile.

— Fisher… murmura-t-il.

— C'est…

Ses jambes se remirent en mouvement et il se tourna à nouveau vers le fond du magasin.

— C'est le nouveau petit ami de Gareth derrière le comptoir. Du moins, c'est l'homme avec qui j'ai vu Gareth la dernière fois.

— Tu veux partir ? demanda JD.

Fisher prit une grande inspiration, souhaitant que l'air soit du whisky pendant quelques secondes.

— Non, je vais bien.

— C'est normal d'être bouleversé.

— Non, ce n'est pas normal.

Fisher se redressa et repoussa le sentiment familier de perte qui menaçait de jaillir de ses yeux.

— Je ne valais pas la peine que Gareth s'accroche après mon accident, alors peut-être que, lorsque cet homme fera quelque chose que Gareth n'aimera pas, il se retrouvera lui aussi mis à l'écart.

Il retourna vers le service à thé et en vérifia le prix. Puis il se décida et souleva le plateau et son contenu.

— Je ne peux pas me tromper pour trente dollars, si ?

— Que vas-tu en faire ? s'enquit JD.

— Je n'en suis pas sûr, répondit Fisher en remontant vers la caisse.

Alors qu'il s'approchait, un homme entra et s'avança devant Fisher.

— J'ai appelé pour le vase cloisonné. Vous le gardez derrière le comptoir pour moi. Je m'appelle Spencer.

Fisher posa le plateau sur le comptoir et s'écarta, laissant l'homme faire ce qu'il voulait.

— Bien sûr, dit le petit ami de Gareth avec un sourire trop grand.

Il récupéra un grand vase cloisonné et le plaça dans un sac. L'homme paya et rangea son reçu avant de quitter le magasin.

— Même lui semble pressé de sortir d'ici.

Il n'y avait pas de fenêtre, et Fisher commençait déjà à se sentir piégé. Le magasin sentait le renfermé, mais pas dans le bon sens du terme. Peut-être que moisi serait une meilleure description, comme si le bâtiment se décomposait en même temps que son contenu.

— Vous avez trouvé tout ce qu'il vous fallait ? s'enquit le petit ami de Gareth.

— Oui, je me demandais si vous le feriez à vingt dollars ? demanda Fisher.

Il faut toujours marchander dans ce genre d'endroit. Le petit ami de Gareth ne sembla pas le reconnaître et, après quelques secondes, il accepta le prix et l'enregistra. Une fois qu'il eut terminé, il enveloppa les morceaux dans du papier de soie, puis les mit dans un sac qu'il tendit à Fisher.

— Merci d'être passé, les salua-t-il.

— Merci, dit Fisher, et ils quittèrent le magasin.

JD déverrouilla la voiture, et Fisher posa son achat sur le plancher de la banquette arrière.

— Ça ne t'a pas paru étrange ? interrogea JD.

Fisher se retourna sur son siège.

— Quoi ?

— Rien, dit JD. C'est juste mon côté flic.

Il démarra le moteur et sortit du parking en marche arrière avant de se diriger vers la route.

À l'arrêt suivant, ils parcoururent les allées sans rien trouver et terminèrent leur visite dans la salle d'arcade. Une douzaine de flippers anciens étaient alignés sur le mur du fond. Fisher les adorait, il aurait aimé avoir la place d'en acheter un et de l'installer dans son appartement.

Il s'approcha d'une machine sur le thème de l'espace et la mit en marche.

— Un homme de Newville les achète et les restaure. C'est ça qui est cool : il n'y a pas besoin de pièces de monnaie.

Il joua à un jeu, puis s'écarta pour laisser la place à JD. Ils finirent par rire et passer un bon moment.

Fisher oublia le défi jusqu'à ce que JD en parle et s'attaque à faire monter son score. Les boules valdinguaient partout où JD semblait vouloir qu'elles aillent, mais Fisher n'eut que de la malchance.

— Alors, quel est mon prix ? demanda JD.

— Un dîner ? proposa Fisher, alors que le téléphone de JD sonnait.

JD acquiesça en le sortant de sa poche. Ce devait être sa mère, car il arbora une expression identique à celle de la dernière fois qu'elle avait appelé.

— Qu'y a-t-il, Maman ? grogna-t-il avec un soupir désintéressé, et Fisher sentit que son regard brûlant était toujours posé sur lui. Oui.

JD se raidit, et l'expression amusée disparut de son visage.

— Tu ne feras pas ça.

Il écouta, et Fisher se rapprocha en entendant la détresse dans sa voix.

— Ça n'a aucun fondement, et tu le sais. Elle a dit très clairement ce qu'elle voulait.

JD écouta, puis raccrocha et rangea son téléphone dans sa poche.

— Qu'est-ce qui se passe ?

JD secoua la tête et se dirigea vers la porte. La partie amusante de la journée semblait être terminée. Fisher le suivit jusqu'à la voiture, et ils montèrent dedans.

JD s'agrippa au volant, les jointures blanches jusqu'à l'os, essayant d'arracher la colonne de direction de la voiture en tirant sur le volant.

— Elle dit qu'elle va contester le testament de ma tante, pire, qu'elle prend un avion et qu'elle arrivera demain pour qu'on puisse en discuter.

— Dites-lui de s'en aller. Tu n'as pas besoin de la voir, tu le sais, dit Fisher.

Il savait que c'était vrai, mais il savait aussi que si sa propre mère l'appelait pour lui dire qu'elle venait chez lui, la vieille programmation de l'enfance se mettrait en marche, et il l'accueillerait, même s'il savait que la visite se solderait probablement par du chagrin et de la colère.

JD desserra les doigts.

— Oui, c'est vrai. Elle attend quelque chose de moi, et elle utilise ce testament pour essayer de l'obtenir. La seule façon pour moi de le découvrir est de permettre la visite de ma barracuda de mère.

— Je serai là avec toi si tu veux, proposa Fisher. Elle ne sera pas aussi méchante s'il y a quelqu'un autour d'elle. J'ai aussi de l'expérience avec les mères requins.

— Tu es sûr ? Elle a dit qu'elle avait déjà réservé un vol et qu'elle serait là demain après-midi. Je vais travailler toute la matinée à protéger les rues des prédateurs pour passer l'après-midi et la soirée avec l'un d'entre eux dans ma propre maison.

— Tu peux peut-être l'en dissuader, réfléchit Fisher. Si le testament est légal, elle ne peut pas faire grand-chose. Ta tante a dû faire appel à un avocat pour le rédiger, alors contacte-le et dis-lui ce que ta mère a l'intention de faire. Tu n'as pas à faire ça tout seul. Contacte des gens qui peuvent t'aider.

Fisher caressa le bras de JD.

— Je t'aiderai. Je ne sais pas ce que je peux faire, à part être là ou écouter, mais je ferai ce que je peux.

JD avait été gentil avec lui, et Fisher estimait qu'il pouvait faire ce qu'il pouvait en retour.

— Merci, mais tu n'as pas besoin de te mêler de mes problèmes familiaux.

— Si tu ne veux pas d'aide, c'est très bien.

Fisher ne put empêcher la douleur de s'infiltrer dans sa voix, même s'il n'avait aucune raison d'être blessé et qu'il le savait. C'était une affaire de famille, et peut-être que JD ne voulait pas qu'une personne extérieure entende parler de ses affaires privées.

— C'est juste que ma mère... Tu n'as pas besoin d'être exposé à ma mère.

— Tu parles d'elle comme d'une maladie, observa Fisher.

JD s'esclaffa et démarra le moteur.

— Ce n'est pas une mauvaise description, en fait. Ma mère, la maladie. Voyons voir, les symptômes qu'elle provoque sont une indigestion massive, une détresse gastrique, des palpitations cardiaques, avec une douleur occasionnelle à faire exploser les boules. Oui, je pense que je voudrais la mettre en quarantaine pour que le moins d'amis possible soient exposés à elle.

— Mais parfois, l'union fait la force, et c'est agréable de ne pas être seul.

Il resta tranquillement assis pendant que JD conduisait, la colère et la tension s'échappant de lui.

— Si les rôles étaient inversés, et que c'était ma mère qui s'immisçait dans ma vie, proposerais-tu d'être là pour moi ?

Cette question était tellement révélatrice pour Fisher.

Les bras de JD perdirent un peu de leur rigidité et la tension diminua.

— Tu sais bien que oui.

— Alors comment peux-tu t'attendre à ce que je ne sois pas là pour toi ? À moins qu'il ne s'agisse d'un acte de pitié de ta part.

Il poussait le bouchon un peu loin, mais il devait savoir si JD pensait vraiment qu'il était quelqu'un qui valait la peine d'être embrassé et de faire d'autres choses avec lui, ou s'il le voyait comme une personne pathétique pour laquelle il se sentait désolé.

— Ce n'est pas une question de pitié.

JD tourna sur Pomfret et s'arrêta devant l'immeuble de Fisher.

— Alors tu me considères comme un égal ? Ou suis-je une personne brisée qui ne peut pas faire partie des choses qui se passent dans ta vie ? Tu ne peux pas avoir le beurre et l'argent du beurre, JD.

— Je sais. Mais ma mère peut être cruelle, et quand elle n'obtient pas ce qu'elle veut, elle a tendance à se battre salement et sans retenue. Jamais physiquement, mais elle utilisera tout ce qu'elle peut trouver pour te blesser et t'épuiser jusqu'à ce que tu abandonnes.

— Elle n'a rien sur moi et ne sait pas qui je suis. Elle peut donc se battre autant qu'elle veut. Mais si tu n'es pas seul, peut-être qu'elle ne se battra pas autant.

Fisher sortit de la voiture, récupéra son sac à l'arrière et attendit JD. Au début, il se demanda si JD allait rentrer chez lui. Mais il ouvrit sa portière et le rejoignit sur le trottoir.

— Je pense qu'il serait très agréable que tu te joignes à nous demain.

La formalité de la voix de JD le décontenança un instant.

— Sache que ma mère n'a pas l'habitude d'être contrariée, et me connaissant, je risque de lui mettre des bâtons dans les roues par principe.

— Je comprends, dit Fisher.

Il avait l'impression d'avoir remporté une petite victoire. Mais il ne savait toujours pas exactement comment JD le voyait, ou peut-être que le problème était de savoir comment il se voyait lui-même. Parfois, il avait l'impression d'être un adolescent en proie à l'angoisse, passant par des hauts et des bas, puis retombant dans de nouveaux bas, dans le doute et l'insécurité.

— Je ne crois pas, dit JD derrière, lui alors qu'ils montaient les escaliers. Ce que tu as dit était vrai. Je n'ai pas à faire ça tout seul. J'ai des amis qui tiennent à moi et qui me soutiendront. Je dois arrêter de penser que ma mère va faire fuir tout le monde. Et je dois me rappeler que peu importe ce qu'elle ressent ou à quel point me voir avec toi sera inconfortable, c'est elle qui a un problème, pas moi, et je ne vais pas changer ma vie pour lui convenir.

À chaque déclaration, la voix de JD se fit plus forte.

Fisher déverrouilla sa porte et les fit entrer avant que tout le bâtiment n'entende de quoi ils parlent.

— Tu es officier de police. Tu as affaire à des criminels et à des méchants tous les jours.

— Pourtant, je ne peux pas gérer de ma mère, grogna JD en s'asseyant sur le canapé.

Fisher enleva son manteau, accrocha le sien et celui de JD, puis rangea son achat avant de s'asseoir à côté de JD sur le canapé.

— Je préférerais m'occuper de dix-huit camionneurs durs à cuire, qui ont roulé pendant douze heures, plutôt que de ma mère, quel que soit le jour de la semaine, admit-il.

— Amen, s'esclaffa JD en prenant la main de Fisher. Mon Dieu, je veux juste oublier les mères, les testaments…

— … être poursuivi et effrayé à en perdre la raison, ajouta Fisher.

JD acquiesça et prit les joues de Fisher en coupe, le guidant vers lui.

— C'est le meilleur moyen que je connaisse pour oublier. Remplacer les mauvaises pensées par quelque chose de très bon.

L'intensité des yeux de JD le brûlait, et Fisher n'hésita pas. Son pouls s'accéléra et son cœur s'emballa. Il avait connu tant de hauts et de bas que son corps semblait prêt à l'action, et la proximité et l'énergie de JD étaient comme de l'essence ajoutée à un feu de forêt. Il s'élança, captura les lèvres de JD et le repoussa sur le canapé.

JD gémit doucement, et Fisher s'écarta, le regardant dans les yeux, se demandant s'il avait fait quelque chose de mal.

— Je m'attendais à ce que tu sois prudent.

Pendant une seconde, Fisher envisagea de reculer, mais il aimait être aux commandes. Cela lui donnait un sentiment de contrôle, quelque chose qu'il n'avait pas sur beaucoup de choses dans sa vie. Lorsqu'il embrassa de nouveau JD, ignorant son commentaire, celui-ci l'enveloppa dans ses bras et le serra contre lui, contre son corps large et fort. C'était sexy de sentir la force de JD sous lui, de savoir qu'il pouvait renverser la situation quand il le voulait et qu'il laissait les rênes à Fisher.

— Tu es comme une fournaise, murmura-t-il en tirant sur l'ourlet de la chemise de JD, et après que celui-ci s'était tortillé un peu, Fisher la jeta par terre, s'émerveillant du torse et du ventre sculptés de JD.

Il le contempla à satiété, voulant le voir, le sentir et le goûter en même temps. JD déboutonna la chemise de Fisher et fit glisser le tissu le long de ses bras.

Fisher eut envie de se détourner. Il était maigre, trop maigre, et il se demandait ce que JD en penserait. Lorsqu'il força son regard à revenir vers celui de JD, il n'y vit que de la chaleur et de la convoitise qui brûlaient ouvertement. Il faillit se retourner pour voir s'il y avait quelqu'un d'autre derrière lui.

— Comment peux-tu me regarder comme ça?

— Comme quoi? demanda JD, faisant glisser ses doigts le long du torse de Fisher, tapotant l'un de ses mamelons jusqu'à ce que Fisher se tortille sous l'effet de la sensation.

— Comme si j'étais le déjeuner et que tu mourais de faim, répondit-il, tandis que JD le rapprochait jusqu'à ce qu'ils soient torse contre torse et que la chaleur de JD brûle contre la peau de Fisher.

Il ferma les yeux et absorba la chaleur.

— C'est parce que tu l'es. Tu es beau, mince et élancé comme un chat fier de l'être.

JD caressa lentement le dos de Fisher de haut en bas.

— Je ne le suis pas, marmonna-t-il docilement, voulant croire ce que JD lui disait.

— Si, tu l'es. Celui qui t'a bourré le crâne avec cette idée de «tu n'es pas assez bien» mentait. Tu es intelligent, intense, attentionné…

Fisher ouvrit la bouche pour répliquer, mais les mots moururent sur ses lèvres quand JD se redressa, taquinant l'un de ses tétons avec sa langue.

— Tu vois? Comme un chat.

Fisher arqua le dos, et JD suça un peu plus fort, envoyant des étincelles de chaleur à travers lui. En quelques secondes, le pantalon de Fisher fut beaucoup trop serré, son sexe poussant contre la fermeture éclair pour se libérer.

JD le repoussa, se déplaçant lentement, rencontrant les yeux de Fisher.

— Est-ce que ça va?

Fisher hocha la tête, et JD l'étendit sur le coussin.

— Bon sang, murmura JD en tirant sur sa ceinture. Tu es superbe.

— Non, je suis juste…

JD posa un doigt sur ses lèvres.

— D'où je viens, quand quelqu'un nous fait un compliment, il est d'usage de dire merci. Pas de discuter avec lui.

— Tu joues la carte du sud dans un moment pareil? demanda Fisher, réussissant tout juste à sortir les mots avant de gémir lorsque JD fit sauter le bouton de son jean.

— Chéri, je vais jouer toutes les cartes que j'ai.

JD tira sur le jean de Fisher, qui s'ouvrit. Fisher soupira de soulagement en voyant sa verge se presser dans son slip. JD écarta le tissu et le serra fort, caressant sa hampe et souriant comme s'il avait gagné le premier prix.

— J'aimerais que tu puisses voir à quoi tu ressembles en ce moment.

— Moi?

— Oui.

Il le caressa de nouveau, et Fisher souleva les hanches du canapé, en voulant tellement plus que sa vision se rétrécit et qu'il ne vit plus que JD.

— Je pourrais te regarder comme ça pour toujours. Tes yeux sont d'un bleu profond, comme le ciel juste avant l'orage et tes joues sont rouges. Le plus beau, c'est de savoir que tu réagis ainsi pour moi.

— Oui, souffla Fisher. OK…

Il se tortilla sous les caresses de JD, mourant d'envie de plus, mais ne voulant pas que cela s'arrête. Il voulait aussi voir JD nu, mais il n'arrivait pas à bouger ses bras pour le moment – ni quoi que ce soit d'autre. Lorsque JD se redressa sur le canapé, se pencha en avant et l'engloutit dans une chaleur humide et serrée, son esprit partit dans un million de directions, qui toutes le ramenaient à JD.

Fisher soupira, puis gémit bruyamment lorsque JD le suça avec force et rapidité. C'était parfait, et il fit savoir à JD à quel point il appréciait et adorait ce qu'il faisait avec sa langue et qui manquait de faire exploser sa tête.

— Fisher, murmura JD.

Il lui fallut une seconde pour réaliser que JD avait interrompu son voyage au paradis.

— Oui, souffla-t-il. S'il te plaît, ne t'arrête pas.

— Je ne le ferai pas. Mais tu réalises que tu as la bouche la plus salace que j'aie jamais entendue.

Fisher changea de couleur et cligna des yeux.

— Je n'ai rien dit.

JD approcha ses lèvres de celles de Fisher.

— Chéri, tu as laissé échapper une série d'injures et de propos salaces qui estomaqueraient une star du porno.

— C'est vrai? demanda Fisher.

— Oui.

— Je ne savais pas. Je vais arrêter.

Fisher pinça les lèvres, et JD l'aspira profondément. En quelques secondes, il était de nouveau sur la voie du plaisir, et JD semblait vouloir l'y amener de la manière la plus époustouflante possible.

— Je ne vais pas tenir, gémit-il, et JD gloussa autour de son érection, la suçant jusqu'à la garde, ne bougeant pas alors que Fisher tremblait de tout son corps. Je veux…

Il s'interrompit, et JD se retira. D'une certaine manière, il en fut soulagé, car il voulait jouir et, en même temps, n'était pas prêt à le faire. C'était trop tôt, mais toutes ses cellules cérébrales réclamaient d'être libérées.

Il reprit son souffle et se jeta sur JD. Il bondit et l'envoya s'écrouler sur les coussins du canapé. Le canapé grinça sous le poids, mais il tint bon.

— Tu as tellement d'énergie, plaisanta JD à travers ses rires.

— Tu ris.

— Je suis ravi que tu sois aussi heureux.

JD l'embrassa assez fort pour lui recourber les orteils. Il voulait que cela ne s'arrête jamais; il aimait être entouré de la chaleur et de la force de JD. Il était en sécurité pour le moment, et cela ne faisait que renforcer son sentiment croissant de confiance.

Fisher descendit du canapé, le pantalon ouvert, le sexe dressé vers JD. Il était dans tous ses états, et il aimait ça.

— Tu as l'air débauché, lui dit JD.

— Pas encore, mais bientôt.

Il se tourna vers l'arrière de l'appartement.

— Peut-être devrions-nous aller dans l'autre pièce ?

JD se leva et lui prit la main, l'entraînant vers sa chambre.

— Tu as parfois les meilleures idées.

Fisher le poussa à s'arrêter.

— S'amuser sur le canapé est une chose, mais aller dans la chambre signifie…

Il s'interrompit, parce qu'il n'était pas sûr de ce qu'il essayait de dire exactement.

— C'est ma chambre, c'est là que je dors et c'est là que je me sens toujours en sécurité quand j'en ai besoin.

Il se tourna vers JD.

— Est-ce que tu comprends ?

— Je ne te ferai jamais de mal, affirma JD.

Fisher secoua la tête et commença à rentrer son membre dans son pantalon. Au lieu de se sentir sexy, il se sentait exposé et dénudé d'une manière à laquelle il ne s'attendait pas.

— Je le sais. Du moins, je sais que tu ne le ferais pas exprès. Mais je ne parle pas de ça.

Il souffla doucement, n'osant pas prononcer les mots.

— Si tu veux juste t'envoyer en l'air et t'amuser, alors on peut rester sur le canapé, mais si on va dans la chambre, alors ça veut dire… quelque chose.

Quoi, il n'en était pas sûr, mais il savait qu'il ne pourrait pas y emmener JD s'il ne s'agissait que d'une pipe rapide ou d'une baise sans lendemain.

JD tira d'un coup sec, et Fisher se retrouva dans ses bras.

— Si tu demandes des fleurs et l'éternité, je ne peux pas te donner ça, du moins pas maintenant. C'est trop tôt. Mais si tu me demandes si tu es mon petit ami, alors la réponse est oui. Je veux apprendre à te connaître et voir ce qui te fait vibrer. J'aime le fait que tu sois tout nerveux quand tu n'es pas sûr de quelque chose et qu'une fois que tu as la réponse, tu t'éclaires et tu illumines la pièce.

— Je suis ton petit ami ? interrogea Fisher.

— Oui. Si tu en as envie.

Fisher acquiesça et guida JD vers la chambre à coucher et dans son lit. Il aimait sa chambre ; elle était lumineuse, avec des couleurs chaudes et apaisantes. JD l'enlaça et, lorsque Fisher passa ses bras autour de son cou, il le souleva et l'étendit sur le lit.

JD le caressa, le regardant profondément dans les yeux. Pour l'instant, les soucis et les inquiétudes qui semblaient l'assaillir en permanence se taisaient. Tout ce qui comptait, c'était JD, qui lui enlevait son pantalon et l'installait sur le matelas avant de s'éloigner pour se débarrasser de ses chaussures et du reste de ses vêtements.

Quel spectacle – des hectares de peau chaude recouvrant des muscles épais et tendus, qui semblaient danser à chaque mouvement. JD grimpa sur le lit et s'arrêta.

— C'est pour quoi ce regard ?

— C'est toi qui ressembles à un chat, dit Fisher.

— Non. Je suis un ours, enfin, sans la fourrure. Je suis trop grand pour être un chat.

JD se mit à cheval sur ses jambes, et Fisher se demanda ce qui se passait.

— Je suis un grand gaillard, mais toi, tu es mince, lisse et nerveux.

— Moche, ajouta Fisher avant qu'il ne puisse s'en empêcher.

— Chacun veut être ce qu'il n'est pas. Je suis grand, mais j'aime les hommes élégants et longs.

JD se rapprocha.

— Il faut que tu essaies de te défaire de l'image que tu as de toi-même.

JD baissa les yeux, et Fisher suivit son regard jusqu'à sa verge saillante.

— Tu vois ce que tu me fais ? C'est réel, ce n'est pas le fruit de mon imagination. Tu m'excites.

Fisher déglutit. Il voulait croire ce que disait JD plus que tout au monde.

— Vraiment ?

— Chéri, tu es très sexy.

Avant que Fisher ne puisse argumenter, JD l'embrassa, s'avançant jusqu'à ce que leurs corps se pressent l'un contre l'autre. Fisher entrelaça ses jambes avec celles de JD et se laissa aller. Il se délecta de la peau contre la sienne, luisante de sueur et incroyablement chaude. JD était prudent et doux, mais assez fort pour le toucher juste ce qu'il fallait pour le faire frémir et trembler. Lorsque JD glissa le long de son corps et le suça avec force et rapidité, Fisher se cambra. Il renversa la tête sur l'oreiller et laissa JD les emmener tous les deux là où il voulait aller.

— JD, murmura Fisher alors qu'il était sur le point d'atteindre le sommet du désir. Je ne peux pas…

JD lui frotta le ventre, le suçant plus fort et plus profondément, ôtant à Fisher ses derniers moyens de contrôle. Il jouit dans un élan qui envoya des vagues de plaisir dans sa tête. Pendant tout ce temps, il sentit JD trembler, puis il le serra dans ses bras. Il fallait avouer que c'était agréable de se sentir en sécurité, ne serait-ce que pour un petit moment.

V

— POURSUITE ENTRE Bedford et Louther, informa le dispatcher, et JD accusa réception de l'appel, alluma ses feux et sa sirène et mit les gaz.

Les choses semblaient empirer, et non s'améliorer. Il avait répondu à trois appels pendant sa garde, et deux d'entre eux étaient liés à la drogue. Ils devaient trouver la source et l'arrêter.

JD s'arrêta derrière la voiture de Red et sortit. Un suspect était allongé sur le sol.

— Il ne coopère pas, s'énerva Red.

Il semblait que le jeune homme ait décidé de boiter et de ne pas coopérer pour monter dans la voiture de patrouille.

— Tu devrais peut-être lui donner un coup de pied dans le ventre ? Personne n'est là pour le voir ou s'en soucier.

JD fit un clin d'œil, et le suspect se redressa soudainement.

— C'est de la brutalité policière.

— Non, corrigea JD. On fait ce qu'on veut.

Il gloussa et aida Red à faire monter le suspect sur la banquette arrière, puis referma la portière.

— Quand j'étais au poste il y a une heure, le maire était encore dans le bureau du chef.

— Je sais. Tu as vu le journal ? Ils ont presque qualifié notre ville de plaque tournante de la drogue, grogna Red avec véhémence. D'où vient toute cette merde ? Il n'y a pas tant de consommateurs que ça en ville. Alors qui la distribue ? Nous arrêtons des gens, mais à l'exception du type qui s'est introduit dans l'immeuble de Fisher, personne ne parle.

— On aurait pensé que l'un d'entre eux retournerait sa veste.

Red secoua la tête.

— Pas un seul. Ils savent que, s'ils se taisent, nous aurons plus de mal à monter un dossier, et c'est beaucoup trop d'argent pour qu'aucun d'entre eux n'abandonne. Quelqu'un gère un centre d'échange juste sous notre nez, et nous ne voyons rien.

— Et les informations qu'il a fournies sur l'utilisation de camions ? s'enquit JD.

— Trop vague. Sais-tu combien de camions circulent chaque jour sur l'autoroute ?

— Alors, comment as-tu trouvé celui-ci ? demanda JD.

— C'est presque de la chance. Terry et moi sommes tombés dessus presque par hasard. Non, ces gens sont intelligents et innovants. Quelle que soit la manière dont ils le font, c'est juste sous notre nez. Je le sais. Le fait est que l'un d'entre nous l'a peut-être même vu sans savoir ce qui se passait à ce moment-là.

Red souffla.

— Je dois l'emmener au poste pour qu'il soit enregistré.

— Mon service est presque terminé, et je dois faire face à ma mère. Elle m'a envoyé un message pour me dire qu'elle arrivait de l'aéroport.

Il regarda avec envie la banquette arrière de la voiture de Red.

— Je préférerais passer le reste de la nuit à patrouiller dans les ruelles de la ville pour débusquer tous les amis de ce type plutôt que d'affronter ma mère pendant cinq minutes.

— C'est si grave que ça ? interrogea Red.

— S'il y a une fusillade, n'oublie pas de m'appeler. Ce sera moins stressant.

JD attendit que Red soit dans la voiture et le suivit jusqu'au commissariat. Une fois qu'il eut pointé, JD envoya un message à Fisher, qui le rappela immédiatement.

— Tu veux que je te rejoigne chez toi ? demanda Fisher dès que JD répondit à l'appel.

— Tu n'es pas obligé de faire ça, marmonna-t-il pour la millionième fois.

Il ne voulait vraiment pas soumettre Fisher à sa mère. Tout ce qu'il voulait, c'était découvrir ce que sa mère avait dans le ventre, mettre fin à sa contestation du testament de Tante Lillibeth, puis lui faire quitter la ville.

— Ma mère peut être trop dure pour n'importe qui.

JD souhaitait que le trottoir s'ouvre et l'engloutisse tout entier.

— Je serai là dans dix minutes. Je prends juste mon manteau.

— Tu es sûr que ça va aller ?

Parfois, Fisher était si nerveux, et d'autres fois, il était aussi insouciant et courageux que n'importe qui d'autre. JD savait que cela faisait partie de son état et qu'il devait l'accepter et apprendre à évaluer ce qu'il ressentait.

— Red m'a dit aujourd'hui que nous n'avions pas attrapé les hommes qui ont tiré hier. Les officiers continuent à chercher et à parler aux voisins. Il y avait une trace de sang, mais elle s'est arrêtée.

JD détestait en parler, car il ne voulait pas que Fisher s'affole, mais lui cacher des choses n'était pas bon non plus.

— Ces hommes t'ont probablement vu. Mais il est peu probable qu'ils aient les ressources ou les compétences nécessaires pour te retrouver.

Il ne voulait pas qu'il arrive quelque chose à Fisher.

— Sois juste prudent et fais attention autour de toi.

— J'ai mon téléphone avec moi, et tu seras là juste après moi.

Il avait l'air presque guilleret. C'était merveilleux, et JD se demandait si le fait d'avoir passé la nuit ensemble n'en était pas la cause. JD savait qu'il s'était réveillé avec un sourire, entouré de la chaleur de Fisher. Certes, il avait dû partir tôt et il avait détesté quitter Fisher alors qu'il dormait encore, mais il n'avait pas voulu le réveiller, et il l'avait regardé se lover sous les couvertures pendant quelques secondes avant de le laisser dormir.

— D'accord. Je te vois dans quelques minutes.

JD espérait qu'ils allaient devancer sa mère. Elle l'avait informé qu'elle louait une voiture et qu'elle demanderait son chemin. Il raccrocha et prit sa voiture, puis roula aussi vite qu'il le put. Il n'aperçut pas Fisher en chemin, mais lorsqu'il se gara, Fisher s'approcha de la voiture et regarda à l'intérieur avec un large sourire. JD n'avait pas réalisé à quel point il était inquiet jusqu'à ce qu'il le voie sain et sauf.

— Quelqu'un est heureux, remarqua JD.

Fisher rougit, JD lui prit la main et ils se dirigèrent ensemble vers la porte.

— Je t'aime bien comme ça. Tu as un beau sourire.

JD les fit entrer et referma derrière eux. Il se tourna vers Fisher pour l'embrasser, mais il entendit une voiture s'arrêter à l'extérieur. Il jeta un coup d'œil par la fenêtre latérale, à côté de la porte, et grogna. Sa mère avait toujours eu un timing parfait lorsqu'il s'agissait de jeter un voile sur le bonheur des autres.

— C'est ta mère ? demanda Fisher derrière lui. Elle sait qu'elle n'est pas en route pour le country club pour le thé, n'est-ce pas ?

— C'est elle. La seule fois où je l'ai vue s'habiller de façon décontractée, c'était pour une garden party, et là, elle porte une robe légère… de Chanel ou d'un autre créateur.

JD s'éloigna de la fenêtre, prit la main de Fisher et se dirigea vers l'arrière de la maison.

— Mais elle est là. Et je ne veux pas qu'elle pense que nous l'attendions.

La sonnerie retentit.

— Va t'asseoir dans le salon. Je vais la faire entrer.

Il devenait de plus en plus nerveux et il détestait ça. Il s'approcha de la porte d'entrée et l'ouvrit.

— Jefferson Davis, vas-tu me laisser dans le froid toute la journée ?

Il recula d'un pas.

— Tu aurais pu prendre un manteau.

Il n'allait pas la laisser l'atteindre, quoi qu'il arrive. Elle entra et regarda autour d'elle, le nez levé. JD ferma la porte et lui fit signe de se diriger vers le salon.

— Je voudrais du thé chaud, commanda-t-elle.

— Je ne savais pas que je servais quoi que ce soit, déclara JD.

— Je suis une invitée dans ta maison.

— Une invitée qui s'est invitée elle-même. Je suis rentré du travail il y a quelques minutes.

Sa mère s'arrêta en voyant Fisher.

— Maman, voici Fisher Moreland, mon petit ami. Fisher, voici Mary Lynn Burnside, ma mère.

Sa mère se figea comme une statue grecque au Met, le regardant avec une incrédulité totale. JD fut ravi d'avoir laissé sa mère sans voix. Peut-être que cela lui donnerait une chance dans le jeu qu'elle jouait.

— Fisher. C'est un nom intéressant, dit-elle en gardant ses mains près de son corps.

— Les bonnes manières, Maman, grogna JD entre ses dents avant de la regarder d'un air renfrogné. Tu es sous mon toit.

Il avait entendu le discours «sous mon toit» de nombreuses fois, et c'était très satisfaisant de lui renvoyer la balle. Fisher s'était levé et disait combien il était heureux de la rencontrer lorsque sa mère tendit enfin la main et laissa Fisher la serrer.

— Assieds-toi, s'il te plaît.

— Je peux faire du thé si vous voulez, proposa Fisher.

— Merci, dit sa mère.

— Le thé est dans le placard à côté du réfrigérateur et la théière est sur le comptoir.

JD sourit, et Fisher sembla soulagé de pouvoir s'en aller.

— Il a des manières et sait au moins quand quitter une pièce, railla sa mère.

— Dommage que tu aies laissé les tiennes à Charleston, rétorqua JD en s'asseyant sur le canapé en face de son fauteuil. Pourquoi es-tu venue, Maman ? Tu veux quelque chose, et ça n'a rien à voir avec le testament de Tante Lillibeth.

— Lillibeth était la sœur de ton père, tout aurait dû lui revenir, attaqua-t-elle.

— Dommage que tu ne puisses pas prendre ces décisions. Tante Lillibeth a été très claire dans son testament sur ce qu'elle pensait de toi et pourquoi elle a pris les décisions qu'elle a prises. Aucun tribunal ne t'accordera ce que tu demandes. Il semble que Tante Lillibeth ait anticipé ton petit accès de colère. Alors laisse tomber et explique ce que tu veux.

— Je parlais avec ton père.

Très probablement *à ce* pauvre homme, mais JD n'en tint pas compte.

— J'ai eu tort de t'appeler et de te demander de ne pas venir à l'enterrement. C'était égoïste, j'aurais dû penser plus clairement à ce que ta tante aurait voulu.

— Merci, dit JD, qui se détendit un peu.

Il était tout à fait conscient que c'était peut-être la façon dont sa mère voulait l'amadouer. Après tout, les funérailles étaient terminées. JD n'y était pas allé, à son grand regret, et sa mère avait fini par obtenir ce qu'elle voulait. Des excuses maintenant, entre eux deux, ne lui coûteraient donc pas grand-chose.

— Je te le redemande. Qu'est-ce que tu veux ?

La bouilloire siffla, et JD se leva pour aller aider Fisher.

— Comment ça se passe ? chuchota Fisher.

JD haussa les épaules et sortit quelques biscuits. Ils venaient du magasin, mais c'était tout ce qu'il avait. Sa mère allait probablement s'offusquer, mais ce n'était pas grave. Au moins, il pouvait offrir quelque chose. Il les disposa dans une assiette et la porta derrière Fisher avec le plateau à thé.

Les minutes qui suivirent furent consacrées à servir le thé et à se réinstaller. JD fut heureux de voir Fisher s'asseoir à côté de lui sur le canapé. Cela semblait si normal et confortable, même si sa mère les observait tous les deux. Bien sûr, pour elle, c'était normal aussi.

— Pourquoi cette visite, Maman ?

Elle posa sa tasse.

— Dernièrement, ton père et moi avons… Certains des investissements que lui et moi avons faits il y a quelques années n'ont pas porté leurs fruits.

La couleur de ses joues se teinta de plus en plus.

— Papa et toi êtes fauchés? demanda-t-il en portant la tasse à ses lèvres.

— Nous ne le sommes certainement pas, mais les choses sont plus difficiles qu'elles ne le devraient. Nous nous attendions à ce que ta tante nous quitte…

Elle ouvrit son sac à main et en sortit un mouchoir qu'elle utilisa pour tamponner le coin de ses yeux.

— Ces derniers mois ont été terribles.

— Non, Maman, la coupa JD avec fermeté, lui répondant avant qu'elle n'ait pu poser la question. Je n'irai pas à l'encontre des souhaits de Tante Lillibeth, je ne te donnerai pas ce que tu veux.

Il posa sa tasse sur le plateau.

— Tu dépenses l'argent comme si c'était de l'eau.

— Ton père et moi avons travaillé dur…

JD secoua la tête.

— Tu n'as jamais travaillé de ta vie. Tu organisais des événements caritatifs, tu rejoignais les bons clubs, tu parlais aux bonnes personnes et tu te préoccupais de l'image de la famille. Et de la façon dont les choses se présentaient à des gens aussi superficiels que toi, sans jamais penser à ce que Papa gagnait.

JD se leva.

— Tu m'as mis dehors il y a quelques mois parce que… parce que je ne répondais pas aux attentes de ton image de la famille parfaite ou de la vie parfaite.

— Tu as tourné le dos à tout ce que notre famille représente et pour lequel elle travaille depuis des générations. Nous aidons beaucoup de gens grâce à notre position dans la communauté.

Elle fixa Fisher d'un regard noir, et JD lui prit la main.

— Je suis la personne que je suis. Mais, sans le vouloir, tu m'as rendu service. Je ne pouvais pas revenir vers toi et Papa, ni me reposer sur notre illustre nom de famille. J'ai appris à établir un budget et à prendre soin de moi. Et tu vas devoir faire de même.

Sa mère pâlit.

— Ton père dit que nous devrons vendre certains de nos biens…

— Fais ce que tu as à faire. J'ai l'intention d'être le gardien de ce que Tante Lillibeth m'a légué. Je n'ai pas l'intention de jeter de l'argent dans ton trou noir irresponsable.

Il lâcha la main de Fisher et s'approcha de sa mère, s'arrêtant au-dessus d'elle.

— Maman, les vêtements que tu as sur le dos coûtent plus que ce que je gagne en un mois, et tu me demandes de l'argent.

— Au moins, je n'ai pas eu de liaison avec le fils du maire, s'écria-t-elle. C'était vraiment embarrassant. Tout le monde en ville disait que tu l'avais séduit, que tu l'avais détourné du droit chemin, et quand…

JD se tourna vers Fisher.

— Robert Jay et moi avions entamé une relation.

— Il s'est tué à cause de toi, s'exclama sa mère en fondant en larmes. Encore une fois.

— Mme Burnside, appela doucement Fisher, mais elle était trop loin pour le moment.

JD ne savait pas si c'était une vraie détresse ou si cela faisait partie de la comédie.

— Ça n'a pas d'importance. Robert Jay et moi sortions ensemble, et ça s'est su. Son père a pété les plombs, et Bobby n'a pas pu supporter de décevoir son père, il a pris des pilules. Après ça, l'ire de tous ceux qui comptaient en ville s'est tournée vers moi parce que, après tout, j'étais la seule personne en vie à pouvoir le supporter. Le maire s'est retiré et sa femme a disparu de la société.

— Tu as quitté la ville pour venir ici ? demanda Fisher, et JD acquiesça. Je suis content que tu l'aies fait. Pas que toutes ces mauvaises choses soient arrivées, mais je suis content que tu sois venu ici et que j'aie pu te rencontrer. Et tu n'es pas responsable de Bobby ou de qui que ce soit d'autre que toi-même.

Fisher se tourna vers la mère de JD, les yeux embrasés de fureur.

— Les seules personnes à blâmer sont les parents de Bobby, qui lui ont tourné le dos, et vous, Mme Burnside, qui n'avez pas défendu votre fils. Si vous voulez blâmer quelqu'un, ne cherchez pas plus loin que le miroir.

Il se leva, animé d'une fureur dont JD ne le savait pas capable.

— Où est l'amour inconditionnel ? C'est ce qu'un parent est censé donner. Vous étiez censée accepter votre fils tel qu'il est et vous opposer aux gens de l'extérieur. C'est ce que fait une famille, pas se retourner contre l'un des siens.

Les mains tremblantes, Fisher se retourna et quitta la pièce en trombe.

— Vas-tu le laisser me parler de cette façon ?

JD suivit Fisher du regard, puis se retourna vers sa mère.

— Il a raison, c'est ma maison, il peut te parler comme il l'entend.

JD se dirigea vers la porte.

— Excuse-moi.

Il sortit et suivit Fisher jusqu'à l'arrière de la maison, où il s'assit dans le petit salon familial qui donnait sur le jardin. JD s'installa dans le fauteuil en osier à côté de celui de Fisher.

— Je suis désolé, dit Fisher en se couvrant le visage.

— Ce n'est pas grave. Tu avais raison. Ce qu'elle a dit est trop proche de ce qui t'est arrivé, n'est-ce pas?

— Les raisons sont différentes, mais le résultat est le même. Les parents devraient traiter leurs enfants mieux que ça, déclara Fisher. Je sais que je m'éparpille et que mes émotions se déchaînent, mais je reste leur fils.

JD ignora le drame qu'il avait laissé dans l'autre pièce et prit Fisher dans ses bras.

— Quand tu as raison, tu fais mouche.

Il se balança lentement d'avant en arrière, réconfortant Fisher et lui-même.

— La famille devrait être plus que ce que tu fais pour elle ou comment les choses se présentent. Ils devraient t'aimer pour ce que tu es. Ils devraient voir le vrai toi, tes défauts et tout, et t'aimer quand même.

— Je devrais rentrer chez moi et te laisser t'occuper de ta mère.

Fisher ne bougea pas, et JD continua à le bercer.

— Je voulais être là pour toi, pas aggraver les choses.

— Ce n'est pas le cas, dit la mère de JD derrière lui.

JD se retourna et serra Fisher contre lui lorsque sa mère s'arrêta dans l'embrasure de la porte.

— Je ne pense pas que les choses puissent empirer entre mon fils et moi.

— Va t'asseoir dans le salon. Je reviendrai dans quelques minutes, lui dit JD.

Tout ce qui comptait pour l'instant, c'était Fisher.

— Pourquoi souris-tu? demanda Fisher en s'essuyant les yeux.

— Parce que tu as tenu tête à ma mère, c'était de toute beauté. Tu l'as attaquée avec la ténacité d'un ours. Personne ne m'a défendu comme ça depuis très longtemps. Et tu l'as fait face à la dame dragon en personne. Il t'a fallu plus de courage que je n'en ai jamais eu dans ma vie.

— Non, ce n'est pas vrai. Elle n'est pas ma mère, je n'ai pas été programmé dès la naissance pour faire ce qu'elle dit et la respecter. C'est juste quelqu'un qui a poussé un de mes boutons.

— Me défendre, c'était bien.

— Attends que j'ouvre ma grande bouche au mauvais moment, marmonna Fisher, et JD leva les yeux au ciel. Tu devrais aller voir ce qu'elle veut.

— Je sais ce qu'elle veut, assura JD.

Fisher secoua la tête.

— Elle est venue ici pour quelque chose d'important, et ce n'était pas de l'argent. Elle aurait pu te le demander par téléphone et obtenir une réponse négative. Je pense qu'il y a autre chose, et c'est plus difficile pour elle d'en parler.

JD plissa les yeux.

— Comment le sais-tu ?

— Je ne sais pas. C'est juste un sentiment. Si tu es d'accord, je vais rester assis ici pendant que tu lui parles. Si tu as besoin de moi, dis-le-moi et je viendrai.

JD soupira.

— Je n'ai rien à dire à ma mère.

Il se leva et croisa les bras sur sa poitrine. Fisher se moqua de lui, et JD baissa le regard, réalisant qu'il avait l'air d'un enfant capricieux.

— Je vais aller lui parler si ça peut te faire plaisir.

— On n'a qu'une seule mère, et s'il semble qu'aucun de nous n'ait touché le jackpot de Vegas, la tienne a fait tout ce chemin, alors il y a peut-être un peu d'espoir.

Fisher souleva l'ottomane en osier et étendit ses longues jambes. Une image de Fisher nu traversa l'esprit de JD, ses longues jambes tendues, JD glissant ses mains le long de ses cuisses vers… Il cligna des yeux et ramena son esprit à sa place. Avant de se laisser distraire à nouveau, il retourna dans le salon. Il s'assit et attendit que sa mère parle, grignotant un biscuit comme s'il ne mourait pas de curiosité.

— Tu ne vas vraiment pas nous aider ? dit-elle enfin.

— Maman, pourquoi devrais-je hypothéquer mon avenir pour soutenir tes mauvaises habitudes ? Papa et toi avez beaucoup d'atouts. Arrête d'acheter des vêtements griffés. Réduis ce qui n'est pas important.

Il se déplaça sur le bord de son siège.

— En grandissant, nous avons toujours tout eu. Quand Rachel voulait un cheval, tu lui en offrais un. J'ai eu une voiture à seize ans, elle aussi. Oui, papa m'emmenait chasser chaque année, mais c'est tout ce que nous avons fait ensemble. Papa et toi étiez tellement occupés que vous nous achetiez des choses, et c'était tout.

— Nous avons fait de notre mieux pour vous, rétorqua-t-elle.

— Vraiment, Maman ? insista JD. Il a fallu que je déménage ici pour que je voie les choses plus clairement. Je n'avais pas accès à ton argent ni à tes cartes de crédit. Je vis avec ce que je gagne et rien de plus. Crois-moi, ça a été un choc pendant un certain temps. Je ne sors pas au restaurant à chaque repas. Mes meubles sont des objets que quelqu'un d'autre a utilisés, et je n'ai pas fait appel à un designer pour aménager ma maison. Mais c'est la mienne, j'ai travaillé pour l'avoir.

Il se rassit, parce qu'il n'arrivait pas à se faire comprendre, même s'il ne s'y attendait pas vraiment.

— Qu'est-ce que tu es venue chercher ?

— Les choses n'ont pas fonctionné comme je le pensais, commença-t-elle en se tamponnant les yeux, puis en baissant son mouchoir. J'avais tort, d'accord ? Ton ami a raison. Je t'ai reproché des choses qui n'étaient pas de ta faute. Je ne comprends pas cette histoire d'homosexualité et je doute de pouvoir la comprendre un jour. J'ai parlé avec le révérend après l'office le week-end dernier, et il m'a dit que je devais prier pour ton âme et demander au Seigneur de te ramener sur le droit chemin.

— C'est donc pour ça que tu es là ? Par peur pour mon âme ? Parce que laisse-moi te dire que le révérend omniscient parle bien, mais va te poster devant ce magasin, à la périphérie de la ville, où ils vendent ces vidéos, un vendredi soir et regarde si tu ne vois pas quelqu'un de familier.

JD la regarda dans les yeux.

— Oui, Maman. Je suis officier de police, tu te souviens ? J'ai vu les gens dans leur pire état et je n'ai rien dit quand ils m'ont attaqué.

Il adorait le fait de bouleverser un peu le monde de sa mère.

— On voit la poutre dans l'œil du voisin, Maman.

— D'accord, dit-elle en se levant. Je ne sais pas ce que j'attendais en venant ici.

— Tu n'as toujours pas abordé le sujet. Dis ce que tu es venue dire.

Elle se détourna.

— Ton père me quitte, murmura-t-elle aux fenêtres. Il a dit que j'avais fait fuir notre fils et que je nous avais mis au bord de la faillite.

Sa voix contenait quelque chose que JD n'avait jamais entendu auparavant : de la peur. Sa mère n'avait jamais eu peur de rien ni de personne.

— Il me reproche tout. Il a quitté la maison il y a une semaine, et je ne l'ai pas revu depuis. Rachel m'a dit que c'était de ma faute et a suggéré d'organiser une vente aux enchères pour commencer à vendre des choses.

Elle inclina la tête et ses épaules se balancèrent lentement de haut en bas.

— Je ne sais pas quoi faire.

— Tu pensais que venir ici et demander de l'argent ferait que tout redeviendrait comme avant ? Tu sais que ça ne va pas marcher.

Il se leva, mais ne s'approcha pas d'elle. Il ne voulait pas lui témoigner trop de sympathie.

— Tu aimes papa ? Je veux dire, tu l'aimes vraiment, au plus profond de tes tripes ?

— Je ne sais pas. C'est mon mari depuis trente ans. Je…

— Alors je pense que c'est la question à laquelle tu dois répondre.

JD était en terrain inconnu.

— L'argent n'est pas la solution à ce problème. Papa et toi devez déterminer ce que vous voulez et si cela inclut encore l'autre.

Ce développement inattendu lui donnait le tournis. Peut-être qu'après toutes ces années, son père en avait eu assez que ce soit sa mère qui parle et donne son avis.

Fisher entra dans la pièce, et JD lui tendit la main. Fisher regarda sa mère, puis lui, avant de lui prendre brièvement la main. Ils échangèrent un rapide sourire, puis Fisher quitta de nouveau la pièce.

— Il n'en veut qu'à ton argent, railla sa mère.

— Comment le saurais-tu ? se fâcha JD. Et quelle méchanceté de la part de quelqu'un, surtout venant de toi. Si quelqu'un dans cette maison en veut à mon argent, c'est bien toi. Tu es chez moi, et je commence à en avoir assez de ton comportement de garce.

Il était temps d'en finir.

— Ne me traite pas de garce, siffla-t-elle, imitant à merveille un serpent.

Il n'allait pas tomber dans ce piège.

— Quand toi et Papa m'avez tourné le dos, ça m'a fait terriblement mal. Mais ce n'est rien comparé à ce que la famille de Fisher lui a fait. Alors ne t'avise pas de le dénigrer ! Fisher est un homme gentil avec un grand cœur – quelque chose que tu ne connais que très peu. Peut-être que si tu avais été plus chaleureuse et moins préoccupée par les opinions des imbéciles

106

de tes groupes de charité, tu reconnaîtrais une personne authentique et de qualité quand tu en rencontres une.

La colère de JD monta rapidement et ses joues s'échauffèrent.

— JD, appela doucement Fisher depuis l'embrasure de la porte. Ta mère ne sait rien de moi. Elle peut être méfiante si elle le souhaite. Je le serais à sa place.

JD et sa mère le dévisagèrent, bouche bée.

— Mme Burnside, je suis le petit ami de JD. Je ne suis pas intéressé par l'argent qu'il peut avoir.

Il s'approcha.

— J'ai reçu un appel du travail, ils ont besoin d'aide et m'ont demandé si je pouvais venir. Je vais rentrer chez moi et me changer.

Il se tourna vers la mère de JD.

— J'ai été ravi de vous rencontrer.

Fisher récupéra ensuite son manteau et quitta la maison en silence.

Sa mère sembla ébranlée.

— Est-il toujours comme ça?

— Comment? Bien? Oui, il l'est. Fisher est une meilleure personne que nous deux.

Il s'approcha de la fenêtre, observant Fisher traverser la route et se dépêcher de descendre le trottoir.

— Il fait passer les autres en premier la plupart du temps et il n'essaie pas de faire avaler à tout le monde ce qu'il pense.

— Il me semble qu'il n'est pas très à l'aise, insista-t-elle.

JD se retourna pour la regarder.

— Fisher est différent, mais il a été assez intelligent pour décrypter ton numéro en deux secondes et assez fort pour te remettre à ta place. Tu sais quoi? J'en ai assez de tout ça.

— De quoi?

— De nous battre, de nous envoyer des piques. Je suis ton fils, mais je suis aussi une personne qui mérite le respect. Tu es ma mère et tu mérites le respect en retour. Alors voilà le marché. Tu peux me traiter comme tel ou partir. Je n'ai plus besoin de toi. Tu m'as coupé les vivres, maintenant je pense que je vais faire de même. Soit tu agis avec civilité et me traites avec respect, soit c'est la porte. C'est à toi de décider. Je ne vais pas te demander de m'accepter ou revenir en rampant. Charleston est imprégnée d'histoire. Elle est fière de son passé et de tout ce qui s'y est déroulé. Pour moi, Charleston fait partie de l'histoire, et je n'y retournerai pas. J'ai une vie ici.

Elle monta sur ses grands chevaux.

— Tu vas donc vendre ce que ta tante t'a légué ? Cette maison est dans la famille depuis avant la guerre de Sécession. Je ne l'accepterai pas.

Il afficha un sourire malicieux.

— Eh bien, ne l'accepte pas. Tu sembles penser que tu as ton mot à dire. Ce n'est pas le cas. C'est peut-être ça le problème.

Il la laissa bafouiller une minute.

— J'en ai assez de me battre avec toi pour quelque chose qui ne te regarde pas. Tu m'as jeté dehors, maintenant tu veux revenir. Le problème, c'est que je ne suis pas sûr de vouloir te laisser faire.

C'était l'une des choses les plus difficiles qu'il ait jamais eues à dire, et il savait qu'il jouait un jeu dangereux.

— Tu ne veux pas faire partie de ta famille ? s'exclama-t-elle.

— Pas si le prix de l'adhésion est que tu contrôles tout. J'aime ma vie ici, je ne la quitterai pas. Je mènerai mes affaires, professionnelles et autres, comme je l'entends. Mes erreurs seront les miennes, je peux vivre avec ça.

Il commençait à comprendre le véritable but de cette visite. Sa mère ralliait souvent les gens à sa cause, et c'était ce qu'elle espérait faire aujourd'hui.

— Combien de temps comptais-tu rester ?

— Mon vol de retour est demain, expliqua-t-elle.

JD devait lui donner raison. Il avait été dur avec elle, mais elle était aussi droite et grande que d'habitude, se tenant bien droite.

— Tu as réservé une chambre d'hôtel ? demanda JD, alors que son téléphone sonnait.

Il le sortit de sa poche, vit le numéro de Fisher et répondit.

— Tu vas bien ?

— Non. Il y a des gens devant mon immeuble. Ils traînent, et je connais l'un d'entre eux. C'est celui qui avait l'arme hier. Il porte le même sweat à capuche.

— Où es-tu ?

— Au Painted Unicorn, de l'autre côté de la rue, répondit Fisher, la voix tremblante.

— Ne bouge pas. Je vais appeler le central et je serai là dès que possible.

JD raccrocha et passa l'appel au central, attrapant déjà son manteau alors qu'il traversait la maison.

— Maman, je dois y aller. Fisher est en danger. Mets-toi à l'aise, et je reviendrai dès que possible.

Il n'attendit pas de réponse. Il était déjà sorti et sautait dans sa voiture.

Il aurait pu y arriver aussi vite en marchant, mais la voiture le protégerait. Il s'arrêta devant la boutique de souvenirs Painted Unicorn, alors que les sirènes retentissaient de toutes parts. Il entra dans la boutique et trouva Fisher à l'arrière, assis sur un tabouret, une tasse à la main.

— Ce n'est pas grave. Tout ira bien ici, dit une dame aux cheveux blancs en s'asseyant à côté de Fisher.

— Qu'est-ce qui s'est passé ?

— Il s'est arrêté ici, parce qu'il voulait jeter un coup d'œil, mais il était agité, alors je l'ai fait asseoir ici, expliqua la dame en souriant.

— L'homme qui a tiré hier sortait de mon immeuble. Je suis entré ici et je t'ai appelé. Et s'il était dans mon appartement ?

Fisher tremblait comme une feuille.

— Merci, dit JD à la dame. Je suis un officier de police de Carlisle, en congé pour le moment, et Fisher est mon petit ami. Il a eu quelques problèmes avec des voyous ces derniers temps.

— C'est le cas pour nous tous, jeune homme. Ces gamins arrivent et pensent qu'ils sont les maîtres des lieux, ronchonna-t-elle en lançant un regard vers l'avant.

— Madame, je dois demander à Fisher ce qui s'est passé, mais ensuite j'aimerais vous parler. Peut-être que tout cela est lié.

— Bien sûr que oui, dit-elle. Tout le monde a peur, et certains parlent même de fermer boutique. Ces jeunes nous abordent et nous disent que nous sommes sur leur territoire, quoi que cela veuille dire.

Elle secoua la tête. Bon sang, elle était fougueuse.

— Je suis JD Burnside. Je vais essayer d'aider.

Cela risquait de mettre toute la ville dans l'embarras. Il se tourna vers Fisher.

— Dis-moi ce que tu as vu.

— C'est le gamin qui a tiré. Il est sorti de mon immeuble, avec un sweat à capuche bleu portant l'inscription Michigan. Mais il portait des baskets orange et rouge. Les trucs les plus moches que j'aie jamais vus, il les portait hier. Je m'en souviens maintenant. Il portait aussi des lunettes noires, expliqua Fisher, à bout de souffle.

— D'accord, restez ici, leur ordonna JD. Je vais aller devant pour parler aux gars. Je reviens dès que possible.

— D'accord. Ruth s'occupera de moi, accepta Fisher.

La dame tapota la main de Fisher et sourit.

— Bien sûr, mon chou.

JD se précipita devant l'immeuble et trouva Carter et Kip avec un suspect.

— Il a détalé quand nous sommes arrivés.

Il correspondait à la description de Fisher, jusqu'aux lunettes.

— Je crois que c'est notre tireur, annonça JD en souriant, ce qui lui valut un ricanement de la part du suspect.

Kip le fit monter dans une voiture, et JD se tourna vers Carter.

— Nous devons vérifier l'appartement de Fisher. S'il est entré par effraction, nous pourrons ajouter d'autres charges.

Il avait aussi besoin de savoir. S'ils avaient pénétré dans l'appartement de Fisher, cela le bouleverserait encore plus.

— Fisher a-t-il donné une bonne description ? demanda Carter.

— Oui. Il lui ressemble comme deux gouttes d'eau. On aurait pu penser que cet idiot changerait de vêtements.

— Nous ne pouvons pas nous contenter de la tenue.

— Les chaussures sont un indice important, insista JD alors qu'ils traversaient la rue.

La serrure de l'immeuble de Fisher avait de nouveau été forcée. D'autres unités arrivèrent et prirent plusieurs minutes pour expliquer ce qui se passait.

— Essayez de relever des empreintes sur la partie cassée du mécanisme – nous aurons peut-être de la chance, commanda Carter à l'une des autres unités, puis ils entrèrent dans le bâtiment, grimpant lentement les escaliers.

JD resta en retrait et laissa Carter prendre les devants.

— La porte de l'appartement est ouverte, annonça Carter, qui appela des renforts avant de s'approcher lentement. Il semble vide.

Il entra, et JD resta dehors jusqu'à ce qu'il entende Carter annoncer que la voie était libre. L'appartement semblait intact, à l'exception de la serrure et de la porte cassées. Ce fut un soulagement, mais Fisher allait devoir rappeler son propriétaire.

— Ils n'ont touché à rien.

— Il devait chercher spécifiquement Fisher, déclara JD.

— Je ne sais pas pourquoi, réfléchit Carter en s'approchant de la porte. S'ils avaient laissé tomber, ils auraient probablement été tirés d'affaire, mais ils ont insisté, et maintenant le type est en garde à vue.

JD réfléchit quelques secondes.

— J'ai une idée. Contacte l'inspecteur Cloud et vois si nous pouvons confronter le suspect qui s'en est pris à Fisher à celui-ci.

— Il n'a pas été arrêté pour drogue ? s'étonna Carter, alors qu'ils sortaient.

— Si. Et ce type en poursuivait un autre avec une arme. Probablement lié à la drogue. On pourrait avoir de la chance et découvrir que ces deux-là se connaissent vraiment. Ce serait intéressant, non ?

Carter acquiesça, réfléchissant à l'idée.

— Ça vaut la peine d'essayer.

— Je vais m'occuper de Fisher. Tu peux t'assurer que l'appartement est sécurisé ? demanda JD, et Carter accepta.

JD traversa la rue et trouva Fisher, qui répondait aux questions de Kip.

— Je dois aller travailler, dit nerveusement Fisher.

— Très bien, je crois que j'ai ce qu'il me faut pour l'instant, assura Kip.

— Je t'emmène au travail, déclara JD.

— Tu devais parler à Ruth, lui rappela Fisher.

— Je vais parler à Mme Carmine, intervint Kip.

JD accompagna Fisher jusqu'à sa voiture, puis suivit ses indications jusqu'à son nouveau lieu de travail.

— Tu n'avais pas besoin de faire ça, murmura Fisher.

— Appelle-moi quand tu auras fini et je viendrai te chercher, lui dit JD.

Le danger était trop proche de Fisher pour être confortable, et quoi qu'il en était, il avait l'intention de s'assurer que Fisher restait en sécurité.

— Ils vont devoir réparer ta porte et ta serrure, alors tu devras peut-être rester chez moi ce soir.

— Et ta mère ? s'enquit Fisher en se mordant la lèvre.

— Je me débrouillerai. Essaie de ne pas t'inquiéter et appelle-moi quand tu pourras.

JD se pencha vers Fisher, l'embrassa rapidement, puis attendit qu'il sorte. Fisher leva la main pour lui dire au revoir, et JD démarra. Il lui semblait qu'il avait pris un million de directions différentes aujourd'hui, et il devait encore affronter sa mère une fois de plus.

Il regagna sa maison et entra à l'intérieur.

Sa mère était assise sur le canapé, en train de lire un livre.

— Tout va bien ? demanda-t-elle.

— Non.

JD se rendit dans la cuisine et ouvrit la porte du réfrigérateur. Il prit une bière, l'ouvrit et la porta dans le salon.

— Tu bois déjà ?

— Ne commence pas, Maman, répliqua-t-il en s'asseyant sur le canapé.

Que diable allait-il faire ensuite ?

Elle posa son livre sur la table sans faire de bruit. Parfois, il jurait qu'elle était un chat – enfin, peut-être une panthère.

— Tu as toujours été un enfant actif. Depuis ton réveil jusqu'à ton endormissement, tu n'as jamais cessé de foncer, de foncer, de foncer. Je vois que les choses n'ont pas changé.

— Et c'est une mauvaise chose ? demanda-t-il.

— Je n'ai pas dit ça. Je faisais juste un commentaire.

Elle consulta sa montre.

— Tu devrais peut-être réserver pour le dîner.

— Où veux-tu aller ? Il y a un chinois, quelques restaurants, des bars, un mexicain, un italien et un belge. Le dernier est probablement le meilleur, mais je parie qu'ils sont pleins pour ce soir.

— Alors qu'as-tu prévu pour le dîner ? s'offusqua-t-elle, comme s'il venait de renverser de l'eau sur sa robe.

— La vérité ? Je m'attendais à te mettre à la porte et à ce que Fisher et moi dînions ici ou chez lui. C'est un très bon cuisinier, bien meilleur que moi, et il fait aussi du pain.

Son estomac gargouilla à cette idée.

— On dirait qu'il fera une bonne épouse, marmonna-t-elle.

JD abattit sa main sur la table, le son se répercutant dans la pièce comme un coup de feu.

— Nous n'avons pas ce genre de relation. Non pas qu'il y ait quelque chose de mal à être une épouse et une mère, mais ce n'est pas ce que tu voulais dire. Tu étais sournoise et désobligeante, je ne l'accepterai pas. Fisher est quelqu'un de bien, un homme honnête, qui a plus de courage que la moitié de Charleston. Il a plus de courage que Papa n'en a jamais eu. Il t'a tenu tête.

JD était à deux doigts de la jeter dehors.

— Je sais que tu n'es pas stupide, alors arrête de faire comme si. Il ne s'agit pas d'une de ces réunions mondaines où tout le monde partage un seul cerveau et l'utilise à tour de rôle. Pour répondre à ta question, je vais préparer le dîner.

Il sortit en trombe de la pièce et ouvrit le congélateur. Il trouva un paquet surgelé de raviolis à la viande et mit de l'eau à bouillir, puis sortit un hamburger à faire revenir et un pot de sauce.

— Qu'est-ce que tu fais ? demanda sa mère en entrant dans la cuisine.

— Je prépare le dîner.

— Je vais le faire, intervint sa mère en le déplaçant sur le côté, baissant légèrement le feu, puis sortant une plus petite poêle et commençant à faire revenir la viande et en mettant la sauce en bocal dans une casserole.

Elle commença à trier les épices dans le placard jusqu'à ce qu'elle trouve ce qu'elle cherchait.

— Ta grand-mère pensait que les femmes devaient savoir cuisiner.

JD prit un tabouret et s'assit.

— Je ne t'ai jamais vue dans une cuisine, sauf pour dire à la femme de ménage ce que tu voulais.

— C'était ce qu'on attendait d'elle, rétorqua-t-elle en secouant ce qu'il pensait être de l'origan dans la sauce avant de retourner le hamburger et d'ajouter du sel et de l'ail. Mes amies ne cuisinaient pas, je n'allais pas disparaître dans la cuisine quand je recevais d'autres femmes, alors nous avons embauché Magda.

— Et maintenant ? demanda JD aussi gentiment qu'il le put.

Elle stoppa son remue-ménage.

— Je ne sais pas. Je suppose que ton père et moi avons beaucoup de choses à nous dire.

— Et le fait qu'il soit parti ?

Elle secoua la tête.

— Ton père peut me menacer de ce qu'il veut, mais nous avons trop souffert pour abandonner maintenant. Je pourrais peut-être lui préparer un dîner ?

Elle se remit à cuisiner.

— Il y a beaucoup à dire sur une vie plus simple, sans tous les engagements, les maisons, les dîners et tout le reste. Papa et toi avez passé beaucoup d'années à faire ce que vous pensiez devoir faire. N'est-il pas temps de faire ce que vous souhaitez et de dire à tous les autres d'aller se faire foutre ?

— Jefferson Davis. Je t'ai mieux élevé que ça.

— C'est le mot « *foutre* » *que tu* contestes ? Vraiment ?

113

Il ouvrit le réfrigérateur et en sortit une autre bouteille de bière, l'ouvrit et la tendit à sa mère.

— Tu vas en avoir besoin, parce que d'autres mots vont t'offenser. Quand tu en entends un, bois une gorgée. Au bout d'un moment, tu t'en moqueras.

— Ne fais pas le malin, le réprimanda-t-elle, mais elle but quand même une gorgée. Tu disais ?

— Réfléchis-y. Tu m'as tourné le dos à cause de ce que tu croyais que les autres allaient penser. Est-ce que c'est le genre de mère que tu es vraiment ?

Il n'arrivait pas à croire qu'il était en train d'avoir cette conversation avec elle. Franchement, il pensait qu'il ne recevrait plus que quelques appels téléphoniques de sa part, et qu'ils impliqueraient beaucoup de cris.

— Si c'est le cas, c'est cool. La porte est par là.

Il haussa un sourcil.

Ses lèvres tressaillirent.

— Tu n'as pas l'air d'être particulièrement bouleversé.

Elle égoutta la viande et la versa dans la sauce.

— Bobby et moi tenions l'un à l'autre. Oui, il était le fils du maire. Mais il méritait d'être aimé et qu'on prenne soin de lui, comme moi, Fisher ou n'importe qui d'autre. Au lieu de ça, son père a déversé sur lui tout son venin, et il s'est suicidé. Ce n'était pas ma faute, comme l'a dit Fisher. C'était celle de son père, et il y a une place spéciale en enfer qui lui est réservée.

Il tapota la bouteille de bière, et elle la ramassa.

— Je pense à la partie la plus brutale, où ils t'écorchent vif ou quelque chose comme ça, chaque jour. Du moins, c'est ce que j'espère qu'il lui arrivera.

— C'est un homme bon, rétorqua sa mère.

— Il ne l'était pas pour Bobby, et il peut être aussi gentil qu'il le veut avec tout le monde, ça ne compensera pas le fait d'avoir poussé son fils au suicide.

JD n'allait pas laisser passer ça.

Elle éteignit les brûleurs et soupira en le regardant fixement.

— Pourquoi n'as-tu pas fait ce que Bobby a fait ? Non pas que je voulais que tu le fasses, mais pourquoi ?

— Parce que j'ai eu Tante Lillibeth, répondit JD avec honnêteté. Elle m'a toujours dit d'être qui j'étais et de ne pas me soucier de ce que les autres pensaient, elle ne m'a pas tourné le dos comme vous l'avez fait. Elle ne l'a jamais fait, quoi qu'il arrive.

Il se pencha sur le comptoir.

— Et je vais devoir vivre avec le fait que je t'ai laissé me dissuader de venir à son enterrement, parce que ma présence, qui n'a rien de répréhensible, t'aurait fait passer pour quelqu'un d'autre.

Il détestait sa mère pour cela et il se détestait lui-même pour l'avoir écoutée.

— J'ai eu tort de le faire. Les gens n'arrêtaient pas de me demander où tu étais.

— Laisse-moi deviner. Tu as inventé une excuse au lieu de leur dire ce que tu avais fait, railla JD, et il sut qu'il avait raison quand sa mère ne répondit pas tout de suite.

— Je leur ai dit que tu étais sur une affaire importante et que ton départ l'aurait compromise.

Encore des mensonges pour couvrir la famille. Elle mélangea les pâtes et les plaça dans un saladier.

JD se leva, alla chercher deux assiettes et mit la table.

— Tu n'en as pas assez? Tu as menti sur l'endroit où j'étais, tu as menti sur la raison de mon absence. Je suis sûr que tu racontes une douzaine de petits mensonges sociaux chaque jour pour couvrir quelque chose. Quel genre de mensonges vas-tu raconter lorsque les factures arriveront à échéance et que tu devras avouer que tu ne peux pas les payer?

Il récupéra des verres et apporta la nourriture à la table.

— Ça demande un effort de mentir et de garder une trace de tous ces mensonges. Il faut en finir avec ça. Je mène une vie honnête.

— Oui, je suis sûre que les hommes avec qui tu travailles connaissent ton petit secret, rétorqua-t-elle.

— C'est ce que tu crois? Red est un collègue officier et son partenaire s'appelle Terry. Carter est en couple avec Donald, et Kip avec Jos. Les deux derniers couples ont chacun un petit garçon qu'ils élèvent ensemble. Ce sont des gens bien. Ce n'est pas parce qu'ils ne correspondent pas à l'idée que tu te fais de la famille idéale que ce ne sont pas des gens formidables.

Il apporta les bières à la table et l'attendit. Une fois qu'elle fut assise, il leva sa bouteille et la fit tinter avec la sienne.

— C'est la dernière chose à laquelle je m'attendais dans ma vie : partager à nouveau un repas avec toi.

D'une certaine manière, il était heureux de passer du temps avec elle, c'était sa mère, mais toute cette histoire était bizarre, et il avait l'impression qu'il devait rester sur la défensive afin de contrer toute attaque qui pourrait se présenter.

— On m'a élevée en me faisant croire…

Elle s'interrompit.

— Je sais. Les bonnes vieilles valeurs du sud, grommela-t-il de mémoire.

— La famille n'est pas démodée, affirma-t-elle après avoir avalé une petite bouchée. Elle n'a pas mal tourné.

Il acquiesça et posa sa fourchette.

— La famille n'est pas dépassée, c'est ta vision des choses qui l'est. Et si je te disais que j'allais adopter un enfant? Une petite fille, par exemple. L'accueillerais-tu comme ta petite-fille ou lui tournerais-tu le dos?

JD n'avait jamais vu sa mère aussi ébranlée qu'à ce moment-là. Le conflit se lisait dans son expression, et il put voir le moment où sa mâchoire se resserra.

— Bien sûr que non. Une petite-fille. Une petite-fille adorable. J'ai…

— Je sais, Maman. Tu veux tellement des petits-enfants que tu en as le goût. Que dirais-tu d'un petit-fils que Papa gâterait et emmènerait à la chasse quand il sera plus âgé? Ce n'est pas parce que je suis gay que je n'adopterai pas ou que je n'aurai pas d'enfants par mère porteuse. Ça arrive tout le temps. Est-ce que tu tourneras aussi le dos à la génération suivante?

JD commença à manger. Il n'y avait pas de limite à ce qu'il pouvait essayer de faire valoir avant que sa mère ne se braque et ne rejette tout ce qu'il avait dit. Il pouvait voir qu'il s'en approchait à la façon dont sa mâchoire était figée et parce que si sa posture devenait encore plus rigide, ils pourraient se servir de sa colonne vertébrale comme d'une planche.

Il retourna à sa nourriture pour lui laisser le temps d'assimiler ce qu'il avait dit et pour que sa rigidité disparaisse. Une fois qu'elle eut recommencé à manger, il resta silencieux et la laissa à ses propres pensées.

— Depuis combien de temps connais-tu ce jeune homme?

— Environ une semaine, je pense, répondit JD honnêtement.

— Il me semble un peu… décalé, répéta-t-elle. Pas mal, juste… Je n'arrive pas à mettre le doigt dessus.

— Fisher est une bonne personne qui a eu des difficultés pendant quelques années.

JD se garda bien de trahir la moindre confidence. Fisher lui avait raconté ce qui s'était passé, mais ce n'était pas à JD de le faire.

— Je n'arrête pas de penser à ma cousine, Cora May.

— C'est différent. Cora May est née avec un trouble de l'apprentissage. Fisher a eu un accident qui a perturbé la chimie de son corps. Mais, dans les deux cas, ce n'était pas de leur faute, et Fisher et Cora May ont dû faire face à un monde qui n'était pas tendre avec eux la plupart du temps.

— Il a l'air assez gentil, accorda-t-elle.

— Gentil ? Maman, il t'a déchiquetée comme un tigre.

Elle hocha la tête.

— Mais c'était pour te protéger. Ça en dit long sur une personne et ses sentiments, même si elle manque de tact.

— Tu veux dire même s'il est honnête et que ça fait mal, insista JD.

— Pourquoi es-tu si méchant ? demanda-t-elle, et JD la regarda fixement.

C'était l'hôpital qui se moquait de la charité. Sa mère pouvait être la reine de la méchanceté, et souvent sans autre raison apparente que celle de protéger son image.

— Très bien. Ne nous disputons pas. Je ne suis là que pour peu de temps.

— Se disputer, c'est ce que nous faisons le mieux. C'est comme ça que toi et moi avons communiqué pendant des années. Comment pourrait-il en être autrement ? Si nous ne nous disputions pas, nous ne parlerions jamais. C'est assez pathétique, mais c'est vrai.

Il lui avait fallu beaucoup de temps pour être capable de passer outre la nature exigeante et contrôlante de sa mère, et ensuite beaucoup de douleur avant qu'il ne se défende.

— Si tu veux qu'on te rende quelque chose de différent, il faut que tu offres quelque chose d'autre.

— Tu es en train de me dire que l'on récolte ce que l'on sème ?

— Oui, Maman.

JD mangea la dernière bouchée de son assiette et porta sa vaisselle à l'évier. Il la rinça et se tourna vers sa mère.

— Quoi, tu me prends pour un serveur ?

Il se détourna de nouveau, et elle apporta son assiette.

— Pense à ce que tu fais et à la façon dont les gens te voient. C'est comme ça que tu seras traité. Les gens qui pensent que tu peux faire quelque chose pour eux vont te lécher les bottes, les autres vont te suivre pour ne pas faire de vagues. C'est comme ça que ça s'est passé tout au long de ma scolarité. J'étais un Burnside, j'ai eu ce que je voulais grâce à ce que toi et Papa étiez. Ce n'est pas le cas ici. J'ai de vrais amis qui m'aiment pour moi, pas pour mon argent ou mon influence. Je ne suis pas ami avec le maire, et ça n'aurait pas d'importance si je l'étais. La ville est dirigée par un conseil. Le maire ne fait pas grand-chose. Mais je suis un policier ici, un parmi tant d'autres. Je suis respecté et je l'ai mérité.

— Si ton père et moi te demandions de rentrer à la maison… lança-t-elle timidement.

JD ne savait pas que sa mère était capable de cela.

— C'est ici chez moi maintenant. J'ai construit une vie ici et je ne vais pas la quitter.

Il finit la vaisselle et coupa l'eau.

— Tout le monde se fiche de ce qui s'est passé chez nous ou du fils du maire. Ce sont des gens bien, qui se moquent de savoir si je suis gay ou quoi que ce soit d'autre. Ils m'acceptent tel que je suis, et c'est ce que j'ai cherché toute ma vie.

— Si tu ne reviens pas, qui s'occupera des biens de ta tante ?

— Son avocat s'occupe de tout pour moi.

— Tu devrais transmettre ça à ton père.

— Non, refusa JD avec fermeté. La famille et les affaires ne font pas bon ménage. Je ne mélangerai pas les deux.

Il s'essuya les mains sur le torchon et éteignit la lumière de la cuisine.

— Tu sais que tu peux être un petit con moralisateur, lui dit-elle avec un demi-sourire.

— J'ai eu un bon professeur, répliqua JD, ne lâchant rien. Et oui, je suppose que je peux l'être. Mais je suis ici depuis six mois et je suis plus heureux au pays des Yankees que je ne l'ai jamais été chez moi.

Elle consulta sa montre.

— Je devrais aller à mon hôtel, m'enregistrer et m'installer.

— D'accord. Je pense que Fisher va bientôt appeler pour que je vienne le chercher.

— Il n'a pas de voiture ?

— Quelqu'un s'est introduit dans son appartement, parce qu'il a vu quelque chose.

Il n'entra pas dans les détails de la distribution de cocaïne en ville. Sa mère n'avait pas besoin d'être au courant, et après tout ce qu'il lui avait dit sur le fait qu'il se plaisait ici, il n'avait pas besoin de ternir cette image.

— Je vais passer le prendre pour m'assurer qu'il est en sécurité.

Elle récupéra son sac à main, et JD la raccompagna jusqu'à la porte.

— Je t'appellerai demain matin, et nous pourrons prendre un petit déjeuner ou autre, proposa-t-elle.

— Maman, pour moi, le petit déjeuner est à six heures.

Elle grimaça, mais ne dit rien, se retourna et se dirigea vers sa voiture. Elle monta dans la Lexus et s'éloigna du trottoir.

JD retourna à l'intérieur et ferma la porte, puis il appela Carter.

— Vous avez trouvé quelque chose ?

— Nous avons suivi ta suggestion, et tu avais raison. Ils se connaissaient, ils sont liés, mais ils ne parlent pas. Ils se sont simplement tus et ont refusé de parler.

— Sais-tu comment ils ont trouvé Fisher ?

— Ils ont dit qu'ils l'avaient suivi, mais je n'y crois pas. Quelqu'un tire les ficelles. Ces types ne sont pas assez intelligents pour le suivre et le traquer. Ils vont rester en cellule, mais ça ne nous mènera nulle part s'ils ne sont pas prêts à passer un marché. Ces types ont plus peur de l'homme derrière le rideau que de nous. L'appartement de Fisher a été sécurisé, et nous avons appelé le propriétaire. Il n'était pas très content, mais nous lui avons expliqué que Fisher n'était pas responsable des dégâts, alors sa colère s'est dissipée. Prends soin de lui. J'ai l'impression qu'il y a d'autres blessures qui l'attendent au coin de la rue.

— Merde. Tout ce dont il a besoin. Fisher en a déjà trop bavé.

— La meilleure chose que nous puissions faire, c'est notre travail. Faire toute la lumière sur cette affaire nous permettra d'aller loin.

Carter avait raison, bien sûr. Le téléphone de JD émit un bip pour indiquer qu'il avait un autre appel. Il termina avec Carter et répondit à l'autre. C'était Fisher, qui lui disait qu'il serait prêt dans une demi-heure.

JD se prépara et le rejoignit à l'heure sur son lieu de travail.

— Comment ça s'est passé ? demanda-t-il une fois que Fisher fut monté dans la voiture.

Fisher lui expliqua ce qu'ils faisaient, mais bien sûr, ce fut du charabia pour lui. Il n'avait jamais travaillé dans un entrepôt, mais ce qui était important, c'était l'excitation et l'enthousiasme de Fisher.

— Nous devons être prêts pour lundi et nous y arriverons. Je vais devoir travailler samedi et peut-être même dimanche pour être prêt.

JD gara la voiture devant sa maison et s'occupa de leurs manteaux avant d'entraîner Fisher dans le salon.

— Je pourrai t'y emmener, suggéra JD, poursuivant leur conversation.

— J'ai une voiture. Je peux y aller par mes propres moyens, déclara Fisher. Je ne suis pas faible ou impuissant.

Il soupira.

— Je n'ai pas dit que tu l'étais, j'essaie juste de m'assurer que tu es en sécurité. Nous avons attrapé le suspect qui te suivait, mais Carter dit qu'il y a plus derrière tout ça. Je ne pense pas que tu devrais rester seul en ce moment.

Fisher s'agita sur son siège.

— Je vais appeler un hôtel et voir si je peux y rester, alors.

— Fisher, tu peux rester avec moi à la maison pendant quelques jours, dit JD. C'est très bien.

— Et ta mère ? s'enquit Fisher.

— Elle est allée à l'hôtel et elle rentre chez elle demain, les mains vides.

— Vous avez discuté ? demanda Fisher, et JD entendit la nostalgie dans sa voix. Elle a fait tout ce chemin.

— Je ne suis pas sûr que nous ayons beaucoup progressé, mais oui. Elle et moi avons préparé le dîner. Je ne sais pas si j'ai réussi à la convaincre, mais nous avons parlé. À notre manière. Je m'inquiète plus pour toi. J'ai une chambre d'amis, et tu es le bienvenu si tu le souhaites.

Fisher lui lança un regard que JD ne comprit pas. Il voulait que Fisher dorme avec lui, mais il n'allait pas le presser ou profiter d'une situation stressante. L'appartement de Fisher avait été fouillé, et JD savait que ce genre de chose laissait à la victime un sentiment de violation, parce que quelqu'un se trouvait dans son espace personnel sans sa permission. JD pensait que Fisher n'était pas prêt sur le plan sexuel et qu'il avait peut-être besoin d'un peu de temps seul afin de digérer ce qui s'était passé.

— Pourquoi cette merde m'arrive-t-elle toujours ? grogna Fisher beaucoup plus fort que ce à quoi JD s'attendait. Je suis un type discret. Je ne me mets jamais en travers du chemin de qui que ce soit. Je vis ma vie et j'essaie de faire de mon mieux, mais c'est moi que tout le monde laisse tomber. Je ne peux pas supporter toutes les conneries que la vie semble m'infliger tout le temps.

Fisher serra les poings. JD se demanda si cette colère refoulée ne faisait pas partie de l'état de Fisher, mais il ne dit rien pour ne pas l'exaspérer davantage.

— Je ne suis qu'un type qui a fait de très grosses erreurs et qui les paie encore et encore.

Il se mit à arpenter l'espace confiné comme un chien en cage. Il leva le regard de ses pieds, ses yeux se déplaçant d'un côté à l'autre comme pour essayer de se rappeler s'il avait vraiment dit cela à haute voix.

— Bon sang !

— Qu'as-tu fait ? interrogea JD d'un air soupçonneux, le flic qui sommeillait en lui prenant les devants.

Cela ressemblait de plus en plus aux conversations qu'ils avaient lors des interrogatoires. Il suffisait de mettre le suspect en colère pour qu'il baisse sa garde et les choses commençaient à sortir.

— Ce que font la plupart des personnes atteintes de cette maladie, expliqua Fisher un peu plus fort. J'ai eu recours à l'automédication après l'accident. Les hauts bipolaires sont incroyables. Ils te donnent l'impression que tu peux tout faire. Tu veux te présenter aux élections présidentielles ? Fais-le, parce que personne d'autre que toi ne peut gagner. Je voulais que ce sentiment dure toujours. C'est une illusion, bien sûr, mais j'étais prêt à y croire. Je prenais tout ce que je pouvais pour que ça continue. L'alcool, c'est de la merde, ça ne marche pas et ça fait chuter. J'avais besoin de pilules, de stimulants, de choses qui rendent invincibles.

JD déglutit difficilement.

— Comme la cocaïne, murmura-t-il.

— Oui, j'en ai pris, et c'était génial. J'étais incroyable. Tout ce que je disais était intelligent et perspicace, et les gens voulaient être près de moi.

Il s'arrêta de bouger.

— Ce n'est que lorsque j'ai dégrisé dans un fossé que j'ai compris à quel point tout cela était illusoire. Mais ça n'avait pas d'importance à l'époque. Alors je redescendais et je repartais à la poursuite du dragon.

— Tu n'es plus accro maintenant ?

Fisher resta bouche bée et secoua la tête.

— Tu m'as côtoyé. Est-ce que j'ai l'air d'avoir les moyens ou d'agir comme si je prenais de la cocaïne ? La chose la plus difficile que j'ai jamais faite a été de demander de l'aide pour sortir du trou que j'avais creusé, et il était à mi-chemin de la Chine. Mais je l'ai fait et j'ai pris les médicaments adaptés à mon état.

Fisher soupira et se calma lentement.

— C'est tout ce qui reste de ce type. Cette coquille maigre et creuse qui ressent tout à travers le filtre de ces foutus médicaments.

Il se détourna.

— Tu n'as pas besoin d'être avec quelqu'un comme moi. Je ne serai jamais rien d'autre qu'un type qui enregistre des camions dans un entrepôt. Je ne comprends même pas pourquoi tu es si gentil avec moi. Je ne le mérite pas. J'ai fait de mauvaises choses pour obtenir la drogue que je voulais.

JD ressentit un froid glacial et trembla sur place pendant quelques secondes. Il avait une peur bleue de demander à Fisher ce qu'il avait fait.

— Il y a combien de temps ?

— Quand ai-je cessé de me droguer ? Il y a un peu plus de deux ans. C'est à ce moment-là que j'ai reçu de l'aide, que j'ai fait le ménage et que j'ai pris des médicaments. Mais avant ça, j'ai ruiné toutes les relations que j'avais. Les gens du refuge m'ont aidé à me désintoxiquer, puis à trouver un appartement et ont travaillé avec moi pour que je puisse trouver un emploi et reconstruire ma vie.

— Et tu ne penses pas que ça en valait la peine ? C'est vraiment dur.

JD avait encore en tête des images de ce que Fisher aurait pu faire pour son addiction. Il avait vu des professionnels, des citoyens honnêtes, s'abaisser aussi bas que possible pour leur prochaine dose. Tout ce qui comptait à ce moment-là, c'était la défonce.

— Et il faut être fort pour faire ce que tu as fait.

— Ne me baratine pas en me disant que nous passons un bon moment. Je me suis laissé descendre très bas. J'en suis responsable. Ça fait partie de mon rétablissement – assumer la responsabilité de mes actes.

JD fit ce qu'il put pour maîtriser sa surprise. Ce n'était pas du tout ce dont il avait prévu de parler ce soir.

— Tu connais les dealers et les gens de la ville ?

— Avant, je les connaissais tous, avoua Fisher, et son regard se porta à nouveau sur ses pieds. Mais plus maintenant. Ça faisait aussi partie de la thérapie. Changer mes habitudes et ne plus revisiter les anciens lieux. Si l'on veut changer, il faut le faire en rompant avec les habitudes et en ne regardant pas en arrière. C'est ce que j'ai essayé de faire, mais cette vie semble bien décidée à se rappeler à mon bon souvenir, et tu es un type bien. Tu n'as pas besoin que moi ou n'importe qui d'autre te tire dans le caniveau.

— Hé. Tu as été assez fort pour te sortir du gouffre. Je vois tout le temps des gens qui ne le sont pas. Et tu ne me tireras nulle part.

JD croisa les bras sur son torse en une démonstration de force pour couvrir le tremblement qui le traversait. Il se posait tellement de questions, mais en regardant Fisher dans les yeux, il savait qu'il n'obtiendrait pas de réponses. Ils étaient bien fermés, et JD devait décider s'il était prêt à croire Fisher. Ses tripes frémirent. Il était officier de police et Fisher venait de faire allusion à des actes illégaux et à d'autres choses dont il ne semblait pas vouloir parler.

— Fisher…

— Je ne peux pas parler de ça, le coupa Fisher en levant la main vers le torse de JD. Je ne peux pas. Si je dois en parler, je dois le revivre.

— Et tu ne te souviens pas…

JD compléta le regard perdu qui traversa le visage de Fisher.

— … de tout ce qui s'est passé à cette époque.

Fisher acquiesça.

— Ce dont je me souviens, c'est que c'est laid, vraiment laid.

Il se détourna.

— Veux-tu me montrer ta chambre d'amis ? Je crois que j'ai besoin de m'allonger.

— Tu as mangé ?

Il se tourna vers la cuisine. Il restait des pâtes que sa mère et lui avaient préparées. JD les réchauffa au micro-ondes et plaça une assiette devant Fisher, qui mangea en silence, porta sa vaisselle à l'évier et le remercia. JD l'emmena ensuite à l'étage, où il lui montra la chambre d'amis et la salle de bains.

— Bonne nuit, dit-il doucement en fermant la porte avant de redescendre.

Il s'installa sur le canapé du salon et alluma la télévision pour regarder un film qu'il ignora. Que diable allait-il faire ? Il songea à vérifier ses antécédents. Il sortait avec lui et l'avait appelé son petit ami, mais que savait-il vraiment de lui ? Fisher était effrayé par les fusillades, mais qui ne l'était pas ? JD, lui, l'était toujours. Fisher était nerveux et mignon. Il y avait en lui une profondeur qu'il commençait à peine à percevoir. JD l'aimait bien. L'un de ses collègues de travail pouvait s'occuper de l'arrière-plan pour lui ; il n'était même pas nécessaire que ce soit lui qui s'en charge. La distance le rassurait d'une certaine manière et le salissait d'une autre. Avait-il peur de ce qu'il allait trouver, et s'il vérifiait les antécédents et que Fisher le découvrait, lui ferait-il à nouveau confiance ? Si la situation était inversée, voudrait-il que quelqu'un fasse des recherches sur lui ?

— JD, appela Fisher depuis la porte du salon. Tu as un T-shirt ou autre que je peux t'emprunter ?

Il se leva avec un petit gémissement et monta chercher dans ses tiroirs un pantalon de survêtement et un vieux T-shirt de l'académie. Il les apporta à Fisher, qui les prit en marmonnant un remerciement et quitta la pièce. Fisher revint quelques minutes plus tard devant la même porte.

— Je t'avais dit que je ne te serais d'aucune utilité. Tu mérites quelqu'un qui ne soit pas brisé et inutile.

Fisher se retourna et monta les escaliers.

VI

FISHER FERMA la porte de la chambre d'amis et s'assit sur le bord du lit. La pièce était dépouillée, sans la chaleur et le charme de sa propre chambre dans son appartement, celle dans laquelle il n'était pas sûr de pouvoir dormir à nouveau. Et s'il était couché dans son lit et que quelqu'un entrait par effraction et essayait de le tuer ? Il frissonna, ce qui l'amena à trembler, puis à se retrouver presque sur le cul, secoué de frémissements qu'il savait avoir commencé dans sa tête mais qu'il n'arrivait pas à arrêter. Les frissons se transformèrent en tremblements complets alors qu'il essayait de se lever et qu'il se retrouvait de nouveau sur le sol.

Finalement, il s'appuya dos au lit, se tenant les jambes, essayant de réfléchir à la manière dont il pourrait rentrer chez lui après tout cela. Ils avaient essayé de pénétrer dans son appartement à deux reprises et avaient apparemment réussi la deuxième fois. JD l'avait invité à rester ici pour qu'il soit en sécurité, mais la vérité était qu'il n'y sentait pas bien. Oh, il savait que JD ne lui ferait jamais de mal et que n'importe qui serait stupide de s'introduire dans la maison d'un officier de police. Tout le commissariat lui tomberait dessus comme un marteau sur la tête d'un clou. Non, il n'était pas émotionnellement en sécurité. JD était beaucoup trop proche, et il savait que s'il descendait et s'asseyait à côté de lui, il serait probablement enlacé et réconforté, ce qu'il désirait, mais ce à quoi il avait peur de s'habituer. Tout le monde partait ou le repoussait, et il valait mieux que, cette fois-ci, ce soit lui qui le repousse. Au moins, il pourrait s'en aller en un seul morceau.

La détermination qu'il avait eue de parler à JD commençait à s'estomper. Il la sentait s'évanouir, comme le faisaient parfois ses crises de bipolarité.

— Fisher, appela JD en frappant doucement à la porte. Je vais me coucher.

— OK.

Il espéra que JD l'entende, car il n'avait pas la force de parler plus fort.

— Ça va ?

Et voilà, elles étaient là : l'inquiétude, l'attention. Les choses qui manquaient totalement à sa vie, données sans réfléchir en quelques mots simples. Fisher baissa la tête sur ses genoux, se demandant comment il allait pouvoir traverser cette nouvelle crise en gardant sa santé mentale et ses nerfs intacts.

— Je ne sais pas, répondit-il honnêtement, puis il souhaita pouvoir réaspirer les mots dans sa bouche.

Il resserra ses bras autour de ses genoux. Le pire, c'était qu'il ne savait pas pourquoi il était si contrarié. Il pouvait emballer ses affaires et déménager à nouveau ; il l'avait déjà fait auparavant. Ce n'était pas bien grave. Cela lui avait pris quelques jours. Il n'y avait pas grand-chose dans son petit appartement. Le problème était de savoir comment il allait pouvoir y remettre les pieds, pour quelque raison que ce soit, et s'y sentir en sécurité. C'était son lieu de bonheur, le seul endroit où le monde restait à l'extérieur et ne pouvait pas l'atteindre. Aujourd'hui, il n'y avait plus rien. Sa maison avait été envahie non seulement par les hommes qui s'y étaient introduits, mais aussi par son ancienne vie, celle qu'il avait fait de son mieux pour essayer de tenir à distance.

La poignée tourna, la lueur de la lampe changeant légèrement à mesure qu'elle se déplaçait, puis la porte s'ouvrit. JD se tenait dans l'embrasure.

— Qu'est-ce que tu fais là ?

Il se précipita et plaça sa main sous le bras de Fisher pour l'aider à se relever.

— Une crise de panique ?

— Oui, avoua-t-il d'un ton hésitant avant de s'asseoir à nouveau sur le côté du lit.

— Je déteste le mot « victime », déclara JD. Il donne l'impression que la personne qui subit un crime n'a aucun recours et qu'elle est à la merci des criminels. Certaines personnes sont des victimes. Elles laissent les criminels gagner, s'effondrent et essaient de faire face à ce qui leur est arrivé. D'autres prennent leur mal en patience et poursuivent leur vie, comme pour faire un gros doigt d'honneur.

JD adressa un doigt d'honneur à la porte. Fisher ne put s'empêcher de rire. C'était drôle de voir JD agir ainsi.

— D'accord, dit Fisher, faisant comme JD et lançant un doigt d'honneur. Ma seule question est de savoir ce que cette porte t'a fait pour que tu aies envie de l'envoyer balader. Cette pauvre chose ne fait que s'ouvrir et se fermer. Peut-être qu'elle t'a donné un coup sur les fesses une fois.

JD attendit quelques secondes, puis il rit et s'assit sur le lit à côté de lui.

— Le sens de l'humour fait beaucoup. Tu le sais bien.

— Oui, mais ça ne veut pas dire que je peux rentrer chez moi et rester dans les pièces où ils étaient. C'est effrayant. Et s'ils avaient fouillé dans mes affaires ?

— D'après ce que j'ai vu, ils ne sont pas allés bien loin, et la plupart des choses semblaient intactes. Carter et moi sommes arrivés assez vite, et ils ont détalé. Ils avaient l'air de te chercher.

JD lui prit la main.

— L'un ou l'autre de ces hommes étaient-ils tes fournisseurs de l'époque ?

Il devait sans doute poser la question, mais l'estomac de Fisher se retourna.

— Non, mais ils pourraient travailler pour l'un des hommes qui me fournissaient. Il voulait passer à des choses plus importantes et meilleures. Je ne l'ai pas revu depuis que je lui ai dit de ne plus me tourner autour. C'était il y a quelques années. Il s'appelait Zeus ou quelque chose comme ça. Je sais que c'était un faux nom, mais c'est comme ça que je l'ai connu. Nous avons fait affaire, puis je suis resté à l'écart quand j'ai voulu me désintoxiquer. J'ai promis de ne plus jamais parler de lui s'il me laissait tranquille. C'est ce qu'il a fait, et je l'avais oublié jusqu'à présent, parce que je voulais quelque chose que je ne pouvais pas obtenir en sniffant. Mais maintenant, je sais que je ne mérite pas ce que je désirais. Ce n'est pas pour les gens comme moi.

— Quoi ? demanda JD.

Fisher combla le fossé qui les séparait.

— Je ne ferai que souiller ceux que j'aime.

JD se rapprocha un peu plus.

— Je n'y crois pas. Si tu veux changer ta vie, tu ne dois pas avoir peur d'ouvrir ton cœur. Nous sommes tous blessés. Bon sang, ma mère était là, et nous nous sommes lancé des piques tout le temps, mais je l'aime toujours. Même après ce qu'elle a fait. Quand elle est sortie de sa voiture, je voulais la haïr, mais je ne l'ai pas fait et je ne le fais pas.

— C'est facile à dire, mais c'est plus difficile à faire quand les rappels de tout ceux qui t'ont quitté ou de ce que tu souhaites laisser dans le passé continuent de se manifester comme un mauvais dollar.

— Tu veux dire « un mauvais penny », corrigea JD.

— Non. Plus personne ne s'occupe des centimes.

— Tu es parfois un petit malin, gloussa JD. Tu vois ce que je veux dire à propos de ton sens de l'humour ? Tu y puises chaque fois que tu es vraiment nerveux ou contrarié. C'est la bonne chose à faire.

Fisher s'appuya sur JD et ferma les yeux.

— Parfois, je suis tellement fatigué d'essayer de tout faire tenir ensemble. Les gens me regardent et s'attendent à ce que je devienne fou, alors je dois toujours être sur mes gardes et ne pas paraître... insouciant ou énergique, parce qu'alors les gens se demanderont si je vais perdre la boule ou quelque chose comme ça.

— Il faut que tu sois toi-même pour moi.

JD lui passa un bras autour de l'épaule, le serra un peu plus près et se cala contre lui. Fisher le sentit se retourner et suivit le mouvement, laissant JD l'embrasser. Mais le toucher et le goût de JD le laissèrent sur sa faim. Il changea de position, glissant ses bras autour du cou de JD, approfondissant le baiser. C'était le paradis, avec toute son attention et sa concentration sur JD. Toute cette histoire d'appartement s'évanouit, tout comme ses inquiétudes de ne pas être à la hauteur. JD avait le don de le faire se sentir spécial, et il le faisait avec un simple baiser. C'était tout ce qui lui fallait.

— Tu veux rester ici ? demanda JD.

Fisher ne répondit pas tout de suite. Il serait préférable qu'il dorme ici, séparé de JD, mais son corps avait certainement d'autres idées, et sans trop réfléchir, il suivit son instinct et laissa JD le tirer sur ses pieds et l'embrasser hors de la chambre et dans le couloir.

Ils ne se séparèrent pas lorsque JD ouvrit la porte de sa chambre, les propulsant vers le lit. Les chaussures furent enlevées et les chemises furent tirées par-dessus la tête de l'autre. Fisher ne perdit pas une seconde avant de presser ses mains sur la poitrine forte et pleine de JD. JD était viril et il le désirait. C'était presque plus que Fisher ne pouvait le croire, mais la preuve physique était trop importante et trop proéminente pour être ignorée. JD accrocha ses mains à la ceinture du short de Fisher, le tirant vers le sol. Puis JD le serra contre lui, lui caressa le dos, serra ses fesses dans ses mains larges et fortes, et Fisher fut perdu.

— C'est bon ? murmura JD contre ses lèvres.

Fisher combla l'écart, l'embrassant plus fort, souhaitant que JD porte beaucoup moins de vêtements, mais ne voulant pas mettre de distance entre eux pour les enlever. Il hocha la tête – ou peut-être crut-il le faire, il n'en était pas sûr. Dans son esprit, il criait le mot, mais ses lèvres étaient occupées à autre chose.

— Pourquoi demander ça maintenant? demanda-t-il finalement.

JD s'arrêta, et Fisher faillit plonger dans la profondeur de ses yeux.

— Je veux que ce soit bon, spécial.

— Ça l'est.

Fisher gémit et se tortilla un peu, tandis que JD lui caressait les fesses.

— Est-ce que c'est mieux que les hauteurs que tu avais l'habitude d'atteindre? demanda JD.

Fisher lui pinça les fesses, maintenant leur regard rivé l'un sur l'autre.

— C'est tellement mieux que ça, parce que c'est réel. Les hauts précédents n'étaient que des illusions. Il n'y avait pas de base. L'euphorie n'était que dans mon esprit. En réalité, c'était moche et désordonné. Ça n'a rien à voir avec ça.

Fisher referma ses lèvres sur celles de JD, explorant sa bouche alors que l'excitation faisait bourdonner ses oreilles.

— Maintenant, emmène-moi au lit et fais-moi l'amour.

Il utilisa ces mots très délibérément et sut à quel moment leur signification s'imposa.

JD le souleva et le déposa sur le lit. Il git nu, sans aucun vêtement, exposé au regard de JD, mais entouré de chaleur et d'acceptation. Ce qui aurait pu le rendre vulnérable ne faisait qu'exacerber son désir, alors qu'il se délectait de la vue de JD. Il eut envie de hurler, mais se contenta d'un bref sifflement lorsque JD se pencha pour enlever son pantalon. Le derrière de JD était un spectacle à voir, de toute beauté.

Lorsque JD se retourna pour lui faire face, Fisher lâcha le reste de sa réserve, frémissant lorsque JD saisit chacune de ses chevilles et se hissa lentement. Ses jambes tremblaient lorsque JD atteignit ses cuisses, et ses yeux étaient probablement aussi grands que des soucoupes quand JD glissa ses mains sur ses hanches, puis sur son torse. Fisher écarta les cuisses, et JD se glissa entre elles, nichant ses jambes entre celles de Fisher et abaissant son torse vers le sien.

— Personne ne m'a jamais fait ressentir ce que tu me fais ressentir, chuchota Fisher. Rien ni personne.

— C'est bon à savoir.

JD sourit.

— Je te veux, gémit Fisher, entourant ses jambes autour de la taille de JD afin de ponctuer exactement ce qu'il demandait.

— D'accord. Qu'est-ce que tu aimes? voulut savoir JD. Je sais que ça a l'air idiot à un moment pareil, mais je veux que ce soit spécial, et...

— Je te veux, fort, à fond, et aussi profondément que possible.

Et ce fut exactement ce que JD lui donna. Lorsqu'il eut fini avec ses lèvres et ses mains, Fisher en était réduit à des marmonnements et des gémissements incohérents tandis qu'il s'agrippait à la literie pour ne pas voler en éclats. Lorsque JD le pénétra, lentement, terriblement lentement, tout son être cria pour en avoir plus, mais JD semblait déterminé à faire durer ce que Fisher voulait aussi longtemps que possible.

— Les hommes aiment la rapidité, expliqua JD. Le meilleur moyen d'augmenter le plaisir est d'y aller doucement, de faire durer les choses.

— Tu es diabolique, soupira Fisher en faisant rouler sa tête de gauche à droite sur l'oreiller quand JD, son sexe gainé d'un préservatif, enfoui en lui, ne bougea pas d'un poil.

— Je vais faire en sorte que tu te sentes bien.

JD ne bougeait toujours pas, mais il fit courir ses doigts sur le torse de Fisher, encerclant ses mamelons dans un exercice de taquinerie qui fit grogner Fisher.

— Alors bouge, bon sang.

Il tira JD vers le bas, l'embrassa violemment, et JD ondula finalement des hanches. Il n'y avait pas de limite à ce que lui ou n'importe quel autre homme pouvait supporter. Fisher se cambra, gémissant pour en avoir plus, supplications que JD ignora.

— Tu es parfois sacrément têtu.

— Oui, mais tu aimes ça.

Il ponctua ses paroles de roulements de hanches.

L'érection de JD frôla ce point à l'intérieur de lui, et la vision de Fisher se brouilla et ses yeux se révulsèrent. Mon Dieu, il voulait cela toute la journée, tous les jours. Comment avait-il pu vivre toutes ces années sans ce sentiment de plénitude ou de justesse ? Les pensées désordonnées qui semblaient toujours se bousculer dans sa tête s'alignaient et se stabilisaient.

— Mieux ?

— Mon Dieu, oui, souffla Fisher, qui resserra sa prise sur les épaules de JD, répondant à chaque poussée ce dernier.

JD était magnifique, luisant de sueur, le torse bombé, le ventre ondulant, les yeux brillants tandis qu'il le contemplait. Il n'y avait pas d'autre endroit où il aurait préféré être que de se prélasser dans l'éclat de JD.

— Je ne te laisserai pas partir.

C'était trop pour Fisher de croire que JD savait ce qu'il disait ou qu'il pensait ces mots de la façon dont Fisher voulait si désespérément les prendre.

Avoir quelqu'un sur qui il pouvait compter, qui serait toujours là, c'était plus que ce que son expérience lui permettait de croire. Quoi qu'il en était, l'espoir jaillit d'un puits asséché depuis longtemps, et Fisher s'en saisit.

— Je ne veux pas que tu le fasses, réussit-il enfin à dire.

Il voulait rester ainsi pour toujours, surfant sur la vague d'endorphines avec JD pour guider la planche de surf. Il voulait que cela ne s'arrête jamais, mais plus les vagues grossissaient, plus sa capacité à les contrôler diminuait, et bientôt il fut au bord du gouffre. Il lui semblait que JD y était aussi. Ses coups devinrent plus rapides, plus profonds, plus forts, plus frénétiques. Fisher ferma les yeux, ne voulant pas manquer la vue de JD en train de jouir, mais craignant que la pression ne devienne trop forte.

Il faillit s'effondrer sous l'effet de l'extase lorsque sa libération l'envahit.

— Jay… Dee… cria-t-il en s'accrochant fermement.

L'effet de rémanence fut plus intense que n'importe quel effet chimique qu'il ait jamais connu, et JD fut juste à côté de lui, l'enlaçant tout en le laissant s'envoler. Lorsqu'il revint lentement à la réalité, il ouvrit les yeux sur le sourire de JD.

— C'était incroyable.

— Oui, accorda JD.

Ils tremblèrent lorsque leurs corps se séparèrent, et JD se leva, jeta le préservatif et revint avec un linge chaud. Fisher s'en saisit, mais JD repoussa doucement sa main, le lava par petites touches, puis sécha sa peau.

Fisher l'écouta se déplacer dans la pièce, s'occuper du linge et de la serviette, éteindre les lumières. Le lit se creusa, et JD tira les couvertures, puis s'allongea à côté de lui. Il leur fallut quelques secondes pour trouver une position confortable, mais Fisher se retrouva dans les bras de JD, sa tête reposant sur son torse, son cœur battant un métronome régulier à son oreille.

— As-tu tout ce qu'il te faut pour l'instant?

Fisher acquiesça.

— Demain, après le travail, je t'emmènerai à ton appartement et nous pourrons tout arranger, lui dit JD, et Fisher hocha la tête, les paupières trop lourdes pour rester ouvertes.

UNE PORTE se referma à une certaine distance, mais ce fut suffisant pour interrompre le rêve de Fisher. Il cligna des yeux plusieurs fois, se rappelant où

131

il se trouvait et que la chaleur qui l'entourait provenait de l'homme qui dormait profondément à côté de lui. Il tendit l'oreille, se demandant s'il n'entendait pas des choses, mais un grattement le fit basculer sur l'épaule de JD.

— Il y a quelqu'un dans la maison, chuchota-t-il.

— Jefferson Davis.

Une voix de femme à l'accent méridional franchit la porte.

— Mon Dieu, c'est ma mère, s'exclama JD.

— Quelle heure est-il ? demanda Fisher, se détendant un instant lorsqu'il réalisa que personne n'était entré par effraction, mais nerveux à l'idée que la mère de JD soit dans la maison.

— Cinq heures, répondit JD en se redressant. Elle a dit qu'elle voulait prendre son petit déjeuner avec moi, et je lui ai dit que je le prenais à six heures, donc… Attends. Comment est-elle entrée dans la maison ?

Il rejeta les couvertures et s'assit sur le bord du lit.

— Reste ici si tu veux. Je vais voir ce qui se passe.

Il sortit un peignoir de l'armoire et quitta la pièce.

Fisher se dit qu'il ferait mieux de se lever. Il devait travailler dans quelques heures, et savoir que la mère de JD était en bas était un moyen sûr de ne pas se rendormir. Il trouva le short qu'il portait la veille sur le sol et l'enfila. Une fois habillé, il quitta la chambre et s'arrêta pour jeter un coup d'œil dans la chambre d'amis, où le T-shirt et le pantalon de survêtement que JD lui avait prêtés étaient pliés au pied du lit.

Des voix s'élevèrent dans l'escalier, et Fisher les suivit.

— Maman, comment es-tu entrée ? demanda JD, alors que Fisher arrivait en bas de l'escalier.

— Si tu ne voulais pas que j'entre, tu n'aurais pas dû mettre le double de la clé sous le pot de fleurs, comme nous le faisions à la maison. Et je voulais faire quelque chose de gentil pour toi, expliqua la mère de JD, tandis que Fishe suivait les voix jusqu'à la cuisine.

— Bonjour, murmura JD en embrassant Fisher beaucoup plus profondément que nécessaire.

Non pas que Fisher s'en plaignait, mais il ne pouvait s'empêcher de se demander dans quelle mesure ce n'était que pour l'effet.

— Je vais monter m'habiller. Je ne serai pas long.

Le regard de Fisher se porta sur la mère de JD, puis il lui adressa un signe de tête.

JD le laissa avec Mary Lynn. Il tira une chaise et s'assit à la table, la regardant essayer de ne pas le fixer. C'était agréable de savoir qu'elle était aussi nerveuse que lui.

— Alors, Fisher…

— Oui. Allez-y et demandez ce que vous voulez savoir.

— Il est évident que vous êtes resté la nuit dernière, observa-t-elle.

Fisher retroussa les lèvres, une chaleur se répandant en lui à la simple allusion à ce qu'ils avaient fait la nuit dernière.

— JD est un homme très spécial.

À la surprise de Fisher, Mary Lynn versa une tasse de café et la lui apporta.

— C'est mon fils, approuva-t-elle, comme si cela expliquait tout à propos de JD.

Il ne savait pas quoi dire sans être impoli, et elle le rendait déjà assez nerveux, alors Fisher sirota son café et garda le silence.

— Est-ce que vous et lui… ?

— Je ne pense pas que ça vous regarde, déclara Fisher.

Elle se retourna, on aurait dit qu'elle n'avait pas fermé l'œil de la nuit.

— J'essaie de comprendre tout ce… truc gay, soupira-t-elle, murmurant les deux derniers mots.

— Si vous prononcez le mot « gay », vous n'allez pas soudain vous sentir attirée par les femmes. Et vous n'avez rien fait pour que JD devienne gay.

Fisher pensait que c'était peut-être ce qu'elle voulait entendre.

— Il est né comme ça.

— Mais pourquoi ne peut-il pas mettre ça de côté et être comme tout le monde ? demanda-t-elle en posant le couteau qu'elle utilisait pour couper des bagels sur le comptoir.

— Pourquoi ne pouvez-vous pas décider demain de divorcer et d'épouser une autre femme ? rétorqua Fisher. Parce que ce n'est pas ce que vous êtes, pourquoi JD devrait-il passer toute sa vie à être malheureux avec une femme ? De plus, quel genre de vie pensez-vous qu'elle aurait ? Le fait d'être gay dépend en grande partie du sexe de la personne dont on tombe amoureux. JD ne mérite-t-il pas de tomber amoureux et d'être aimé ?

Mary Lynn ne répondit pas tout de suite.

— Mais s'il n'avait pas encore rencontré la bonne fille ?

— Je pourrais vous poser la même question. Peut-être que ce soir, nous pourrions vous emmener dans les bars et vous aider à trouver la femme de vos rêves.

Fisher regarda sa tasse, tandis que Mary Lynn faisait la meilleure imitation possible d'un poisson.

— Vous voulez qu'il soit hétéro pour votre propre confort. Mais ce sont des conneries. JD est l'homme qu'il est, vous devez l'accepter, lui aussi, parce qu'il est incroyable.

— Vraiment ? s'enquit-elle, l'air surpris.

— Oh, oui, dit-il en exagérant le mot. Si vous passiez plus de temps avec lui, vous le sauriez.

Il ne comprenait pas qu'elle ne le sache pas.

— Combien de temps avez-vous passé avec lui ?

Mary Lynn se détourna et se remit à couper soigneusement les bagels.

— C'est ce que je pensais.

Il but une nouvelle gorgée de sa tasse et regarda Mary Lynn tripoter le couteau. Elle souffla et le posa sur la planche à découper.

— Je connais mon fils, dit-elle, et une poussée d'énergie nerveuse traversa Fisher.

Il fit de son mieux pour l'étouffer.

— Il est…

— Non, vous ne le connaissez pas. Je suppose que vous l'avez vu comme vous vouliez le voir, l'interrompit Fisher en se levant. Mais, Mary Lynn, le vrai JD est bien meilleur que ça. Vous devez apprendre à le connaître. Le vrai lui.

Elle fourra brutalement les deux moitiés d'un bagel dans le grille-pain, et Fisher se demanda ce que l'appareil lui avait fait. La tension monta dans la pièce et Fisher se dit que Mary Lynn allait exploser d'un moment à l'autre.

— Que savez-vous de mon fils ? rétorqua-t-elle.

— JD peut voir ce qu'il y a à l'intérieur des gens, fournit-il finalement après y avoir réfléchi. Il voit aussi ce que les autres ne voient pas. Pour la plupart des gens, je pourrais tout aussi bien être invisible. Je vais à mon travail, où je suis assis tout seul dans une cabine la plupart du temps, puis je rentre chez moi, dans mon petit appartement. Je passe une grande partie de mon temps libre assis sur le banc de la place, à observer les gens passer. Je jure que personne ne ferait attention à moi si je sautais sur le banc pour faire un strip-tease. Mais JD m'a vu et il a essayé de comprendre.

— Qu'y avait-il à comprendre ? demanda Mary Lynn.

Fisher hésita à répondre juste assez longtemps pour que des doigts puissants se posent chaleureusement sur ses épaules.

— Rien dont tu ne doives t'inquiéter, intervint JD à sa place avant d'inspirer. Cannelle et raisin, mon préféré.

JD sortit des assiettes et les posa sur la table. Lorsque le dernier bagel apparut, il l'apporta avec les autres.

— À quelle heure est ton vol de retour ?

— Je l'ai modifié hier soir. Je pars demain à midi.

Fisher sentit qu'elle le fixait.

— Je pense qu'il est temps que toi et moi essayions d'apprendre à nous connaître. Je peux donc m'accorder un jour de plus.

— Qu'est-ce que tu vas faire pendant que je suis au travail ? interrogea JD en secouant légèrement la tête et en levant les yeux au ciel, les épaules affaissées.

Ce n'était clairement pas ce à quoi il s'attendait.

— Je vais aller faire un tour. Je peux certainement m'occuper pendant quelques heures. Nous pourrons peut-être faire quelque chose d'amusant quand tu auras fini.

Fisher se demanda quelle était la définition du plaisir pour Mary Lynn.

— Tu devais m'aider pour mon appartement, rappela doucement Fisher à JD. Mais je peux m'occuper de tout pour que tu puisses être avec ta mère.

C'était plus important. Il se débrouillerait.

JD finit de tartiner son bagel de fromage frais et en mordit une bouchée.

— Ne t'inquiète pas. Je passerai m'assurer qu'une porte a été installée, et quand tu auras fini ton travail, nous nous assurerons que l'appartement est bien sécurisé.

Pendant que JD terminait son petit déjeuner, Fisher mangea la moitié d'un bagel. Puis JD insista pour l'emmener se changer à son appartement, puis au travail. Il protesta, mais JD assura qu'il voulait le protéger, et Fisher céda. Cela en valait la peine, rien que pour le baiser que JD lui donna.

— Appelle-moi quand tu auras fini. Ils me doivent quelques heures, je vais essayer de les prendre cet après-midi.

— Il est bon que tu passes du temps avec ta mère. Ça t'aidera à guérir ce qu'il y a entre vous, déclara Fisher.

— Je n'en suis pas si sûr.

— JD, elle est là, non ? insista Fisher avant de reculer. Je t'appelle quand j'ai fini.

FISHER TRAVAILLA comme un acharné, mais ils firent des progrès étonnants. Les systèmes et les emplacements furent mis en place un peu après midi, et pendant le reste du week-end, les responsables des systèmes les testèrent, mais il semblait qu'ils seraient prêts à commencer à recevoir des données lundi. Ellen le remercia d'être venu l'aider et lui dit qu'il pouvait prendre son dimanche et son lundi.

— JD, le salua Fisher lorsque son appel fut connecté. J'ai fini.

— Bien. J'aurai fini dans une demi-heure.

— Je peux attendre, assura-t-il en s'asseyant sur l'une des chaises du hall d'entrée.

Très vite, JD s'arrêta, sa mère sur le siège passager. Fisher monta à l'arrière et ferma la portière.

— On fait quelque chose de spécial ?

— Jefferson Davis m'a parlé des magasins d'antiquités que vous avez ici. Il m'a dit que les choses étaient différentes de ce que nous avons chez nous, alors je lui ai demandé de m'y emmener. Jefferson Davis m'a dit que vous aimeriez probablement y aller aussi.

Elle se retourna, et Fisher vit JD articuler « Je suis désolé » dans le rétroviseur avant de redémarrer.

— Il y en a un très beau au centre-ville, déclara Fisher. Mais il n'est ouvert qu'en semaine.

— Comment peuvent-ils gagner leur vie comme ça ? s'enquit Mary Lynn.

— Ils réalisent une grande partie de leur chiffre d'affaires sur Internet, expliqua Fisher. Il y en a un à l'ouest de la ville où je ne suis pas allé depuis longtemps.

— Parfait. Nous nous y arrêterons sur le chemin du retour.

JD continua à traverser la ville et s'arrêta sur le parking d'un des magasins qu'ils avaient visités ensemble. Il attendit sa mère et marcha à côté de Fisher.

— Je sais que nous sommes déjà venus ici, mais je pensais que nous pourrions nous embrasser à l'arrière pendant que ma mère regarde autour d'elle.

Sa lueur malicieuse indiqua à Fisher qu'il ne plaisantait qu'à moitié.

— Les garçons, intervint Mary Lynn avec indulgence en entrant. Soyez sages.

Ses paroles n'avaient rien d'agressif tandis qu'elle disparaissait à l'intérieur. JD tint la porte, et ils pénétrèrent dans l'espace poussiéreux et moisi. La première chose que fit Fisher fut de regarder derrière le comptoir ; il fut soulagé de voir que le petit ami de son ex n'était pas là.

Ils passèrent les dix minutes suivantes à flâner derrière Mary Lynn.

— Je vais aller aux toilettes, indiqua JD.

Mary Lynn déambulait dans l'une des allées, et Fisher n'était pas sûr qu'elle veuille de la compagnie ou non. Il resta en retrait, laissant son regard dériver un peu. La marchandise était la même que celle qu'il avait déjà examinée et ne l'intéressait guère. Il prit des nouvelles de Mary Lynn, qui semblait se contenter de flâner. La sonnette de la porte d'entrée retentit, et Fisher jeta un coup d'œil au client qui arrivait.

Instantanément, il se crispa et recula dans le premier coin qu'il trouva. Il connaissait l'homme de son passé, et c'était quelqu'un qu'il ne voulait jamais revoir.

— Je suis venu hier et j'ai demandé à ce que la boîte en bois soit mise de côté.

Cette voix lui fit froid dans le dos. Fisher jeta un coup d'œil au coin de l'allée. Armand lui tournait le dos, et il en profita pour s'enfoncer dans le magasin, loin du comptoir. Il tourna et tomba nez à nez avec JD.

— Hé, dit JD d'un ton léger, puis son sourire s'effaça. Qu'est-ce qu'il y a ?

— L'homme à la caisse. Je le connais d'avant… de ce dont on a parlé hier soir.

Bon sang, il fallait qu'il maîtrise ses tremblements.

— Où ? demanda JD, en alerte.

— Il est venu chercher un objet qu'il a réservé, chuchota Fisher. Il me reconnaîtra s'il me voit.

— C'est un dealer ? demanda JD, et Fisher acquiesça. Va chercher ma mère et emmène-la aux toilettes.

C'était la chose la plus bizarre que Fisher puisse imaginer que JD ait jamais dite.

— Dites-lui que c'est pour sa sécurité.

— Que vas-tu faire ? interrogea Fisher, mais JD pointa son doigt, et il remarqua Mary Lynn deux allées plus loin. JD dit que je dois vous emmener aux toilettes. Il se passe quelque chose, expliqua Fisher en lui faisant signe d'aller à l'arrière du magasin.

C'étaient des toilettes pour une seule personne, mais ils y entrèrent tous les deux, et Fisher ferma la porte à clé.

— Qu'est-ce qui se passe ?

Fisher réfléchit à sa réponse et se dit qu'il valait mieux jouer les idiots, alors il haussa les épaules et se détourna. Les toilettes étaient anciens, avec des accessoires tachés et une peinture décolorée. Le sol était fissuré et la cuvette semblait couler en permanence.

— Il m'a dit de vous dire que c'était pour votre sécurité.

Elle hocha la tête et se plaça au centre de l'espace, les bras rentrés, sans doute pour ne rien toucher. Fisher ne pouvait pas lui en vouloir.

— Combien de temps devons-nous attendre ?

On frappa doucement à la porte, puis « C'est JD » fut entendu. Fisher déverrouilla et sortit. JD mit un doigt sur ses lèvres.

— Il est temps d'y aller. Parlez normalement. Nous allons sortir d'ici.

JD prit le bras de sa mère.

— Tu as trouvé quelque chose ? demanda-t-il d'un ton aussi normal que possible.

— Pas cette fois, répondit Fisher.

— Mais on ne sait jamais, ajouta Mary Lynn en s'approchant de la porte d'entrée. Merci, dit-elle à l'homme derrière le comptoir, et ils quittèrent le magasin pour monter dans la voiture de JD. De quoi s'agit-il ? demanda-t-elle dès que la portière fut fermée.

— Fisher a aperçu un type qu'il a reconnu, expliqua JD avant de se tourner vers Fisher. Je n'ai vu que son dos quand il est parti. J'ai relevé sa plaque d'immatriculation, mais il ne faisait rien d'illégal…

— Non. Mais je n'aurais pas cru qu'Armand était le genre d'homme à collectionner les antiquités.

— Qu'a-t-il acheté ?

— Une boîte en bois. Je l'ai aperçue, je ne sais pas pourquoi on s'en préoccupe. Il n'y avait rien de spécial, si ce n'est que c'était une vieille boîte en bois.

Fisher attendit de voir si JD pouvait l'éclairer, mais il démarra le moteur et reprit la route vers la ville.

— À quoi penses-tu ?

— Je n'en suis pas sûr. J'aurais aimé voir de plus près ce qu'ils faisaient.

— Je suis heureux qu'il ne m'ait pas vu, soupira Fisher.

— Êtes-vous impliqué dans la drogue? demanda Mary Lynn. J'ai vu ça à la télévision une fois, ou était-ce un de ces films horribles que ton père aime? Les fournisseurs utilisent les entreprises, et elles transmettent la marchandise aux dealers par le biais d'achats réguliers.

— N'est-ce pas un peu tiré par les cheveux? se moqua JD.

Fisher se pencha en avant sur la banquette arrière.

— Pourquoi? Tu te souviens de la dernière fois que nous sommes venus ici? Un type est venu chercher un objet pour lequel il avait appelé. Ce vase hideux. Et s'il était rempli de drogue, comme la boîte? Armand n'est pas un boy-scout, il ne collectionne pas les vieilles boîtes. Il collectionne les clients et l'argent.

Fisher commençait à s'intéresser à cette théorie.

— Penses-y : qui ferait attention à l'activité autour d'un magasin d'antiquités? Les gens vont et viennent tout le temps. Ils ont des clients réguliers. Et beaucoup de choses bon marché dans lesquelles ils peuvent mettre la vraie marchandise.

— Ça paraît…

JD s'arrêta au carrefour principal de la place et se gara sur une place de parking.

— Je dois passer un coup de fil.

Il sortit, et Fisher resta assis, attendant son retour. Ni lui ni Mary Lynn ne firent la conversation, et après quelques minutes, JD revint et ils reprirent la route, en direction de l'ouest, hors de la ville.

Fisher et Mary Lynn se promenèrent dans le deuxième magasin d'antiquités, tandis que JD restait au téléphone à l'extérieur.

— JD a-t-il toujours été aussi intense? demanda Fisher.

— Mon Dieu, oui. Il se donnait à fond dans tout ce qu'il faisait. Et il était toujours déterminé à être le meilleur. S'il jouait au base-ball, il devait faire le plus grand nombre de home runs. Quand on l'inscrivait à des cours de tennis, il devait battre tout le monde tout de suite, raconta Mary Lynn en regardant autour d'elle. Ce magasin est beaucoup plus agréable que le précédent.

— Oui, il y a beaucoup de choses intéressantes.

Fisher guettait JD, espérant qu'il se joindrait bientôt à eux. Le but de cette petite sortie était de permettre à JD et à sa mère de parler.

— Vous collectionnez les antiquités?

— La maison est remplie de pièces familiales qui ont été collectionnées au fil du temps. Personne n'a jamais rien jeté, si bien que ce que nous possédons a vieilli et est redevenu désirable.

— J'ai aussi quelques pièces familiales, admit Fisher. J'en ai aussi acheté quelques-unes par moi-même.

Il se tourna vers Mary Lynn.

— Ce que j'aimerais vraiment faire, c'est gagner ma vie en vendant des antiquités. J'ai lu toutes sortes de livres et j'ai passé beaucoup de temps dans des ventes aux enchères, alors je sais ce que c'est, comment faire des recherches et comment arriver à une valeur. La moitié du temps, il s'agit simplement d'être capable de distinguer le vrai du faux.

Il avait oublié avec qui il était, alors il se tut. La mère de JD parcourut chaque allée, fouillant chaque caisse, mais sans rien dire. C'était un peu troublant.

— Je sais que ce n'est pas ce à quoi vous êtes habituée.

Elle s'esclaffa légèrement.

— Savez-vous comment les riches restent riches ?

— En ayant beaucoup d'argent et en ne le dépensant pas ? suggéra Fisher.

Mary Lynn secoua la tête.

— Il faut dépenser l'argent comme un riche.

Elle s'approcha d'une valise et pointa du doigt un petit tableau au fond.

— Disons que c'est un Van Gogh ou un autre artiste célèbre et que je l'achète pour un million de dollars. Je l'accroche à mon mur et j'en profite pendant quelques années. Puis je change d'avis et je le vends pour deux millions, parce que l'artiste est célèbre et qu'il ne peint plus rien. J'ai pu apprécier le tableau, tout comme mes amis, il a trouvé une nouvelle maison, et j'ai reçu un million de dollars pour le plaisir qu'il m'a procuré. C'est ainsi que les riches dépensent leur argent et restent riches. Ils achètent des choses qui conservent leur valeur et même l'augmentent. Cela vaut pour l'immobilier, l'art, l'ameublement, les maisons de vacances, etc. Les prix de ces produits de luxe ne cessent d'augmenter.

— Je vois.

Elle se rapprocha.

— Non, tu ne vois pas. Parce que c'est valable pour toi aussi. Achète la meilleure qualité que tu peux te permettre, parce que, plus tard, tu pourras la vendre et acheter autre chose. C'est ce que l'antiquaire qui est en toi saura exploiter.

Puis, à la surprise de Fisher, elle sourit, d'un sourire sincère et chaleureux.

— C'est le plus grand secret de la richesse. Puisque nous devons tous acheter des choses, fais en sorte que ce que tu achètes compte.

Il eut envie de poser des questions sur les vêtements qu'elle portait, qui avaient l'air chers, pour voir si cela entrait aussi dans l'équation.

— Je vois que tu réfléchis, plaisanta-t-elle en baissant les yeux sur sa tenue. Je vais te confier un secret. Les vêtements de qualité durent longtemps. C'est du Chanel, je l'ai depuis des années. De temps en temps, je la sors, et elle semble neuve. Oh, j'ai mes faiblesses, principalement les chaussures et les sacs à main, mais ça fonctionne aussi avec eux. La qualité n'est jamais démodée, elle prend juste des vacances de temps en temps.

Elle commença à revenir vers l'avant de la boutique.

— Jefferson Davis, je pensais que tu nous avais laissés ici, gronda-t-elle légèrement lorsqu'ils rencontrèrent JD.

— Nous devrions rentrer à la maison, dit-il sérieusement avant de se tourner vers la porte.

Il sortit à grands pas, laissant Fisher marcher avec sa mère.

— Je pensais l'avoir mieux élevé que ça, maugréa Mary Lynn.

— C'est le flic qui est en lui, expliqua Fisher. Il devient très sérieux et très fermé lorsqu'il travaille sur quelque chose d'important et qu'il ne peut pas en parler.

— Comment le sais-tu? demanda Mary Lynn en heurtant son épaule contre la sienne d'un air presque conspirateur. Je veux dire, tu ne le connais pas depuis très longtemps.

— Ce sont ses yeux.

Fisher s'arrêta là. Il n'allait pas avouer à la mère de JD qu'il avait le même regard intense et enflammé au lit. C'était privé.

— Il nous le dira quand nous serons sortis d'ici.

Il atteignit la porte et dit au revoir à l'homme alors qu'ils passaient devant le comptoir.

— Montons dans la voiture, ordonna JD en les poussant à l'intérieur, puis en démarrant. Nous devons retourner au commissariat. Red et l'inspecteur Cloud veulent te parler.

— À moi? demanda Fisher.

— Oui, Maman, je peux te déposer à ton hôtel?

— Non, merci. Je viens avec vous, répondit-elle avec fermeté. Rien d'aussi amusant n'arrive jamais à la maison.

141

Fisher devait admettre qu'une fois que Mary Lynn avait retiré le bâton qu'elle avait dans le derrière, elle était une femme intéressante.

— Maman.

— Pas de Maman avec moi. Tu étais très pressé de nous sortir de là, alors tu dois emmener Fisher là où il doit aller, et je vais l'accompagner.

Elle avait l'air tout sourire, tandis que Fisher fut instantanément sur le point de faire une crise de panique. Il n'aimait pas l'idée d'être interrogé par la police. Et s'il disait quelque chose qu'il ne devrait pas ? Ou s'ils lui posaient des questions et voulaient ensuite savoir comment il savait quelque chose ? Tous les scénarios se succédèrent dans sa tête. À un moment donné, il envisagea de sauter de la voiture et de rentrer directement chez lui.

Lorsqu'ils s'arrêtèrent au commissariat, Fisher était rongé par l'inquiétude et presque catatonique. Il sortit de la voiture sans réfléchir et suivit JD à l'intérieur, mais il s'était complètement replié sur lui-même.

— Ça va aller. Red et moi serons là, le rassura JD.

— Oui, d'accord, répondit-il à demi conscient.

Il savait que « l'inspecteur Cloud » désignait l'homme qui l'avait interrogé sur les lieux de la fusillade et il n'avait pas envie de passer du temps avec lui.

— Nous allons nous installer ici, annonça JD en ouvrant la porte d'une salle de conférence.

Fisher s'assit sur l'un des sièges, avec Mary Lynn d'un côté et JD de l'autre.

— Je suis l'inspecteur Cloud.

— Je me souviens de vous, marmonna Fisher en fixant la table.

— Laissez-moi faire, intervint Red. Fisher, nous aimerions en savoir plus sur l'homme que tu as vu dans le magasin cet après-midi.

— Armand, répondit-il. C'était et c'est probablement encore un dealer.

Il releva légèrement le regard.

— Il ne m'a pas vu, heureusement.

— Il vous connaît ? demande l'inspecteur Cloud. Comment ?

Fisher regarda de chaque côté.

— Il est entré dans le magasin et a dit qu'il était là pour prendre une boîte qu'on lui avait réservée. Le type derrière le comptoir la lui a donnée, et le temps que je trouve JD, il était apparemment parti.

— Tu as entendu la caisse enregistreuse ? demanda Red.

Fisher fouilla dans sa mémoire.

— Je ne me souviens pas les avoir entendus discuter du prix ou de quoi que ce soit d'autre. C'est bizarre pour un magasin d'antiquités, parce qu'on marchande toujours. C'est normal, dans la plupart des boutiques.

— Tu ne l'as pas vu payer?

Fisher secoua la tête.

— Je l'ai seulement vu demander la boîte. Je l'ai reconnu et je suis allé me cacher. J'ai entendu un sac bruisser et je suis allé chercher JD. Je ne l'ai pas vu payer, mais je ne l'ai pas entendu marchander non plus.

Il ne savait pas s'il était utile ou non.

— Mais vous n'avez pas entendu la caisse enregistreuse? insista l'inspecteur Cloud.

— Non.

— J'ai vérifié en partant et j'ai entendu un autre client payer un article, ajouta JD. Le tiroir de la caisse fait un ding quand il s'ouvre. Ça fait du bruit, je pense que Fisher l'aurait entendu si on l'avait fait tinter. C'est un vieil équipement.

— Et l'autre jour? Dans le même magasin.

— J'étais venu avec JD, et nous avons vu ce type entrer et demander un vase. Il a dit qu'il avait téléphoné, tout comme Armand. On lui a tendu le vase derrière le comptoir, et il est parti. Je ne me souviens pas s'il l'a payé ou non. J'ai trouvé très étrange que quelqu'un fasse toute une histoire pour une contrefaçon bon marché qui a probablement été fabriquée en Chine il y a quelques semaines.

— C'est ce qu'il a acheté?

— Oui. C'était une pièce bon marché que tout le monde pouvait acheter n'importe où. Pourquoi quelqu'un appellerait-il pour s'assurer qu'il avait été gardé pour lui? Je peux vous emmener au centre commercial des antiquaires et vous en montrer au moins une demi-douzaine.

Fisher se tourna vers JD, puis vers Red.

— C'est tout ce que vous vouliez?

— J'aimerais savoir comment tu connais Armand.

Fisher secoua la tête.

— Je ne répondrai plus à aucune question, assena-t-il fermement. J'ai fait tout ce que je pouvais pour vous aider et maintenant je veux rentrer chez moi.

Il était fatigué et toujours aussi nerveux. Cela ne passerait pas tant qu'il n'aurait pas quitté le commissariat.

— Tu crois vraiment que quelqu'un utilise ce magasin comme couverture ? demanda JD.

Fisher hocha la tête.

— Compte tenu de ce que j'ai vu et de ce que je sais d'Armand, je dirais que c'est une bonne possibilité. La façon dont vous comptez le prouver est une autre question. Je suis prêt à parier qu'ils ont des plans en place si vous arrivez en uniforme, et si quelqu'un qu'ils ne connaissent pas commence à utiliser leur code, ils remballeront et déménageront.

— Nous y avons pensé, admit Red en se levant. Nous apprécions que tu sois venu nous dire ce que tu avais vu. Ça nous aide beaucoup.

— Allons-y, dit JD.

Fisher le suivit jusqu'à la voiture. JD les ramena chez lui, où il fit entrer sa mère, puis ils roulèrent jusqu'à l'immeuble de Fisher. Il faisait presque nuit lorsque JD se gara et qu'ils marchèrent jusqu'à la porte d'entrée. Il entra et monta prudemment les escaliers. Il s'attendait à ce que son appartement soit barricadé, mais la porte et les serrures étaient neuves. Bien sûr, sa clé ne fonctionnait plus, alors il dut se rendre au premier étage pour la récupérer auprès du responsable du site.

— J'espère que tout va bien, se dit-il en déverrouillant la porte.

À l'intérieur, tout semblait en un seul morceau. Il s'avança lentement, comme si la moquette avait été minée.

— Ça a l'air d'aller.

— Je n'ai rien vu de cassé ou de déplacé. Je pense qu'ils ne sont restés ici que quelques minutes, et comme tu n'étais pas là, ils ont décidé de t'attendre. C'est bien que tu sois parti tout de suite.

JD le serra dans ses bras, tandis que des spasmes de tremblement le traversaient.

— Je déteste l'idée qu'ils soient entrés ici, dit-il doucement. Ils devraient me laisser tranquille. Je n'ai jamais rien fait pour les blesser. Ils sont comme les brutes dans la cour de récréation. Ils ne s'arrêtent jamais et ils semblent penser que tout ce qu'ils veulent est à eux.

— Tu as été très malmené ? s'enquit JD.

— Tout le temps. J'étais un garçon dégingandé, maladroit et silencieux. J'étais donc une cible facile. Et toi ?

— Non, je n'ai pas eu ce problème. Je faisais partie des enfants populaires. Quelques personnes ont décidé de me bousculer, mais j'avais des amis, et nous nous défendions les uns les autres, alors ils ont vite reculé.

Je me suis dit que le lycée était un sport d'équipe. Pour s'en sortir indemne, il fallait que tous les postes soient pourvus.

Fisher acquiesça. Il ne savait rien de tout cela. Il n'y avait eu que lui contre le monde, ou du moins c'était ce qu'il avait ressenti à l'époque.

— Je veux voir la chambre.

Il se dirigea vers l'autre pièce, ouvrit la porte et poussa un soupir de soulagement. Il n'y avait pas le désordre qu'il avait imaginé, et sa chambre sentait toujours aussi bon. La salle de bains fut identique.

— Tu veux rester ici ce soir ? s'enquit JD. Tu peux prendre des vêtements et rentrer avec moi si tu préfères.

Fisher voulait accepter l'offre, mais il devait rester chez lui et essayer de se remettre de l'impression que quelqu'un d'autre était venu ici. Remettre à plus tard ne servirait à rien.

— J'ai besoin de rester.

JD se rapprocha et l'embrassa légèrement.

— D'accord. Tu as mon numéro. Appelle-moi si tu as besoin de quoi que ce soit, je me dépêcherai de venir.

JD lui serra la main et quitta l'appartement après lui avoir dit au revoir.

Fisher ferma et verrouilla sa nouvelle porte d'entrée, puis il déambula d'une pièce à l'autre, examinant tout. Dans la cuisine, il ouvrit et inspecta tous les tiroirs et tous les placards. Dans la chambre, il fouilla l'armoire et les tiroirs de la commode. Puis il retourna dans la cuisine, examinant les aliments dans le réfrigérateur. Finalement, il décida que tout allait bien. Puis il songea à sa voiture. Il ouvrit la porte, vérifia qu'il n'y avait pas d'étrangers dans le couloir, se précipita à l'arrière de l'immeuble et jeta un coup d'œil par la fenêtre du palier. Sa voiture se trouvait à l'endroit où il l'avait laissée et semblait en bon état.

Il retourna à l'intérieur, ferma la porte à clé et s'y adossa. Il ne devait pas aller travailler avant mardi, il avait donc un peu de temps pour lui. Après s'être douché, il se mit au lit. Il s'allongea sous les couvertures… en écoutant. Les bruits du couloir le rendaient nerveux jusqu'à ce qu'ils soient passés. Une voiture à l'extérieur roula dans la rue. Fisher resta immobile, sachant qu'il devait dormir, mais il resta éveillé, sursautant à chaque bruit étrange. Et il y en eut beaucoup. Quatre fois avant minuit, il attrapa son téléphone pour appeler JD, mais, chaque fois, il s'arrêta, parce qu'il savait qu'il était stupide. Il devrait se sentir en sécurité dans son propre appartement. Ce qui

145

l'effrayait, c'était que, pour se sentir vraiment en sécurité, il avait besoin de JD. Il fallait qu'il oublie cela.

À une heure et demie, après être resté au lit pendant des heures, il se leva et sortit le conteneur de produits de nettoyage. Il commença par la salle de bains, nettoyant tous les appareils sanitaires et la baignoire. Il passa ensuite à la cuisine, où il nettoya tout, y compris le placard sous l'évier. Lorsqu'il envisagea de passer l'aspirateur à trois heures du matin, il comprit qu'il allait trop loin, rangea tout et sortit son balai, puis balaya tous les sols. Il pensa à passer la serpillière, mais décida de se recoucher.

Son appartement sentait le pin et était propre. Il avait réussi à débarrasser l'endroit de tout signe ou odeur indiquant que d'autres personnes y avaient séjourné. Ce ne fut qu'à ce moment-là qu'il put fermer les yeux. Tout était calme, et il finit par s'endormir d'un sommeil léger, toujours prêt à se réveiller et à courir au moindre signe d'ennui.

VII

— LA FEMME qui est venue avec toi et Fisher était vraiment ta mère ? interrogea Red le lendemain, alors que JD entrait dans le vestiaire au travail.

— Oui. Elle et Fisher semblaient bien s'entendre. Je les ai vus beaucoup bavarder, et ma mère a perdu cette expression pincée de dégoût qu'elle semble toujours diriger vers moi.

— Ta mère va-t-elle rester longtemps ? s'enquit Red en enfilant sa chemise d'uniforme.

— Elle est déjà partie pour l'aéroport. Son vol est dans une heure.

JD était partagé à ce sujet. Le sentiment de devoir être constamment sur ses gardes était épuisant, mais ils avaient plus discuté ces deux derniers jours qu'ils ne l'avaient fait depuis longtemps. Il ne savait pas si l'attitude de sa mère était en train de se dégeler définitivement ou non, mais il espérait que le temps ferait disparaître une partie de la blessure et de la peur de ses parents. Et rien de tout cela ne serait arrivé sans l'aide de Fisher.

Il enfila son uniforme et consulta le tableau de service pour connaître son affectation. Tout ce qu'il y avait à lire, c'était *Cloud*.

— Je suppose que je suis avec Aaron aujourd'hui.

— Nous le sommes tous les deux. Il veut que nous nous penchions sur la question du magasin d'antiquités pour voir s'il y a vraiment un lien avec les livraisons et la distribution de drogue.

Red s'assit sur le banc à côté de lui.

— Penses-y. Personne n'y réfléchirait à deux fois si le trafic entrait et sortait, et il y a de grands objets pour cacher des choses à l'intérieur. D'ailleurs, qui penserait qu'un magasin d'antiquités est un endroit malfaisant ? Les prêteurs sur gages, les brocanteurs, certains dépanneurs qui restent en activité, mais on se demande comment c'est possible. Nous les surveillons de près, mais un magasin d'antiquités ?

— Avons-nous retrouvé les propriétaires ? interrogea JD.

— Je ne sais pas.

Red se leva, et JD finit de s'habiller. Ils s'examinèrent tous deux dans le miroir avant de quitter le vestiaire pour retrouver l'inspecteur Cloud.

— Allons ici, annonça-t-il, alors qu'ils s'approchaient d'une des petites salles de conférence. J'ai pensé que nous devrions commencer par les idées.

— Tu crois vraiment qu'il se passe quelque chose là-bas ? demanda JD.

— Ça fait un moment que je me méfie de cet endroit. Je ne vois pas comment un commerce rempli d'autant de déchets peut survivre. En fait, ils essaient de vendre des choses que tout le monde jetterait.

— Tu n'es donc pas fan d'antiquités, commenta JD.

— Ça n'a pas d'importance. Ce que ton ami a dit hier soir était logique. Et nous avons un dealer connu à cet endroit. C'est suffisant pour que nous nous penchions sur la question.

— JD a demandé si nous avions retrouvé les propriétaires, intervint Red.

— J'ai mis Carter dessus. Voyons qui est derrière cette affaire. Peut-être que ça nous apprendra quelque chose.

— La vraie question est de savoir comment obtenir des preuves, ajouta JD. Avez-vous un plan ?

— C'est là que le bât blesse. On ne peut pas entrer là-dedans et commencer à surveiller l'endroit parce que ceux que l'on cherche resteront cachés.

— Savons-nous qui sont les employés ? demanda JD. Certains d'entre eux doivent être dans le coup. Ils ne peuvent pas être des spectateurs innocents. Fisher a dit que la première fois, avec le vase, le nouveau petit ami de son ex était derrière le comptoir. Il n'était pas là hier, donc nous savons qu'au moins deux personnes sont impliquées.

— Trouve-moi son nom, ordonna Aaron, qui prenait des notes au fur et à mesure qu'ils discutaient.

JD faisait de même.

— Nous pourrions envoyer quelqu'un si ça nous permet de les coincer.

— Pas si l'un d'entre eux est le principal distributeur. Ils vont avoir une peur bleue de lui.

JD continua à prendre des notes.

— Ce dont nous avons vraiment besoin, c'est de quelqu'un à l'intérieur.

— Comment allons-nous procéder ? Faire en sorte que quelqu'un essaie d'y trouver un emploi ? Ça ne marchera pas, parce qu'ils se méfieront de tout nouveau venu, et si le gérant ou le propriétaire est le caïd, il n'engagera que des gens qu'il connaît.

— Y a-t-il un système de caméras dans le magasin? demanda Red, et JD regretta de ne pas y avoir pensé. Si c'est le cas, nous pourrons peut-être nous y connecter d'une manière ou d'une autre, surtout s'il s'agit d'un système sans fil. Intercepter les communications ne devrait pas être trop difficile.

— Ça pourrait fonctionner. S'ils en ont un, approuva Aaron.

— Je vais voir ce qu'il en est, proposa JD.

— D'accord, quoi d'autre? insista Aaron. Ton ami pourrait-il nous aider?

— Fisher? Il n'est pas policier, et je pense qu'il en a assez fait.

Il ne voulait pas que Fisher soit mis en danger. Si de la drogue était distribuée dans le magasin, les personnes qui y travaillaient étaient probablement dangereuses. En devenant policier, JD s'était engagé à prendre des risques. Ce n'était pas le cas de Fisher.

Carter ouvrit la porte de la salle de conférence et tendit une feuille à Aaron.

— Assieds-toi, lui dit Aaron, et Carter se glissa dans le siège à côté de JD. Il semblerait que le propriétaire du magasin soit Northside Antiques, Incorporated. Ça ne nous apprend rien.

— Il s'agit d'une société détenue par une autre société, Antiques Unlimited, qui possède une autre société, Antiques on the Pike, Inc. Ça vous dit quelque chose? demanda Carter.

— Ils possèdent également le magasin situé à quelques kilomètres de là, observa Red. Ça signifie que si les deux magasins sont impliqués, nous devrons appeler Middleton Sud.

— Oui, j'adore ces questions de juridiction. Pour l'instant, nous allons nous concentrer sur le magasin situé dans notre juridiction et garder un œil sur l'autre. Je vais appeler un ami de la police de Middleton Sud et voir si Antiques on the Pike est sur leur radar. Ils pourraient être en train de monter un dossier de leur côté, renchérit Aaron en prenant ses propres notes. Quoi d'autre?

— Voulons-nous les effrayer? interrogea Carter.

— Pas encore. Nous devons aller au fond de ce réseau de distribution, et c'est la première piste solide que nous ayons. J'aimerais comprendre comment fonctionne la communication entre eux pour pouvoir l'utiliser à notre avantage.

— Laisse-nous, JD et moi, travailler là-dessus, dit Red. Fisher peut peut-être nous aider.

— Alors, obligez-le, dit Aaron.

— Si l'on se fie à la nuit dernière, il ne te parlera pas. Mais il le fera avec JD et moi. Fisher n'est pas un suspect.

— J'aimerais savoir comment il a connu Armand Dissant.

JD ouvrit la bouche pour dire quelque chose, mais Red le devança.

— Je ne sais pas pourquoi tu t'acharnes sur Fisher, mais tu dois laisser tomber ou nous n'obtiendrons pas l'aide dont nous avons besoin.

— Je sais qu'il se passe quelque chose entre vous deux, poursuivit Aaron à l'intention de JD. Tu dois t'assurer que tu connais les gens que tu laisses entrer dans ta vie. Il a un casier, et il n'est pas beau à voir. Tu l'as vu?

— Tu as consulté son dossier? aboya JD, qui se leva sous l'effet de la colère.

— Bien sûr que je l'ai fait. Il était sur les lieux d'une fusillade et agissait bizarrement. J'avais besoin d'un contexte et…

— Y a-t-il eu quelque chose de récent? le coupa JD.

— Non, mais ça ne veut rien dire, déclara Aaron.

— À part qu'il essaie de changer de vie, rétorqua JD. Laisse-le tranquille. Il nous a aidés hier et lors de la fusillade.

Aaron ne trouva rien à redire à cela.

— Tu as dit toi-même qu'il était utile, alors laisse tomber.

Il avait parlé plus fort qu'il n'en avait eu l'intention, et Aaron lui jeta un regard noir, mais il ne recula pas. Aaron n'avait pas le droit d'essayer de dicter la vie personnelle de JD.

— Les gars, intervint Red. Nous devons vérifier les sources que nous avons et garder l'œil ouvert. Nous avons besoin de plus d'informations. Peut-être que Carter pourrait aller avec JD et voir s'ils ont un système de surveillance et à quel point il est piratable. Je pense que je vais changer de vêtements et visiter le magasin pour voir ce que je peux trouver. Qui sait? Nous aurons peut-être de la chance.

— Ne compte pas là-dessus, mais c'est une bonne idée, approuva Aaron. Je vais appeler mon ami et voir ce que je peux obtenir de lui.

JD quitta la pièce, suivi par Carter.

— Tu sais qu'on ne peut pas beaucoup s'approcher dans une voiture de police, ça va limiter ma capacité à évaluer leur système.

— Je vais chercher une voiture banalisée, me mettre en civil et nous irons faire un tour, l'informa JD, et quelques minutes plus tard, ils roulaient dans la ville.

JD se gara sur le parking du petit restaurant voisin du magasin d'antiquités et laissa tourner le moteur.

— Vois ce que tu peux obtenir.

— Que vas-tu faire ? demanda Carter, qui tapait déjà sur l'ordinateur posé sur ses genoux.

— Prendre un en-cas. Ça nous donnera une excuse pour être ici, et personne ne fera attention à nous.

Il sortit et entra dans le petit restaurant. Il commanda des frites et des sodas à emporter, puis les ramena à la voiture.

— Tu as trouvé quelque chose ? demanda-t-il en calant le soda de Carter dans le porte-bouteille.

— Ils ont un système, mais il n'est pas très sûr. N'importe qui avec un PC peut s'y connecter. Ils disposent d'un réseau Internet public, par l'intermédiaire duquel ils font fonctionner le système, qui est donc ouvert au monde entier. Si tu sais où chercher – et je le sais.

Carter tapa sur quelques touches, et l'intérieur du magasin s'afficha sur son écran.

— Je ne peux obtenir que ce qui se passe en ce moment. Ce serait bien de savoir ce qui s'est passé quand Fisher était dans le magasin, mais rien ne nous empêche de regarder.

— Pourquoi seraient-ils si ouverts ?

— C'est une erreur que beaucoup de gens commettent. Ils pensent que ce qui est loin des yeux est loin du cœur. S'ils ne le voient pas, les autres ne le voient pas non plus.

— Qu'est-ce qu'on fait ? Nous ne pouvons pas rester ici tout le temps à regarder ton écran. Et la connexion ne va-t-elle pas s'affaiblir si nous nous éloignons trop ?

— Oui, mais au moins nous pouvons avoir des yeux à l'intérieur du bâtiment si nous en avons besoin. Nous devrions également demander des conseils pour savoir si nous avons besoin d'un mandat pour ça. C'est ouvert à tous les passants. Ils ne sont pas loin de mettre leurs images de sécurité sur Internet. Il pourrait donc s'agir d'une de ces zones grises.

JD gémit. Il détestait les zones grises – c'était là qu'ils se faisaient le plus souvent piéger.

— Je suppose que tant que nous n'avons pas l'intention de l'utiliser comme preuve, nous pouvons regarder. Au moins, il n'y a pas de son, donc nous ne sommes pas confrontés à des problèmes d'écoutes téléphoniques fédérales.

Il mangea ses frites et regarda l'écran, pendant que Carter faisait de même.

— Je vais me promener à l'intérieur et voir s'il se passe quelque chose. Ce sera aussi l'occasion de trouver les angles morts.

— D'accord.

JD sortit, ferma la portière, traversa le parking et entra dans le magasin. Comme ils l'avaient vu dans la vidéo, il y avait deux autres personnes à l'intérieur, une de chaque côté du comptoir.

— Je finis à six heures, indiqua le type derrière le comptoir.

JD se rendit compte qu'il devait être le petit ami de l'ex de Fisher. Il se souvenait de lui. JD le salua et retourna dans le magasin. Les deux hommes continuèrent à parler. JD fut heureux de constater que leurs voix portaient dans le silence du magasin.

— C'est bien. Je te retrouve chez toi, et on pourra sortir ensemble.

C'était l'autre homme.

— Je t'ai dit que ton ex était ici l'autre jour ? Il a acheté un service à thé en argent bon marché.

L'ouïe de JD s'emballa.

— Quel crétin. Il avait l'air d'être aussi dépassé que tu l'as toujours dit.

— Fisher est fou, même sa propre mère le pense.

JD chercha un nom et se souvint de *Gareth*. Il détesta instantanément ce type et voulut lui casser la figure sur-le-champ.

— Il était avec un autre type. Un très sexy, si tu veux mon avis.

— Merde, marmonna JD dans sa barbe.

Et si le type se souvenait de lui ? Il ne s'était pas approché trop près du comptoir et, bien sûr, ses vêtements étaient différents. De plus, il ne faisait que regarder et n'avait pas l'intention d'acheter quoi que ce soit. Et s'ils avaient regardé les images de sécurité et l'avaient reconnu ? C'était une mauvaise idée.

— Fisher a un nouveau petit ami ?

Gareth avait l'air intrigué, et JD sourit. Il devrait regretter d'avoir traité Fisher comme il l'avait fait.

— Oui. Penses-y. C'est lui qui va devoir s'occuper de tous ses problèmes, dit le petit ami d'un ton sournois.

— C'est vrai, approuva Gareth en baissant la voix, et JD dut tendre l'oreille pour l'entendre. Je n'ai jamais été aussi choqué de ma vie quand tu m'as dit toutes ces choses qu'il avait faites. J'ai même songé à lui demander de me reprendre.

— Chéri, qui est mieux pour toi que moi ?

JD eut envie de vomir et faillit laisser tomber ce qu'il tenait. Ce fils de pute. Non pas que JD veuille que Gareth revienne dans la vie de Fisher, mais la petite fouine s'était assurée que Gareth reste loin de Fisher, et très probablement au moment où Fisher avait le plus besoin de soutien. JD voulait leur frapper la tête à tous les deux.

La porte tinta lorsqu'un autre client entra, le son étant suffisamment fort pour résonner dans les oreilles de JD après qu'il eut fait un effort.

— Je te vois plus tard.

— D'accord. Je dois y aller de toute façon, dit Gareth, et la porte tinta de nouveau quelques secondes plus tard lorsque JD le vit partir. Il ramassa plusieurs objets, les examinant au cas où quelqu'un le verrait.

— Avez-vous un objet pour moi ? demanda une voix grave et rauque, comme si l'homme avait fumé beaucoup trop de cigarettes.

JD garda les objets qu'il avait et décida d'aller voir de plus près. Il passa devant la réception, où l'odeur de cigarette flottait dans l'air, et il faillit tousser à cause de cette odeur étouffante. Il détourna la tête du comptoir tout en se concentrant sur les deux hommes qu'il voyait dans sa vision périphérique.

— Puis-je vous aider ?

— Non, je ne fais que regarder, répondit JD en faisant de son mieux pour effacer son accent et en parlant dans un registre un peu plus bas.

Il ne voulait pas se faire remarquer. Il commençait à se demander quel était le volume d'affaires de ce magasin. Cela faisait trois fois qu'il venait ici, et chaque fois, il s'était passé quelque chose. C'était peut-être une coïncidence, mais il avait l'impression qu'un certain nombre de transactions devaient avoir lieu chaque jour.

L'employé derrière le comptoir demanda :

— Qu'est-ce que je suis censé chercher ?

— Une sorte de vase que ma fille voulait, dit l'homme à la voix grave et gutturale.

JD avait de plus en plus de mal à se faire passer pour un client et à rester dans les parages pour écouter. Il aurait pu sortir, mais il devait acheter quelque chose sans éveiller les soupçons. Partir ne ferait que le rendre mémorable. Il s'était planté cette fois-ci, c'était sûr. De toute façon, il avait fait en sorte de ne plus pouvoir revenir ici, du moins pas tout de suite.

— De quelle couleur était-il ?

153

— Rouge ou quelque chose comme ça. Il est censé se trouver derrière le comptoir. Je ne me souviens pas des détails. C'est elle qui fait attention à ce genre de choses.

Il toussa, et JD commença à se demander s'il s'agissait vraiment d'un client. Il fit le tour de la pièce, remit les objets qu'il avait transportés à leur place et trouva un petit bijou. Il s'agissait d'un bijou fantaisie, mais il était intéressant. Peut-être que cela plairait à sa sœur.

— Je suis désolé. Je n'ai rien mis de côté, répondit la fouine tout en se mettant à chercher. Qu'elle m'appelle, je verrai si je peux l'aider.

— D'accord, merci.

L'homme partit, et JD porta son achat jusqu'au bureau. Il observa le type derrière le comptoir, souhaitant qu'il ait une sorte de badge. La colère l'envahit, et lorsqu'il tendit l'argent, il lui fallut toute sa retenue pour ne pas l'étrangler. Lorsque la fouine enregistra l'achat, JD prêta attention au bruit que faisait la caisse, puis quitta le magasin. Heureusement, il ne semblait pas avoir été reconnu. Il traversa rapidement le parking et monta dans sa voiture.

— J'ai cru que nous allions assister à un deal pendant que tu étais là, dit Carter en souriant.

— Oui, mais ça ne s'est pas passé comme ça. Je pense que c'était juste un client. Cependant, je veux identifier le gars derrière le comptoir. C'est lui qui a effectué la première transaction dont Fisher a été témoin. Essayons aussi d'identifier le premier type qui était là avec lui. Ils étaient plutôt intimes, peut-être qu'il nous mènera à quelque chose.

— Intimes du genre petits amis ?

— Du genre l'ex de Fisher et son nouveau petit ami la Fouine. Mais ça n'a rien à voir avec ça.

JD serra les poings.

— Je suis sûr que non, accorda Carter. Tu n'as pas entendu de nom ?

— Non. Mais la Fouine est le type que Fisher a vu la première fois.

JD prit une grande inspiration et la relâcha lentement.

— Nous pourrions nous tromper, mais mon instinct me dit que nous sommes sur la bonne voie. Cet endroit est plein de vieilleries poussiéreuses. En essayant d'avoir l'air de fouiller, j'ai vu des tonnes d'objets qui n'avaient pas été touchés depuis des mois, voire des années. Il y avait de la poussière partout.

— Donc…

— Si une entreprise est en bonne santé, les articles ne restent pas en place ou sont au moins nettoyés et déplacés. Rien n'a été fait. C'est juste là.

Peut-être souhaitait-il tellement que quelque chose n'aille pas qu'il voyait ce qui n'était pas là.

— Tu as acheté quelque chose, remarqua Carter.

— Oui. Une épingle pour quelques dollars. J'ai passé assez de temps là-dedans pour ne pas vouloir partir. Mais je ne peux pas y retourner avant un certain temps, pas quand la Fouine travaille. Je l'ai entendu dire à Gareth que Fisher avait un nouveau petit ami sexy. Il m'a déjà vu, et je ne veux pas qu'il me relie à Fisher ou à la visite précédente.

— Calme-toi. Tout en toi ne crie pas flic, et tu sais que le gars est gay, alors s'il te reconnaît, drague-le. Il a un mec, donc il devrait te dire de laisser tomber, mais il pensera aussi que tu es là parce que tu l'aimes bien.

Carter referma le couvercle de son ordinateur.

— Je pense qu'on peut y aller maintenant. Le petit fouineur s'ennuie suffisamment pour regarder du porno sur l'ordinateur. Alors allons-y, et nous pourrons raconter à l'inspecteur ce que nous avons découvert.

JD enclencha la vitesse et recula, puis s'engagea sur la route principale.

— Vas-tu répéter à Fisher ce que tu as entendu ? demanda Carter au bout de quelques minutes.

— Non. Il n'a pas besoin d'entendre ce genre de…

JD freina plus fort que nécessaire.

— Fils de pute ! J'ai failli tout rater. La Fouine a dit à Gareth des choses sur Fisher quand Gareth a envisagé de le reprendre.

— Et ?

— Comment la Fouine pourrait-il savoir qu'il y a des saletés à raconter ? insista JD. Je veux dire, Fisher a dit qu'il ne savait pas qui il était quand il l'a rencontré avec Gareth il y a quelque temps. Mais manifestement, la Fouine connaissait assez bien Fisher pour avoir des choses désagréables à raconter à son sujet.

— Peut-être qu'il l'a inventé ? suggéra Carter.

— Tu crois ?

Il détestait avoir tort, mais peut-être qu'il tirait des conclusions hâtives.

— Non. Même s'il a menti, il doit y avoir un fond de vérité quelque part, sinon on ne le croirait pas, réfléchit Carter, alors qu'ils entraient dans le parking du commissariat. Je suppose que Fisher t'a raconté certaines des choses que la Fouine aurait pu dire.

— Oui. Ce n'était pas beau à voir, et pour être honnête, ça m'a fait peur. Il sait des choses que personne ne devrait jamais avoir à savoir. Mais je crois qu'il a travaillé dur pour changer de vie, et je dois m'en souvenir quand…

— … son passé jette une ombre sur le présent? termina Carter pour lui, et JD acquiesça. À quel point c'est grave?

— C'est justement ça. Je pense qu'il ne se souvient pas de grand-chose, et ce dont il se souvient l'effraie. Il a dit qu'il avait des trous de mémoire et que certaines choses avaient disparu.

JD se gara sur une place et coupa le moteur. Puis il se déplaça pour faire face à Carter.

— L'autre jour, quand il a assisté à la fusillade dans le quartier nord, il ne se souvenait pas comment il était arrivé là. Tout ce qu'il a pu me dire, c'est qu'il pensait que son ex était après lui et qu'il a continué à avancer. J'ai fait des recherches, et c'est ce qui arrive parfois aux personnes bipolaires. Elles s'enfoncent en elles-mêmes et n'enregistrent pas ce qui se passe autour d'elles.

Il en avait assez dit sur Fisher.

— Mais je ne peux rien révéler de tout ça à Aaron, parce que l'histoire de Fisher n'est pas la mienne.

— Je vais faire quelques recherches et voir si je ne peux pas trouver une identité pour la Fouine. Ça nous donnera peut-être une autre piste.

Carter ouvrit la portière de la voiture, et JD fit de même. Ils devaient rapporter à l'inspecteur ce qu'ils avaient trouvé et soupçonné. JD espérait qu'il ne les avait pas tous envoyés sur une fausse piste à cause d'une intuition. Il était vrai que les policiers agissaient tout le temps sur la base de leurs intuitions, et celles-ci étaient parfois payantes, parfois non. Mais poursuivre son intuition semblait mener à Fisher d'une manière ou d'une autre. Quoi qu'il arrive, cela pouvait être à la fois bon et mauvais. JD ferait ce qu'il pourrait pour protéger Fisher, mais son passé revenait sans cesse sur le tapis, et il y avait des limites à ce que JD pouvait faire.

IL PASSA le reste de son service à travailler avec Carter pour essayer de trouver les identités de chacun des hommes impliqués.

— Justin C. Van Groot, annonça dit Carter en souriant. C'est le vrai nom de la Fouine.

— Comment l'as-tu trouvé? demanda JD en s'approchant de l'écran de Carter.

L'homme sur la photo était plus jeune, mais c'était bien lui.

— J'ai deviné son âge et j'ai commencé à consulter les annuaires, et voilà. Il a été diplômé de Cumberland Valley en 2008. Il a plutôt bien vieilli. Voyons maintenant ce que fait M. Van Groot.

Carter tapa, et bientôt les infos qu'ils attendaient s'affichèrent.

— Son dossier juvénile a été scellé, mais nous pouvons le faire rouvrir si nécessaire. Mais il ne semble pas s'être arrêté après ça. Une arrestation pour possession de drogue, qu'il a évitée. Tu lui as certainement donné un surnom approprié, s'esclaffa Carter. Il semble qu'il ait été arrêté un certain nombre de fois et qu'il ait toujours réussi à s'en sortir d'une manière ou d'une autre. La plupart des accusations n'étaient pas très graves. La dernière était une agression, il y a quelques années, et les charges ont été abandonnées.

— Ce type a l'air d'un vrai prince. Envoie ça à Aaron. Il va vouloir le lire.

— Il a envoyé une voiture dans la zone du magasin et leur a demandé de surveiller le flux de leurs caméras, puisque nous ne pouvons pas surveiller l'autre magasin. Avec un peu de chance, nous verrons quelque chose qui nous apportera le dernier élément de cause probable dont nous avons besoin pour obtenir un mandat.

Carter continua à taper.

JD ALLA déjeuner, puisqu'ils l'avaient bien mérité, et passa ensuite son temps sur les nerfs, à faire de la paperasserie et à espérer qu'ils obtiendraient le feu vert. À la fin de son service, il était toujours dans l'expectative, alors il se changea et quitta le commissariat, puis il se rendit directement chez Fisher.

Il sonna, et on le fit entrer dans le bâtiment. Fisher l'accueillit à la porte avec des poches sous les yeux.

— Qu'est-ce qui ne va pas?

— Je n'ai pas bien dormi, avoua Fisher en regardant autour de lui.

Tout dans l'appartement étincelait, et il ne voyait pas le moindre grain de poussière. Même les coussins du canapé avaient été placés comme dans un salon d'ameublement.

— Oh, chéri, murmura JD en les faisant entrer tous les deux à l'intérieur. Tu dois essayer de te détendre.

— Je n'arrêtais pas d'entendre des bruits à l'extérieur, puis dans le couloir. Chaque fois, je me demandais si c'était eux qui venaient me chercher.

Fisher bâilla et tenta de se détourner.

— Va chercher une couverture et un oreiller et rejoins-moi sur le canapé.

JD l'embrassa légèrement et attendit qu'il quitte la pièce. Il enleva les coussins et les posa sur l'autre chaise.

— Mets l'oreiller et allonge-toi.

Il s'assit au bout du canapé, laissant Fisher étendre ses jambes sur ses genoux. Il le recouvrit de la couverture et lui enleva ses chaussettes avant de lui frotter lentement les pieds pour les réchauffer et soulager la tension.

La peau de Fisher était douce, et JD la traita avec délicatesse. Il n'avait pas de lotion, alors il maintint une pression légère et apaisante, observant Fisher se détendre sur l'oreiller et émettre le même gémissement doux et satisfait que celui qu'il émettait lors de certaines activités amoureuses.

— C'est tellement bon.

— Je sais, chéri. C'est normal.

JD continua à frotter, calmant Fisher même s'il était tendu comme un violon. Toute cette affaire et l'implication de Fisher le mettaient sur les nerfs.

— Qu'est-ce qui se passe? demanda Fisher.

— J'attends qu'on m'appelle pour faire une descente dans le magasin, révéla-t-il le plus calmement possible. Je veux en finir avec tout ça pour que tu te sentes à nouveau en sécurité.

Ainsi, le passé de Fisher pourrait rester là où il était, et s'ils décidaient de construire une vie ensemble, ils pourraient le faire en paix. Il allait de l'avant avec impatience, comme il le faisait toujours. Même dans son propre esprit, il n'avait que peu de patience pour tout ce qu'il souhaitait.

— Qu'est-ce que tu attends de moi? s'enquit Fisher.

La tension de JD monta d'un cran. C'était toujours à ce moment-là que les choses s'effondraient. Avant, c'était lui qui posait la question, mais cette fois, c'était Fisher. Il espérait que le résultat ne serait pas le même.

— Je veux nous donner une chance, avoua-t-il, puis il attendit.

— Pourquoi? murmura Fisher. Il y a des gens meilleurs que moi.

158

— Peut-être que tu ne vois pas ta propre valeur, rétorqua JD. Tu as beaucoup de force en toi. Je sais qu'elle est là. Je l'ai vue se manifester. C'est ce qui s'est passé avec ma mère. Tu as gagné son respect, et je pense qu'elle a fini par t'apprécier. C'est important pour elle, elle mange les faibles au déjeuner.

— Je t'en prie…

— J'ai assisté à l'une de ses garden parties, et chacune de ces dames de la haute société avait des griffes et des crocs qui feraient trembler un tigre de peur. Elles utilisaient les mots et les ragots pour blesser, donc Maman a appris à être forte, à se débrouiller seule, puis à régner en reine des abeilles. J'ai pu lui enlever ça, mais pas pour longtemps. Alors ne sous-estime pas l'impact que tu as eu sur elle.

— Mais mon passé… Et les gens vont dire que je suis avec toi pour ton argent, surtout quand on parle de ce dont tu as hérité, supposa Fisher.

— Une chose que j'ai apprise de « ma disgrâce », commença JD en mimant des guillemets avant de replacer ses doigts sur les pieds de Fisher, c'est que les gens pensent ce qu'ils veulent, et souvent le pire, mais ce qui compte, c'est ce que l'on croit. Le reste, c'est de la merde.

Fisher gloussa doucement, et JD frotta la plante de ses pieds un peu plus fort, ce qui lui valut un doux gémissement satisfait.

— C'est ce que tu crois ?

— Pourquoi est-ce si difficile pour toi ? rétorqua JD.

Les yeux de Fisher s'étaient fermés, mais il les rouvrit et se redressa, écartant ses pieds.

— Parce que les gens qui étaient censés m'aimer et se soucier de moi avant tout m'ont repoussé quand les choses sont devenues difficiles. Oui, je faisais des choses qui n'étaient pas bonnes, je le vois maintenant, mais au lieu de m'aider, tout ce qu'ils voulaient, c'était me mettre à l'écart, parce que je dérangeais trop, soupira Fisher, l'air peiné. Comment suis-je censé croire que quelqu'un m'aimera ou se souciera de moi, alors qu'ils ne l'ont pas fait ?

— Il suffit de croire qu'ils se sont trompés, lui assura JD.

C'était la seule réponse qu'il avait, même s'il aurait aimé en avoir une meilleure.

— L'estime de soi doit venir de l'intérieur. Elle ne peut venir de personne d'autre.

Fisher l'épingla du regard.

— C'est facile à dire pour toi. Regarde-toi. Tu es un sexe sur pattes, et moi je suis un vieux…

JD ancra son regard dans celui de Fisher.

— Ce sont des conneries. Tu es tout ce que tu te permets d'être. Tous ces trucs de «pauvre de moi» sont des conneries, ou ils peuvent l'être si tu les laisses tomber. Tu es ce que tu es, comme nous tous, et oui, tu as plus de difficultés que la plupart des gens, mais qu'est-ce que ça fait? Ça ne fait pas de toi quelqu'un de moins digne que les autres et ça ne signifie pas que tu ne peux pas être aimé si tu es prêt à ouvrir ton cœur.

— Comment peux-tu dire ça? Regarde ce que tes parents t'ont fait.

— Et je suis parti et je suis passé à autre chose. Toi aussi.

JD n'allait pas lâcher Fisher, pas à ce sujet. Il savait qu'il avait raison. Fisher devait s'accorder plus de crédit, et cela l'énervait qu'il ne le fasse pas.

— Tu t'es construit une nouvelle vie. Ne sous-estime pas ça. Il faut beaucoup de courage pour faire ce que tu as fait, et j'ai vu beaucoup de gens qui n'y arrivaient pas. Maintenant, allonge-toi et détends-toi.

Il attendit, et lorsque Fisher se reposa sur l'oreiller, il recommença à masser ses pieds et ses jambes.

— Tu peux répondre à ma première question si tu le souhaites.

— Tu es comme un chien avec un os, grogna Fisher, et JD inclina légèrement la tête. Oui, je veux voir ce qui se passera entre nous. Mais j'ai peur d'être blessé.

— À cause de Gareth le branleur?

Il adorait pouvoir utiliser ce terme britannique.

— C'était un idiot. Regarde avec qui il sort maintenant et pense à ce qui va lui arriver. Tu es bien mieux loti, parce que quoi qu'il dise, s'il est mêlé ce qui se passe au magasin, il va tomber bien bas.

JD frotta un peu plus fort, et Fisher se détendit enfin.

— Cet homme n'a pas les meilleures capacités de décision du monde.

— Je te l'accorde, approuva Fisher en fermant à nouveau les yeux.

JD arrêta de parler et laissa la pièce devenir silencieuse. Bientôt, la respiration de Fisher s'apaisa, et JD ralentit puis arrêta son massage des pieds, laissant Fisher dormir. Ils en avaient tous deux besoin, et il reposa sa tête sur les coussins et s'assoupit quelques minutes.

Il se réveilla lorsque Fisher remua. Il souleva les jambes de Fisher et les replaça délicatement sur le canapé après s'être levé. En marchant,

JD se détendit le cou, écarta les rideaux et jeta un coup d'œil sur la rue en contrebas.

— Qu'est-ce que tu fais ? marmonna Fisher. La rue n'est pas très intéressante. Je l'ai regardée plein de fois.

— Je pensais que tu dormais. Je ne voulais pas te réveiller.

JD laissa les rideaux retomber en place et le rejoignit sur le canapé. Cette fois, il s'assit près de son torse, et Fisher le tira vers lui.

Les baisers languissants s'attardèrent et devinrent bientôt plus chauds et plus énergiques. JD se demanda si Fisher en voulait plus et il eut la réponse lorsque celui-ci se dégagea de sous lui et lui tendit la main. JD se leva, et Fisher le conduisit à la chambre.

Il y avait des moments pour faire l'amour de façon frénétique, sauvage et athlétique. Ce n'était pas le cas pour JD. La pièce résonnait des gémissements de Fisher, tandis que JD remplissait sa bouche de la longueur de son amant. Il goûta et taquina jusqu'à ce que Fisher tremble et gémisse à pleins poumons. Il donnerait n'importe quoi pour entendre ces sons chaque jour.

— Tu me donnes envie de choses dont je n'ai jamais rêvé, murmura-t-il en s'emparant à nouveau des lèvres de Fisher.

— Moi ?

— Oui, répondit JD en l'embrassant de nouveau. Toi.

Il s'écarta, parcourant Fisher du regard, essayant de lui faire comprendre à quel point il était beau. Long et mince, lisse, le corps d'un vrai homme sans avoir été apprêté, pomponné ou modifié. Fisher était tel qu'il était venu au monde, tel que Dieu l'avait fait, et c'était incroyablement beau. Il était peu probable que quelqu'un l'utilise comme modèle pour une statue, pourtant il serait parfait. Si c'était le cas, JD serait jaloux, parce qu'il voulait être le seul à le contempler.

— Et le gars de Charleston ?

— Bobby ? Lui et moi étions… Je l'aimais, mais ce n'est pas la même chose avec toi.

— L'aimais-tu davantage ? demanda Fisher.

— Non, c'était juste différent. Bobby était… C'est difficile à expliquer. C'était le genre d'amour enivrant, alors qu'avec toi, c'est différent et plus profond.

JD passa son pouce sur les lèvres de Fisher.

— Ne dis rien. Je sais ce que je viens de te dire, et tu n'as pas besoin de répondre. Quand tu seras prêt, tu pourras dire ce que tu veux, mais pour l'instant, sois heureux.

Fisher sourit et respira bruyamment. JD l'embrassa de nouveau, craignant qu'il ne pleure, et il ne voulait pas de larmes dans un moment pareil. Il ne voulait pas que Fisher se souvienne d'avoir pleuré, alors il se concentra pour le rendre fou, remplissant à nouveau la pièce de ses gémissements. Lorsqu'il le pénétra un peu plus tard, dans un long gémissement, Fisher fit rouler sa tête de gauche à droite sur l'oreiller et cambra le dos.

— Jay… Dee…

Rien n'irradiait autant le sexe que la façon dont il prononçait son nom.

JD le serra contre lui, se balançant lentement, se déplaçant ensemble, plongeant dans les yeux bleus profonds de son amant, tandis que le corps de Fisher s'agrippait à lui.

— Je veux que tu jouisses avec moi en toi.

— JD, je… murmura Fisher à bout de souffle, tandis que JD se redressait et empaumait l'érection de Fisher, la caressant lentement et fermement tout en continuant à faire rouler lentement ses hanches.

Bon sang, il essayait de faire en sorte que Fisher atteigne l'orgasme. Mais il était difficile de se concentrer sur autre chose que sur le regard qu'il portait sur lui, le souffle court, la légère pellicule de sueur, et ses yeux qui étincelaient d'une lumière intérieure dont JD savait qu'elle était éteinte depuis un certain temps. Rien que cela était excitant, mais si l'on y ajoutait la façon dont Fisher lui répondait, la tête de JD tournait. Il le caressa plus vite, plus fort, faisant se tordre Fisher, envoyant sensation après sensation à travers lui. Le corps de JD le trahit et il ne put plus contenir son excitation. Il explosa violemment, remplissant le préservatif, et quelques secondes plus tard, Fisher l'imita.

La rougeur des joues de Fisher et le léger retroussement de ses lèvres en disaient long. JD lui caressa lentement la joue, tout en maintenant le reste de son corps immobile, afin qu'ils restent connectés le plus longtemps possible. Lorsqu'il se retira, il le fit à contrecœur, puis il quitta discrètement la chambre, s'occupa du nettoyage et revint aider Fisher avant de le rejoindre dans son lit.

Fisher s'endormit finalement à côté de lui, détendu et calme. JD le prit dans ses bras et l'écouta ronfler doucement à son oreille, partageant la chaleur tandis que le vent se levait, sifflant à l'extérieur de la fenêtre. Finalement, il s'extirpa avec précaution pour aller chercher un verre. Il enfila son sous-vêtement et se promena dans le salon. Alors qu'il terminait son verre et le posait dans l'évier, son téléphone sonna. Il se précipita dans la chambre et le sortit de la poche de son pantalon.

— Red ?

— Viens au poste le plus vite possible si tu veux participer.

— D'accord, dit-il, et il mit fin à l'appel.

Il enfila son pantalon et sa chemise et s'assit sur le bord du lit pour mettre ses chaussettes et ses chaussures. Le matelas se creusa, et il se retrouva dans les bras nus de Fisher, la chaleur s'infiltrant à travers ses vêtements.

— Il faut que j'y aille. Le raid est en cours.

JD sentit Fisher hocher la tête, mais il ne répondit rien.

— Ça va aller.

— Tu ne peux pas le promettre, contra Fisher en resserrant son étreinte. Je sais que tu dois partir, mais je ne veux pas que tu le fasses.

JD s'immobilisa et se retourna.

— Je sais ce que je fais, je prendrai toutes les mesures nécessaires pour être en sécurité. Les gars seront aussi là, nous nous surveillerons mutuellement.

Il se pencha, embrassa Fisher aussi fort et profondément qu'il le put, puis s'écarta.

— Je dois y aller maintenant.

L'inquiétude dans les yeux de Fisher faillit le faire renoncer, mais il ne voulait pas être en retard. Ce n'était pas lui, alors il enfila sa dernière chaussette et ses chaussures.

— Je t'appelle dès que possible.

Il jeta un dernier coup d'œil à Fisher, détestant le fait de devoir le quitter et de voir à quel point il avait l'air vulnérable, accroupi sur le lit, nu. Il voulait le rassurer, mais au lieu de cela, il quitta la chambre et attrapa son manteau.

— Je te promets que je t'appellerai.

Il ouvrit la porte de l'appartement et la referma derrière lui. Il n'attendit pas de voir si Fisher la verrouillait, il n'en avait pas le temps.

Lorsqu'il atteignit le haut de l'escalier, il avait enfilé son manteau et était prêt. Il se retourna et remarqua Fisher dans l'embrasure de la porte de son appartement, un peignoir serré autour de lui. Il eut envie de se précipiter pour le prendre dans ses bras et lui dire que tout irait bien. Mais il n'avait plus de temps à perdre, alors il se retourna et dévala les escaliers.

VIII

Fisher se recroquevilla sur le canapé après avoir attrapé son téléphone. Il frissonna sous la couverture et la remonta jusqu'à son cou. La porte était fermée et verrouillée, et il était en sécurité dans son appartement, il l'espérait. Il posa son téléphone sur la petite table à côté de lui et s'assura qu'il n'était pas en mode silencieux. Il alluma ensuite la télévision et mit l'une des chaînes locales, espérant qu'il y aurait de vraies nouvelles. Il garda le volume bas et regarda surtout parce qu'il avait besoin de quelque chose à faire.

Ses nerfs étaient à vif. Il tremblait en essayant de ne pas penser à ce qui pouvait arriver à JD. Si Red, Carter et Kip étaient là, il savait que leurs partenaires seraient aussi inquiets que lui. Peut-être qu'ils s'y étaient habitués avec le temps. Mais il en doutait, parce que Fisher doutait de pouvoir le faire un jour. Attendre comme ça, c'était une chose pour laquelle il ne serait jamais doué.

Un bruit sec à l'extérieur le fit sursauter. C'était une voiture, pas un coup de feu, mais cela augmenta encore sa tension. Il souhaitait pouvoir appeler l'un des autres gars, mais il n'avait pas leur numéro, alors il regarda la télévision et essaya de toutes ses forces de ne pas imaginer ce qui pouvait arriver à JD en ce moment. Il n'avait aucun moyen de le savoir et, à un moment donné, il envisagea de s'habiller et de se rendre de ce côté de la ville pour voir ce qui se passait. Bien sûr, il se rendit compte que c'était totalement stupide et il resta là où il était. Il songea à aller chercher quelque chose à manger, mais l'idée de la nourriture fit bouillir son estomac, il abandonna donc cette idée.

Au bout d'une heure, il se leva. Et s'il arrivait quelque chose et qu'il devait aider JD? Il ne pouvait pas quitter l'appartement en robe de chambre, alors il fit sa toilette, s'habilla et s'assit de nouveau sur le canapé pour regarder la télévision. Finalement, le programme de la nuit fut interrompu.

— La police de Carlisle a effectué une descente dans une entreprise soupçonnée de distribuer des stupéfiants, déclara gravement le présentateur, un jeune homme aux cheveux parfaitement peignés et aux dents d'une blancheur aveuglante. Nous aurons plus de détails dès qu'ils seront disponibles.

La chaîne reprit sa programmation habituelle, et Fisher jura devant l'écran avant de reprendre son attente. Il essaya de faire des recherches en ligne, mais ne trouva aucune information supplémentaire.

Une heure s'écoula encore, il était devenu frénétique.

— Plus d'informations sur la fusillade avec la police à Carlisle, juste après ces messages publicitaires, annonça le présentateur de la télévision, et Fisher s'assit sur le bord de son siège, alors que les publicités se succédaient.

Finalement, ils revinrent au programme d'information, et le présentateur du studio passa à un autre journaliste sur les lieux.

— Ici Terry Digger. Je suis au nord de Carlisle, sur la Harrisburg Pike, où une fusillade dans un magasin d'antiquités a fait un blessé parmi les officiers. Les deux tireurs à l'intérieur du magasin sont en garde à vue. La police ne dit pas pour l'instant pourquoi le Northside Antique Mall a fait l'objet d'une descente de police ni pourquoi les hommes à l'intérieur avaient autant d'armes, mais les voisins disent qu'ils soupçonnaient depuis un certain temps que le commerce était une couverture pour la drogue.

— Alors pourquoi diable n'ont-ils rien dit ? hurla Fisher à l'écran. Imbéciles !

— Nous sommes avec l'inspecteur en charge. Inspecteur Cloud, pouvez-vous nous dire ce qui s'est passé ?

Le journaliste tendit le micro à l'inspecteur, qui donna un compte rendu très factuel et vague de ce qui s'était déroulé et de la raison pour laquelle ils étaient là. Il ne fournit pas beaucoup de détails. Il confirma la blessure d'un officier, mais n'indiqua pas son nom. Fisher devenait fou, mais c'est alors que son téléphone sonna. C'était un numéro inconnu, mais il décrocha.

— Fisher, c'est JD. Je vais bien. Mon téléphone a été endommagé et je n'ai pas pu appeler plus tôt, mais je vais bien. Red a été blessé, ils l'emmènent à l'hôpital pour le rafistoler.

— On lui a tiré dessus ? demanda Fisher, soulagé.

— Oui, mais c'est son gilet qui a été le plus touché. La force l'a projeté au sol, et il s'est cogné la tête. Ils l'emmènent à l'hôpital. Ça n'a pas l'air grave, mais on va s'en assurer. J'ai un peu de travail à faire ici et des rapports à rédiger, puis je reviendrai.

— Tu as mangé ?

— J'avalerai quelque chose au commissariat, le rassura JD. Mais il faut que tu manges et que tu te détendes un peu. Je dois y aller, mais je serai à la maison dès que possible.

JD raccrocha, et Fisher posa son téléphone près du canapé, poussant un soupir de soulagement. JD allait bien, il serait bientôt de retour. Du moins, Fisher l'espérait. Il éteignit la télévision et se rendit à la cuisine pour préparer un petit dîner.

JD se présenta à sa porte des heures plus tard, fatigué et traînant les pieds. Fisher l'aida à entrer, puis lui donna quelque chose à boire avant de le conduire directement à la salle de bains, où il le poussa sous la douche et fourra ses vêtements sales dans son panier à linge. Une fois JD sorti avec seulement une serviette autour de la taille, Fisher mit de côté sa libido instantanément stridente et l'installa dans le lit, sans la serviette. JD s'endormit en quelques minutes, et Fisher se coucha à côté de lui, blotti contre lui, et ferma les yeux. Il était temps de se reposer; il aurait tout le temps de faire face à ses peurs.

— JD, TU ne dois pas aller travailler? demanda Fisher le lendemain matin en se réveillant et en constatant qu'il était presque neuf heures et que JD était toujours blotti contre lui dans le lit.

— Non. J'ai pris un jour de congé. J'ai travaillé trop d'heures, répondit JD en grognant et en le ramenant sous les couvertures. J'ai sommeil. J'ai besoin de me reposer.

— D'accord, souffla Fisher avec joie, et il se cala contre lui.

Il n'était pas fatigué, mais si JD voulait se blottir contre lui, qui était-il pour refuser de passer du temps seul au lit avec son petit ami policier? Cette pensée lui arracha un sourire, qui persista même lorsque les souvenirs de la nuit précédente lui revinrent en mémoire.

— Je devrais préparer le petit déjeuner, songea-t-il quelques minutes plus tard lorsque le ventre de JD se fit entendre avec un grondement.

— Je crois que je n'ai pas beaucoup dîné, marmonna JD en se retournant et en sortant la tête des couvertures.

— Alors je vais cuisiner, et tu pourras venir dans un moment.

Fisher se leva d'un bond, souriant lorsque JD s'approcha de lui. Il enfila son peignoir et ses pantoufles, puis se dirigea vers la cuisine pour voir ce qu'il avait.

— J'espère que les bagels sont bons.

Il n'obtint pas de réponse, et lorsqu'il jeta un coup d'œil dans la chambre, JD dormait profondément, la tête sur l'oreiller de Fisher, le corps et les bras étalés sur tout le matelas. Il décida de le laisser dormir et mit quelques bagels dans le grille-pain, versa du jus de fruits dans deux verres et sortit un paquet de fromage frais. Il posa le tout sur la table et retourna dans la chambre. JD n'avait pas bougé.

— J'ai préparé le repas.

Lentement, JD se retourna et sortit du lit, frissonnant à cause de la fraîcheur de l'air. Fisher se colla à son dos parfait et enroula ses bras autour du ventre de JD.

— C'est mieux ?

— Beaucoup mieux.

JD pressa les mains de Fisher plus bas – une partie de lui était définitivement réveillée.

— J'ai fait la cuisine, en quelque sorte, alors si tu veux manger, il faut le faire maintenant. Nous aurons tout le temps de nous occuper de M. Content plus tard.

Fisher récupéra son peignoir d'été dans l'armoire et le tendit à JD. Il n'était pas aussi chaud que celui qu'il portait en ce moment, mais c'était préférable à ce que JD se gèle les parties importantes.

JD le rejoignit à la table.

— Que s'est-il passé hier soir ? demanda Fisher, essayant de ne pas trembler en étalant du fromage frais sur son bagel aux raisins et à la cannelle.

— Tu avais raison. L'endroit était utilisé pour distribuer de la drogue, mais c'était bien plus que ça. Les murs du sous-sol étaient tapissés d'étagères contenant toutes sortes de drogues illicites, je te jure. Ce foutu endroit était un entrepôt de drogue. Il y avait des pilules de toutes sortes, des poudres, du cristal, plus de certaines que d'autres. Lorsque nous avons approché les chiens de l'endroit, ils sont devenus fous. On a capturé les deux hommes à l'intérieur, y compris la Fouine. L'actuel petit ami de Gareth. On pense qu'il était le responsable, et il était armé jusqu'aux dents. C'est lui qui a tiré sur Red, mais l'un des autres officiers lui a mis un pistolet sur la tempe, et il a repris ses esprits.

— Gareth était là ? souffla Fisher.

— Non. Des agents sont à sa recherche. Non pas que la Fouine se soit retourné contre lui, mais il était dans le magasin, nous allons vouloir lui parler.

Fisher avait l'impression qu'il y aurait beaucoup plus que des discussions lorsqu'ils trouveraient Gareth.

— Ce n'était pas un mauvais garçon quand je l'ai connu.

— Comment peux-tu dire ça après ce qu'il a fait ? s'exclama JD avec colère en posant son bagel.

— Ce qui m'est arrivé n'était pas beau à voir, et oui, peut-être que les choses n'auraient pas été aussi graves si, l'un après l'autre, tout le monde ne s'était pas détourné de moi. Mais peut-être que j'avais besoin de toucher le fond pour réaliser ce qui se passait et essayer de changer ma vie. Je n'en sais rien. Mais le Fisher que tu connais n'est pas le même que celui qu'il a connu. Je suis différent maintenant. Je ne l'aime pas et je ne serai certainement pas son ami, mais je ne souhaitais pas non plus cela pour lui.

— Quoi qu'il arrive, n'oublie pas qu'il l'a cherché. Tu n'es pas à blâmer pour les décisions que Gareth a prises dans sa vie.

— Je sais, dit Fisher, se réjouissant un peu de l'inquiétude de JD. J'ai été en colère contre lui pendant si longtemps, me concentrant sur lui comme une source de rage et de souffrance. Mais tout ça n'a plus d'importance maintenant, et ce qui doit arriver arrivera. Je ne veux pas être impliqué là-dedans. Je ne le suis plus depuis longtemps. La vie que j'ai menée était sombre, mais maintenant je vois la lumière et l'éclat, même dans un jour comme aujourd'hui.

Fisher se tourna vers les fenêtres, où une lumière grise filtrait et où des flocons de neige tombaient de l'autre côté. Il se remit à manger et termina son petit déjeuner, se contentant pour l'instant d'observer JD et la façon dont le peignoir qu'il lui avait donné ne semblait pas tout à fait à sa taille.

— Alors, qu'est-ce qui va se passer avec tout ce que vous avez trouvé ? s'enquit Fisher pour se concentrer sur autre chose que la façon dont le torse de JD apparaissait de plus en plus entre les plis du peignoir bleu clair.

— Ce sera saisi et placé sous clé à titre de preuve. Nous allons essayer d'obtenir autant d'informations que possible sur l'organisation et ses responsables, répondit JD en souriant. Nous avons trouvé beaucoup de dossiers et de noms dans le magasin. Ils étaient cachés dans les registres et dans l'ordinateur du magasin. Je soupçonne que la Fouine va vouloir passer un accord, parce qu'il ne va pas tenir très longtemps sinon.

— Pourquoi ?

— Il n'a peut-être pas parlé, mais les informations qu'il a laissées à vue et qui auraient dû être détruites parleront pour lui. La façon dont il s'est lancé dans cette affaire est un peu déroutante. Il a fait des choses stupides et pensait qu'on ne l'attraperait jamais.

— Depuis combien de temps crois-tu que ça dure ?

— Un certain temps, d'après ce que l'on peut voir. Peut-être deux ou trois ans, peut-être plus, puisqu'il a probablement commencé petit et qu'il a gravi les échelons. On a bien vu quelques ramassages de drogue, mais pas les pots-de-vin. D'autres personnes apportaient de la marchandise à vendre, la Fouine l'achetait et la payait en espèces sonnantes et trébuchantes. Il y avait des codes et des montants, en fonction du type d'article demandé. Nous aurions pu mettre les téléphones sur écoute et apparemment tout aurait ressemblé à une affaire normale d'antiquaire.

JD avala la dernière partie de son petit déjeuner et s'adossa à sa chaise.

— Il semble que c'était ce qu'il craignait, que son téléphone soit mis sur écoute.

— Est-il drogué ?

— Je n'en sais rien. Quand il a mis ça en place, probablement pas, mais il aurait pu l'être au fil du temps. Il avait tout, qu'est-ce qui dit qu'il n'a pas pris quelques pilules pour se sentir mieux ou continuer à vivre ? Ils le découvriront bien assez tôt.

JD se leva et débarrassa la table.

— Je vais appeler Terry pour savoir comment va Red.

— Je finis ici et je vais m'habiller.

C'était fini. Avec un peu de chance, plus personne n'essaierait de s'introduire dans son appartement. Il était probable qu'ils fassent profil bas et qu'ils attendent cette dernière vague d'attention. Le plus beau dans tout ça, c'était qu'il avait JD. Il fit la vaisselle en souriant. Il avait bien agi. Il avait pu aider JD dans son travail. Pendant qu'il s'activait, il entendit la voix de JD qui parlait au téléphone. Lorsqu'il entendit des rires, il sut que Red allait s'en sortir, et une autre source d'inquiétude s'évanouit.

Fisher était heureux, il le sentait monter en lui. En y réfléchissant, il se rendit compte qu'il avait presque tout ce qu'il désirait. Oui, il y avait des choses décevantes dans sa vie, mais il avait appris à vivre sans elles, et il continuerait à aller de l'avant. La différence, c'était qu'il n'avait plus à le faire seul. JD lui avait dit qu'il l'aimait, il lui avait même fait l'amour, et il allait y croire et s'y accrocher.

Fisher termina ce qu'il faisait et rejoignit JD dans la chambre. Il le trouva assis sur le côté du lit. JD dit au revoir et mit fin à son appel.

— Red va s'en sortir, et apparemment, Aaron a appelé ce matin pour savoir comment il allait et lui a dit qu'ils étaient en train d'arrêter les dealers et les fournisseurs dans toute la ville. Carter a décodé les informations sur les ordinateurs, et des descentes ont eu lieu dans un certain nombre d'endroits. C'est un véritable nettoyage.

JD tendit le bras et attrapa Fisher, le tirant entre ses jambes.

— C'est une bonne chose, mais j'ai quelque chose de bien plus agréable dont j'aimerais parler.

Fisher frémit lorsque JD fit remonter ses mains le long de ses jambes et les glissa sous le peignoir pour masser ses fesses.

— C'est un bien meilleur sujet, susurra JD en retirant ses mains et en ouvrant le nœud sur le devant du peignoir de Fisher.

Puis il fit courir ses mains le long de la couture du peignoir, le tirant doucement des épaules de Fisher jusqu'à ce qu'il glisse sur ses bras et tombe sur le sol.

Fisher rougit, instantanément plus chaud qu'il ne devrait l'être, lorsque JD se débarrassa de son propre peignoir, s'asseyant devant lui, nu, le membre pointé dans sa direction. Fisher le repoussa sur le lit, avec l'intention de l'admirer pendant quelques minutes, mais JD avait d'autres idées et l'embrassa profondément.

JD lui caressa le dos et le postérieur, lui malaxa les fesses et taquina son anus avec le bout de son doigt jusqu'à ce que Fisher rompe le baiser pour gémir bruyamment, se pressant de nouveau pour profiter de la sensation.

— Parlons de quelque chose d'extraordinaire et de sexy pendant quelques heures.

Fisher acquiesça, incapable de penser clairement.

— Ensuite, nous pourrons régler d'autres choses entre nous si tu le souhaites.

Fisher hocha vigoureusement la tête, se perdant dans la sensation. Parler n'était pas ce dont il avait besoin en ce moment. Il fallait agir, et il pensait que JD était plus que prêt à le faire. Il se mit à quatre pattes sur le lit et attira JD sur lui.

— Juste pour que tu le saches, je vais te garder pendant les « quelques heures » dont tu parlais.

JD le regarda d'un air narquois.

— C'est très bien, chéri. Maintenant, retourne-toi sur le ventre pour que je puisse te montrer à quel point tu comptes pour moi. Mets tes mains contre la tête de lit et accroche-toi. Tu vas aller au paradis.

Fisher fit comme demandé, les nerfs à vif, jusqu'à ce que JD fasse glisser ses doigts le long de ses jambes. Puis il lui écarta les fesses et utilisa sa langue pour le faire monter si haut qu'il vit le paradis dans le rétroviseur.

— JE PENSE que nous allons sortir ce soir, annonça JD le dimanche suivant, après une nouvelle sieste. Tu as cuisiné et tu t'es occupé de moi pendant tout le week-end. J'ai donc pensé que nous pourrions aller dîner au pub. Comme c'est dimanche, c'est à peu près tout ce qu'il y a d'ouvert, mais ce sera agréable et nous pourrons manger à notre faim.

JD tapota son ventre très plat, et Fisher s'approcha pour caresser les crêtes musclées.

— D'accord. On s'est ouvert l'appétit. Je vais me laver et m'habiller, approuva-t-il se dirigeant vers la salle de bains. Qu'est-ce que tu vas faire ?

JD bondit du lit et le serra contre lui.

— Je te rejoins.

JD lui pinça les fesses, et Fisher couina et se précipita vers la porte de la salle de bains, JD juste derrière lui.

— Sois sage.

— Oh, j'ai bien l'intention de l'être, roucoula JD de sa voix sexy, ce qui envoya une vague de désir dans le dos de Fisher, qui s'amassa dans sa verge déjà durcie.

D'une manière ou d'une autre, ils parvinrent à entrer dans la salle de bains et à se doucher sans tomber ni se tripoter. Et lorsque l'eau emporta le reste de leur passion, ils étaient prêts à s'habiller et à aller chercher quelque chose à manger.

— Allons reprendre des forces, déclara JD en souriant.

LA NEIGE de la veille s'était arrêtée et avait rendu les routes glissantes. Les trottoirs étaient dégagés et l'air frais et sec. Fisher s'enfouit sous son manteau, son bonnet et ses gants, tandis que JD et lui traversaient la ville en direction du pub de style anglais.

— Nous aurions dû y aller en voiture, grommela JD. Il fait trop froid.

— Si ça devient ta maison, il va falloir que tu t'y habitues, plaisanta Fisher en s'approchant et en prenant le bras de JD. D'ailleurs, je te réchaufferai plus tard.

Il s'appuya sur JD, alors qu'ils s'arrêtaient au feu sur la place, attendant de traverser la rue. Le feu changea, et ils traversèrent, continuant vers le restaurant.

— C'est toi qui m'as fait ça ! cria quelqu'un derrière eux.

Fisher se tendit et se retourna, se demandant qui criait.

— Tout est de ta faute.

Un homme se rua vers eux en les montrant du doigt.

— Je sais que c'est toi qui as fait ça, Fisher.

— JD, qu'est-ce qui se passe ? chuchota-t-il, alors que JD se retournait.

Gareth s'approcha d'eux.

— Gareth, rentre chez toi.

— Je n'ai plus de maison, rétorqua-t-il. Tu as ruiné ma vie. Tu m'as tout pris, grogna Gareth en s'avançant.

JD repoussa Fisher derrière lui.

— Monsieur, vous devez vous calmer. Ça ne va pas vous aider.

Il était si calme que Fisher se sentit mieux. JD allait s'en occuper, et il n'était pas seul.

— Détendez-vous et rentrez chez vous. Il fait trop froid pour rester ici.

— Je n'ai plus de maison. La police l'a saisie. Et tout est de sa faute.

Gareth le pointa de nouveau du doigt, et Fisher remarqua ses yeux, sauvages et immenses. Il connaissait ce regard, il l'avait vu dans le miroir plus d'une fois.

— Gareth, tu n'as pas les idées claires. Il faut que tu rentres chez toi et que tu prennes soin de toi, dit-il doucement en imitant au mieux le ton de JD. C'est ce que tu dois faire. Repose-toi et prends soin de toi.

— Non. Je dois te faire payer. Il a dit qu'il t'avait vu dans le magasin. Tu étais là et tu connaissais ces trucs. Tu étais un consommateur. Tu n'étais bon à rien, déchiré, puis tu étais là, alors ça doit être de ta faute. Il est en prison, et c'est toi qui l'y as envoyé, s'emporta Gareth.

JD fouilla dans sa poche en même temps que Fisher.

— Non !

— Nous ne faisons que vous aider, l'apaisa JD en cherchant son téléphone.

— Non ! hurla Gareth en fouillant dans la poche de son manteau, en sortant un pistolet. J'ai dit non. Tu vas payer.

Il pointa l'arme sur Fisher, qui resta immobile, espérant de tout son cœur que JD savait quoi faire.

172

— Ce n'est pas nécessaire. Fisher n'a rien à voir avec ce qui vous tracasse. Maintenant, posez votre arme avant de faire quelque chose que vous regretterez.

Les voitures passaient, et Gareth était suffisamment à l'écart pour ne pas se rendre compte qu'ils étaient à la vue de tous les passants. Fisher comprit qu'il leur suffisait d'essayer de le garder calme et que les secours arriveraient… il l'espérait.

— Non. Il doit payer.

Gareth commença à brandir son arme, la pointant alternativement sur JD, puis sur lui.

— Il est défoncé, murmura Fisher, espérant que JD l'entende.

Il ne voulait surtout pas que Gareth l'entende.

— Je ne t'ai jamais rien fait, ajouta-t-il plus fort. Après ma blessure, tu m'as quitté. Tu as dit que tu voulais quelqu'un d'autre, tu es parti. Je ne t'ai vu que de rares fois depuis. Comment aurais-je pu te faire quelque chose ?

Fisher s'inquiétait de plus en plus du comportement de Gareth. Il vacillait d'un côté à l'autre comme un bâtiment instable en pleine tempête.

— Tu étais là. Justin t'a vu. Il me l'a dit. Le pathétique Fisher était dans le magasin d'antiquités, et maintenant Justin est en prison. Je sais que tu as quelque chose à voir avec ça. Je t'ai quitté, tu devais te venger, alors tu as fait tout ça, maintenant je vais…

Gareth s'arrêta et sembla se déconcentrer. Avant que Fisher ne puisse dire quoi que ce soit, JD s'élança, renversant Gareth au sol.

— Recule ! hurla JD en luttant contre Gareth qui se débattait.

Fisher recula comme JD l'avait dit et sortit son téléphone, appelant le 911 pour dire qu'une bagarre était en cours sur North Hanover et qu'un officier de police hors service était impliqué.

— Il a besoin d'aide. *Maintenant.*

Un coup de feu résonna sur le bâtiment, un seul. Fisher vit l'arme glisser sur le trottoir et il se précipita, l'éloignant d'un coup de pied. Puis il jeta un regard à JD et sentit le sang déserter son visage, tandis que le manteau de JD s'assombrissait.

Fisher ne sut pas ce qui se passa ensuite. Les secondes s'estompèrent, et bientôt, on l'éloigna de Gareth, ses mains douloureuses maintenues immobiles.

— Fisher, c'est Carter. Tu vas bien ?

— Il a tiré sur JD, cria-t-il, essayant de revenir vers Gareth.

— On a compris. Tu l'as hurlé à tue-tête. Va voir JD pendant qu'on s'occupe de ce type.

Fisher se calma et hocha la tête. Carter le laissa partir, et il se précipita vers JD, qui était assis sur le béton en se tenant le bras.

— Ce fils de pute m'a tiré dans l'épaule, grogna JD. Je vais m'en sortir. Une ambulance est en route.

— D'accord.

Fisher aspira de l'air et fit de son mieux pour se calmer.

— J'entends d'autres sirènes.

Les lumières rouges et blanches confirmèrent qu'en effet une ambulance approchait. Dès qu'elle s'arrêta, deux hommes en bondirent et commencèrent à s'occuper de JD.

— Et lui ? demanda l'un des secouristes en regardant Gareth. Il a l'air d'avoir été tabassé.

— Il ira bien jusqu'à ce que vous en ayez fini avec lui, répliqua Carter en maintenant Gareth au sol. Tu as touché l'arme ? demanda-t-il à Fisher, qui secoua la tête.

— J'ai juste donné un coup de pied dedans pour l'écarter du chemin. Je ne sais pas si JD l'a touchée. Il se débattait avec Gareth, puis il lui a tiré dessus. Il m'a semblé défoncé. Son discours était décousu et il vacillait lorsqu'il se tenait debout.

Il ne laisserait pas Gareth s'en tirer à si bon compte.

— Il a été blessé lors de la bagarre ? interrogea l'ambulancier tout en posant un bandage compressif sur le bras de JD en vue de son transport à l'hôpital.

— Peut-être un peu, acquiesça JD en souriant. Fisher s'est acharné sur lui. Il s'est assis sur lui, n'a pas voulu le laisser se lever, et il a peut-être vu rouge. Je n'en suis pas vraiment sûr.

JD fit un clin d'œil, et les autres officiers acquiescèrent.

— Il est assez défoncé pour ne plus rien sentir pendant un certain temps.

Apparemment, une deuxième ambulance avait été appelée, et Gareth y fut embarqué, accompagné de policiers. Ils firent monter JD dans la première ambulance, et Fisher grimpa à son tour, s'asseyant sur la seule place disponible.

— Je ne le laisse pas.

— D'accord, accepta Carter. Mais nous devrons vous parler.

— Nous répondrons à tes questions plus tard, assura JD, tandis que les portes de l'ambulance se refermaient. Tu as été génial, dit-il à Fisher. Tu n'as pas paniqué, tu t'es débarrassé de l'arme et tu as maintenu Gareth au sol pour qu'il ne puisse plus me faire de mal.

— Je suis devenu un peu fou, soupira Fisher.

— Le fait est que tu n'as pas eu peur ni paniqué. Tu as fait exactement ce qu'il fallait pour me protéger, renchérit JD en lui tendant sa main valide. Tu as assuré mes arrières, et c'est super.

— Tout ce à quoi je pensais, c'était que je t'avais perdu.

L'ambulance se mit en route, et Fisher se stabilisa. La sirène hurlait et il n'était pas facile de parler par-dessus. Il tint la main de JD et la porta une fois à ses lèvres.

— Je t'aime, chuchota-t-il, et JD l'entendit.

Fisher le comprit au sourire et au fait que JD lui répondit « Je t'aime aussi », puis porta la main de Fisher à ses lèvres.

— Tu es un tigre.

— J'étais terrifié.

— Moi aussi, avoua JD.

— Allongez-vous et essayez de ne pas bouger, conseilla l'ambulancier à JD. Nous serons à l'hôpital dans quelques minutes. Ils nous attendent et ont déjà aménagé une zone pour vous recevoir.

— Le problème n'est pas d'avoir peur, mais de ne pas laisser la peur te paralyser, afin de pouvoir faire ce qu'il faut, et c'est ce que tu as fait.

— Pourquoi as-tu sauté sur lui ?

— J'ai vu une ouverture, mais il a réagi plus vite que je ne le pensais. J'avais éloigné l'arme de lui, mais il s'est jeté dessus et le coup est parti. J'ai fini par l'éloigner de lui, puis tu as pris le relais.

— Tu m'as sauvé, déclara Fisher.

— Et tu as fait de même. Ne l'oublie jamais. Tu as été aussi courageux et fort que n'importe qui d'autre. Et il n'y a pas eu de panique ou de nervosité. Tu as agi rapidement pour me protéger.

JD continua à tenir la main de Fisher pendant qu'il fermait les yeux, et ils effectuèrent le dernier trajet jusqu'à la salle d'urgence.

Après cela, les choses se déroulèrent assez rapidement. JD fut sorti de l'ambulance et emmené à l'intérieur de l'hôpital. Fisher fut accompagné une fois JD installé et il s'assit sur la chaise à côté du lit où reposait JD.

Les infirmières entrèrent, posèrent des intraveineuses, branchèrent des moniteurs et, après quelques minutes, tout fut transporté sur des roulettes pour que JD puisse subir les premiers tests et radiographies. Fisher resta assis, la jambe tremblante, attendant leur retour. JD revint dix minutes plus tard, suivi d'un médecin.

— M. Burnside, nous allons vous préparer à une intervention chirurgicale afin d'extraire la balle et de réparer les dommages causés à votre épaule. Le chirurgien est en route, nous n'allons pas attendre.

JD hocha la tête.

— D'accord. Tenez Fisher au courant de l'évolution de la situation.

L'heure qui suivit fut un tourbillon d'activités. On montra à Fisher une salle d'attente pour la chirurgie. Une fois JD opéré, Fisher se promena dans l'hôpital jusqu'à la cafétéria, acheta un café et de la nourriture dans les machines, puis il retourna dans la salle d'attente. JD lui avait donné son téléphone, mais il était verrouillé et il n'avait pas le code, de sorte qu'il n'avait pas accès aux numéros qu'il contenait. Il réussit à capter un signal et tenta sa chance en essayant de trouver le numéro des parents de JD en ligne à l'aide de son propre téléphone. Il y avait trop de Burnside, et il ne connaissait pas le nom du père de JD, donc ce fut également une impasse.

Quand le téléphone de JD vibra sur la table devant lui, Fisher le saisit.

— Allô ?

— Jefferson Davis ? demanda une voix féminine.

— Je suis désolé, c'est son ami Fisher. Qui est-ce ?

— Sa sœur, répondit-elle.

— Rachel ? Dieu merci. JD a été blessé. Il a reçu une balle dans l'épaule et il est en train de se faire opérer. J'ai essayé d'appeler Mary Lynn, mais son téléphone est bloqué, et je n'ai pas le numéro.

Au moins, la famille de JD serait informée.

— Vous savez qui je suis ?

— Oui. JD m'a raconté l'histoire où il vous a emmenée à la chasse.

Fisher sourit brièvement, mais son sourire s'effaça lorsque l'inquiétude revint.

— J'en suis sûre, plaisanta-t-elle, son accent léger mais lyrique. Est-ce que JD va s'en sortir ?

— Oui. Sa vie n'est pas en danger, mais ils doivent retirer la balle et réparer les dégâts. Si vous me donnez votre numéro et celui de votre mère, je vous appellerai tous les deux quand il sera sorti du bloc opératoire.

Elle énuméra les chiffres à un rythme effréné. Fisher les entra dans son téléphone et les relut.

— Qu'est-ce qui s'est passé ? C'était un vol ou quelque chose comme ça ? demanda-t-elle.

— Non. Un de mes ex-petits amis nous a attaqués dans la rue, et JD m'a protégé.

Une fois de plus, il avait été la cause de la douleur de quelqu'un dans sa vie.

— Je suis vraiment désolé.

— Pourquoi ? Tu ne lui as pas tiré dessus, si ? rétorqua Rachel. Si c'était ton ex, on dirait que tu as pris la bonne décision en larguant ce loser.

Bon sang, Fisher commençait déjà à l'apprécier.

— Je suis sûr que Jefferson Davis ne te blâmera jamais.

— Non.

— Alors, tu es le nouveau petit ami de mon frère ?

— Il a dit que je l'étais, déclara Fisher.

— Tu es donc le célèbre Fisher. Ma mère n'a pas cessé de parler de toi depuis qu'elle est rentrée à la maison. Apparemment, tu as fait forte impression, y compris en la confrontant. Il y a des gens à Charleston qui auraient acheté des billets pour assister à ça, laisse-moi te le dire.

Bon Dieu, Fisher commençait à se demander comment il pouvait la faire taire. Elle lâchait mille mots à la minute.

— J'ai hâte que JD t'emmène nous rendre visite.

— Oui.

Fisher ne sut pas trop quoi dire d'autre.

— Il devra venir pour régler la succession de Tante Lillibeth, alors j'espère qu'il t'amènera.

Elle reprit à peine son souffle.

— Appelle-moi quand il sera sorti de chirurgie et dis-lui que je vais le traquer férocement jusqu'à ce qu'il me rappelle.

— Je le ferai, accepta Fisher, qui commençait à se demander si répondre au téléphone avait été une bonne chose ou non. J'espère que ça ne durera qu'une heure ou deux. Je transmettrai les messages.

Il mit fin à l'appel et composa le numéro de Mary Lynn. Quand il tomba directement sur la messagerie vocale, il se dit qu'elle était probablement déjà au téléphone avec Rachel, mais il ne voulait pas ne pas l'appeler. Il laissa un message et lui demanda de le rappeler sur le téléphone de JD.

— Rachel vient de me raconter, déclara Mary Lynn lorsqu'elle le contacta quelques minutes plus tard. Il va bien ?

— Oui. Comme je l'ai dit à Rachel, ils ont dû retirer la balle et réparer les dommages à son épaule. Il devra guérir et probablement suivre une thérapie physique, mais il devrait s'en sortir. Je vous appellerai, vous et Rachel, dès qu'il sera sorti de l'opération.

Cette fois, il s'en tirait à bon compte. Mary Lynn fut contente de garder la conversation courte, mais agréable.

Une fois les appels téléphoniques terminés, il resta assis pour attendre. Il ne pouvait rien faire d'autre que s'inquiéter. Il se demanda où étaient les amis de JD et supposa qu'ils devaient encore être en train de nettoyer les dégâts causés par la fusillade.

— M. Moreland, appela une femme en s'approchant. M. Burnside est sorti du bloc opératoire et il va s'en sortir. Ils ont extrait la balle et ont réparé l'os et le muscle. Le chirurgien dit qu'avec le temps, M. Burnside devrait retrouver l'usage de son épaule.

— Merci. Je peux le voir ?

— Il est en salle de réveil. Je vais vous y emmener. Ils sont en train de l'installer, et plus tard, nous lui trouverons une chambre. Il aura surtout besoin de repos et de sommeil.

— Merci.

Fisher la suivit hors de la salle d'attente et entra dans une pièce faiblement éclairée où JD était allongé sur un lit, l'épaule lourdement bandée et les yeux fermés. Il s'assit dans le fauteuil à côté du lit.

— Je suis là, murmura-t-il en effleurant les doigts de JD.

— Fisher, bredouilla JD, la voix rauque.

— Je vais lui apporter des glaçons, annonça l'une des infirmières du service de réanimation, qui s'empressa de partir.

Lorsqu'elle revint, elle plaça une tasse sur le plateau et se pencha sur le lit, posant des questions sur le niveau de douleur de JD. Fisher se tint à l'écart et, une fois qu'ils eurent donné à JD quelque chose pour soulager la douleur, Fisher lui offrit un morceau de glace avec précaution.

— Détends-toi. Je suis là. J'ai parlé à ta mère et à ta sœur, et je les appellerai bientôt pour leur dire comment tu vas.

— Tu as été merveilleux, marmonna JD.

— Je crois que tu confonds. C'est toi qui as affronté le tireur armé pour me sauver.

— Ils l'ont eu ?

— Oui.

Fisher se demandait à quel point Gareth était mêlé à cette organisation de distribution de drogue. Il avait espéré que Gareth soit un spectateur innocent, mais c'était beaucoup moins probable maintenant.

— Il est à l'hôpital en train de se faire examiner, pour autant que je sache, et ensuite, je suis sûr qu'ils l'emmèneront en prison. Tes collègues ne vont pas lui laisser de répit.

Fisher l'aida à sucer un autre morceau de glace, puis se tut. JD avait besoin de se reposer, ils auraient tout le temps de parler et d'arranger les choses.

Ils restèrent en salle de réveil jusqu'à ce que JD soit prêt à être transféré dans sa chambre. À ce moment-là, un certain nombre d'amis étaient venus prendre de ses nouvelles. JD dormit durant tout ce temps, mais Fisher accepta les fleurs, les plantes et les cartes qu'ils lui furent offertes, et il contacta la mère et la sœur de JD. Puis, lorsqu'il ne put rester éveillé plus longtemps, il dit au revoir à JD et accepta la proposition de Red et Terry, qui lui proposèrent de le raccompagner chez lui. Il détesta partir, mais ils étaient encore en train de régler les problèmes du nouveau site, et il savait qu'il serait occupé le lendemain à l'entrepôt.

— COMMENT TE sens-tu ? demanda Fisher lorsqu'il arriva dans la chambre de JD en fin d'après-midi, après une autre longue journée passée à régler les problèmes de système et à mettre en place les nouvelles installations.

JD ouvrit les yeux, et Fisher le vit : un sourire, chaleureux et bienveillant, celui que JD semblait toujours lui réserver.

— Je t'ai apporté ton téléphone.

— Je me demandais où il était.

— Tu as un tas de messages, et ta mère a dit qu'elle était prête à venir s'occuper de toi. Je lui ai assuré que ce n'était pas nécessaire. Je peux très bien m'occuper de toi.

— Qu'est-ce qu'elle a répondu ?

— Crois-le ou non, mais elle nous a invités à Noël. *Nous*, répéta Fisher. Elle a même précisé qu'elle voulait dire que toi et moi étions spécifiquement invités. Je suppose que ta mère est en train de changer d'avis. Elle a affirmé que ce serait une fête simple cette année. Quoi que ça veuille dire.

— Ça n'a pas d'importance, dit JD. Nous pouvons faire ce que tu veux.

— J'ai économisé des jours de congé et les fêtes proprement dites ne sont pas très actives pour nous. Nous reprenons généralement nos activités après le Nouvel An.

Il n'avait pas eu beaucoup de raisons de prendre des vacances, et l'entreprise avait bien fait de ne pas les forcer à utiliser leurs congés pendant la fermeture à cause de l'incendie.

— Alors que dirais-tu d'un Noël chaleureux cette année ? suggéra JD en s'approchant lentement de lui, et Fisher se pencha sur le lit. Je t'aime. Tu es mon héros.

— Je t'aime aussi, mais je ne suis le héros de personne.

— N'en sois pas si sûr. Tu as veillé sur moi, tu t'es attaqué à quelqu'un de ton passé. Tu es libre de construire la vie que tu veux, et ça, c'est sacrément héroïque, si tu veux mon avis.

JD avait le don de lui donner l'impression d'être au sommet du monde.

— D'accord, je serai ton héros si tu es le mien.

— Marché conclu, accepta JD en l'embrassant pour sceller l'accord.

ÉPILOGUE

— TU VEUX bien te calmer et sourire un peu ? demanda JD. La neige a disparu et le soleil est là.

— Tu es juste heureux parce que, demain matin, nous irons dans un endroit chaud, marmonna Fisher en fourrant les dernières choses dans la valise et en la fermant.

— Arrête, plaisanta JD en rouvrant la valise. Nous allons à la plage, pas dans l'Arctique.

Il en sortit des jeans et deux sweat-shirts.

— Tu auras besoin de maillots de bain, de shorts, de T-shirts et de quelque chose au cas où il ferait frais le soir, c'est à peu près tout. Nous sommes presque en mai, le soleil va briller et l'air sera agréable et chaud. Pense à l'été, pas à l'hiver.

— Très bien.

Fisher ajouta quelques T-shirts.

— Tu es content ?

Il ferma la valise pour que JD ne puisse plus s'inquiéter de ce qu'il avait empaqueté.

— Nous serons en périphérie de Savannah, donc la chaleur aura déjà eu l'occasion de s'installer. Ce sera magnifique, tu passeras le meilleur moment de votre vie.

— J'espère que je n'ai rien oublié.

Fisher savait qu'il s'inquiétait toujours pour tout.

— Nous achèterons ce dont nous avons besoin. Mais tu vas t'amuser pendant deux semaines entières. Ma mère veut venir nous voir, expliqua JD en souriant. Ne t'inquiète pas, ils ont loué une maison à proximité pour quelques jours. Ils ne resteront pas avec nous.

Les relations de JD avec sa famille s'étaient beaucoup améliorées au cours de l'hiver et du printemps. Ils avaient vendu une partie de leurs biens, et Mary Lynn avait déclaré que la simplification de leur vie était la meilleure chose qu'ils aient jamais faite.

— Tant mieux. J'aime bien ta mère, mais je veux que nous soyons seuls.

La blessure de JD avait mis du temps à guérir, suivie de nombreuses séances de kinésithérapie, mais c'était derrière lui maintenant. Il avait repris le travail à plein temps à la fin du mois de février, et il avait été très occupé par son travail, puis par l'aide apportée à Fisher pour qu'il emménage avec lui le mois dernier. Fisher voyait JD tout le temps maintenant, mais il voulait encore quelques semaines seul avec lui. JD avait promis que la maison de plage de sa tante – enfin, *sa* maison de plage désormais – possédait une terrasse arrière très privée, et Fisher était impatient de retrouver JD seul sur cette terrasse particulière et peut-être de faire l'amour sous les étoiles.

Il restait encore des parties de la succession à régler, mais les biens immobiliers, à l'exception de la maison sur la plage, avaient été vendus. L'un des changements les plus importants était que le mobilier de leur maison était désormais constitué de nombreuses pièces de famille qui appartenaient à la tante de JD et à lui. Leur maison était remplie de chaleur et d'un sens de l'histoire et de la famille. Même si Fisher n'avait jamais eu de nouvelles de ses parents.

— Qu'est-ce qui te prend ? demanda JD en s'asseyant à côté de lui sur leur lit. Tu as ce regard de temps en temps quand tu es silencieux, et je sais que ton esprit est en train de tourner autour de quelque chose.

— Mes parents. Je pense à les appeler, mais je ne le fais pas. Ils n'ont pas appelé, pas même à Noël, alors pourquoi devrais-je m'en préoccuper ?

Fisher savait qu'il devrait simplement laisser tomber. Sa mère et son père n'allaient pas revenir, c'était fini.

— Tu sais que tu te portes mieux sans eux. S'ils ne sont pas prêts à tendre la main à leur fils, alors ce sont eux qui loupent quelque chose.

JD le serra dans ses bras. C'était la même chose qu'il disait chaque fois que Fisher parlait de sa famille. Au début, il avait cru que JD ne le pensait pas, mais maintenant il savait que c'était le cas. Le fait était qu'il avait aperçu sa mère un mois auparavant à l'épicerie. Il savait qu'elle l'avait vu, pourtant elle n'avait fait que se détourner. Fisher ne l'avait jamais avoué à JD, parce qu'il n'avait pas à le faire. JD était là pour lui, il l'avait toujours soutenu.

— Maintenant, laisse-moi charger ces sacs dans la voiture. Notre vol décolle très tôt, et je ne veux pas avoir à faire tout un tas de choses dans la matinée.

JD hissa les sacs et quitta la chambre. Fisher vérifia encore une fois sa liste pour s'assurer qu'il n'avait rien oublié. Il descendit les escaliers avec les plus petits sacs et les plaça près de la porte de derrière. Il ne lui restait plus qu'à prendre le sac à dos de voyage que JD lui avait offert lorsqu'il lui avait acheté un ordinateur portable.

— Tu sais, il commence à y avoir pas mal de choses dans le garage, dit JD à son retour. Peut-être qu'à notre retour, nous pourrions chercher un moyen d'ouvrir ce magasin d'antiquités dont tu rêves.

— Je ne peux pas, pas encore. Je pensais commencer modestement. Il y a un salon des antiquités ici en novembre, je pensais voir pour obtenir un stand pour essayer. Après, on verra, d'accord ?

Beaucoup de choses avaient changé dans sa vie, surtout sa façon de voir les choses. Il ne s'inquiétait plus autant de tout, parce que JD était là pour le rattraper s'il tombait. Il savait que JD serait toujours là pour le soutenir s'il en avait besoin. Ce qui était encore mieux, c'était que JD comptait sur lui pour faire de même. Le fait d'avoir besoin de lui avait surtout contribué à repousser certains de ses épisodes bipolaires les plus fous. Il en avait encore et en aurait pour le reste de sa vie, mais ils étaient désormais moins nombreux et plus espacés.

— Fais ce qui te rendra heureux.

JD l'embrassa dans la cuisine, le serrant fort, l'énergie entre eux se réchauffant rapidement. Il était heureux, et cela le rendait heureux.

— Je t'aime, murmure JD.

— Et je t'aime de tout mon cœur, chuchota-t-il.

Il sentait bien que l'hiver, avec sa neige et sa glace, était terminé et qu'il était prêt pour l'été.

ANDREW GREY est l'auteur de plus de deux cents ouvrages de fiction romantique gay contemporaine. Après avoir passé vingt-sept ans dans le monde des affaires, il s'est installé en Pennsylvanie centrale avec son mari, Dominic, et son ordinateur portable. Un ménage intéressant. Andrew a grandi dans l'ouest du Michigan avec un père qui aimait raconter des histoires et une mère qui aimait les lire. Depuis, il a vécu dans tout le pays et a voyagé dans le monde entier. Il est lauréat du RWA Centennial Award, a obtenu une maîtrise de l'université du Wisconsin-Milwaukee et écrit désormais à plein temps. Parmi ses loisirs, Andrew collectionne les antiquités, jardine et laisse sa vaisselle sale n'importe où sauf dans l'évier (surtout lorsqu'il écrit). Il se considère chanceux d'avoir une famille qui l'accepte, des amis fantastiques et le partenaire le plus aimant et le plus compréhensif du monde. Andrew vit actuellement dans la belle ville historique de Carlisle, en Pennsylvanie.

Courriel : andrewgrey@comcast.net
Site web :www.andrewgreybooks.com

Par ANDREW GREY

Alchimie organique
Un cœur en échange
Destinés l'un à l'autre
Fermier malgré lui
Ferrer le poisson
Une juste cause
Peinture par numéro
Tout pour toi

AMOUR…
Amour… sans honte
Amour… et courage
Amour… sans limite
Amour… et liberté
Amour… sans peur
Amour… et guérison

LES ARÔMES DE L'AMOUR
La saveur de l'amour
Une portion d'amour

DREAMSPUN DESIRES
Le rancher solitaire
Le secret de Poppy

LES FLICS DE CARLISLE
Feu et eau
Feu et glace
Feu et pluie
Feu et neige

HISTOIRES DE CŒUR
Cœur de loup
Cœur à prendre
À cœur ouvert
À cœur perdu

PAR LE FEU
Le baptême du feu
Tout feu, tout flamme

Publié par DREAMSPINNER PRESS
www.dreamspinner-fr.com

FEU ET EAU

ANDREW GREY

LES FLICS
DE CARLISLE

1

Les flics de Carlisle : Livre 1

L'agent de police Red Markham sait bien à quel point la vie peut être moche depuis qu'un accident de voiture l'a privé de ses parents et l'a laissé défiguré. Son métier, qui l'amène à sillonner les rues de Carlisle, en Pennsylvanie, ne fait qu'ajouter à l'horreur, d'autant plus que le nombre des overdoses a dernièrement considérablement augmenté. Puis, un après-midi, il est appelé au centre de loisirs pour une noyade impliquant un enfant. Arrivé sur les lieux, il découvre que le petit garçon a été sauvé par un jeune maître-nageur du nom de Terry Baumgartner. Red n'est guère surpris lorsque cet homme magnifique fait tout son possible pour ne pas avoir à regarder son visage couturé de cicatrices.

Quand Terry surprend un jour un commentaire de Red le décrivant comme un homme superficiel, il en vient à se dire qu'il n'est pas vraiment aussi généreux qu'il veut bien le croire. Son amie Julie lui suggère alors d'aider les plus démunis en livrant des repas aux personnes âgées. Cette action de bénévolat lui permet de faire la connaissance de Margie, une vieille dame au franc-parler, qui s'avère être par ailleurs la tante de l'agent de police.

Les mondes de Terry et de Red entrent en collision alors que Red s'efforce de découvrir la source du trafic de drogue et de protéger Terry d'un ex qui refuse leur séparation. S'ils parviennent à voir au-delà des apparences, il se pourrait que les bénéfices qu'ils retirent de l'aventure dépassent leurs plus grandes espérances.

Scanner le code QR ci-dessous pour commander

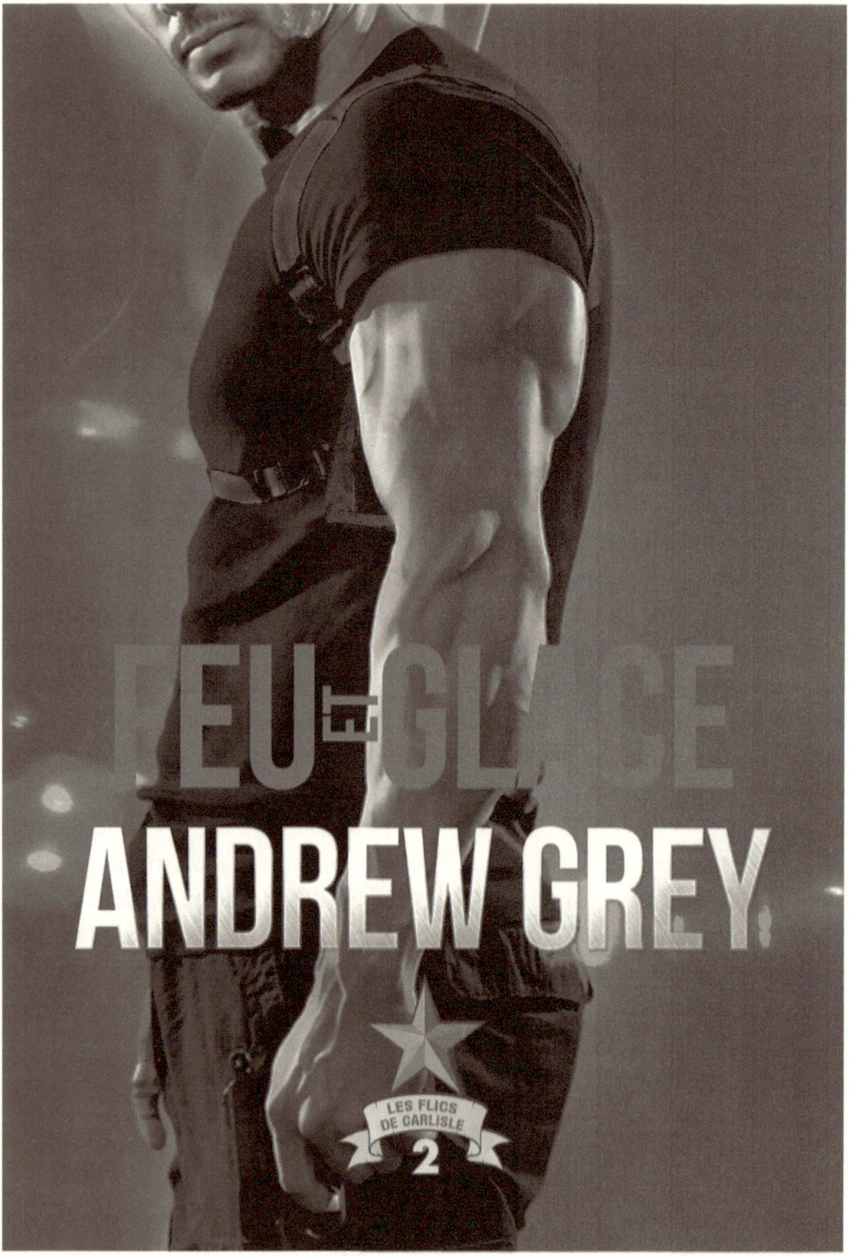
FEU ET GLACE
ANDREW GREY
LES FLICS DE CARLISLE
2

Les flics des Carlisle : Livre 2

Carter Schunk est un agent de police dévoué avec un passé difficile et un grand cœur. Lorsqu'il est appelé pour une dispute conjugale, il trouve une femme mortellement blessée et un enfant, Alex, qui a désespérément besoin de soin. Les services sociaux sont appelés, et le dernier homme sur terre que Carter voulait voir passe la porte. Carter avait eu une aventure avec Donald un an auparavant et l'avait découvert aussi froid que la glace depuis que c'était fini.

Donald (le Glaçon) Ickle a eu une vie difficile qu'il ne partage avec personne, et il a fermé son cœur à tout le monde. C'est en partie pour se préserver lui-même d'être blessé et en partie la manière dont il gère son travail auquel il excelle, parce qu'il fait ce qui doit être fait sans être émotionnellement impliqué. Lorsqu'il rencontre à nouveau Carter, il maintient son habituelle distance, mais Carter arrive à se frayer un chemin sous sa peau, et contre son meilleur jugement, Donald laisse Carter le convaincre de prendre Alex quand il n'y a pas d'autre foyer d'accueil disponible. Carter propose même son aide pour s'occuper de l'enfant.

Donald a un passé dont il ne veut parler avec personne, surtout pas avec Carter qui a également le sien et qu'il garde aussi pour lui. Mais c'est le secret d'Alex qui pourrait les attirer ensemble ou les séparer, des secrets que le garçon n'est pas capable de leur dire et qui pourtant pourraient être la clé de leur bonheur à tous.

Scanner le code QR ci-dessous pour commander

FEU ET PLUIE

ANDREW GREY

LES FLICS
DE CARLISLE
3

Les flics de Carlisle : Livre 3

Depuis la mort de leur mère, Josten Applewhite fait ce qu'il faut pour s'occuper de son petit frère et préserver la cohésion de leur petite famille. Mais, en un instant, un coup de malchance détruit le petit foyer qu'il a réussi à construire, et Jos et Isaac se retrouvent à la rue.

C'est là que l'agent Kip Rogers les trouve et, même s'il sait qu'il doit laisser les autorités compétentes s'occuper de la situation, il n'arrive pas à trouver le courage de les repousser, allant même jusqu'à les inviter à rester chez lui jusqu'à ce qu'ils se remettent sur pied. Avec l'aide de Kip et de ses amis, Jos commence à reconstruire sa vie. Mais l'expérience lui a appris que rien n'est gratuit, et la générosité semble trop belle pour être vraie, comme tout ce qui concerne Kip.

Kip a le béguin pour Jos et il aime la façon dont Jos et Isaac font de sa grande maison un foyer. Mais leur arrangement ne peut pas être permanent, pas avec Jos qui veut tracer son propre chemin. C'est alors que surgit un parent éloigné, déterminé à détruire la famille de Jos. Kip sait que Jos a besoin de lui, même s'il n'est pas prêt à l'admettre.

Scanner le code QR ci-dessous pour commander

ANDREW GREY
PEINTURE PAR
NUMÉRO

Les aurores boréales et une seconde chance en amour peuvent-elles rendre l'inspiration à un artiste en difficulté ?

Quand le peintre new-yorkais Devon Starr abandonne ses vices, sa muse s'en va avec eux. Devon a besoin d'un changement, mais quand l'AVC de son père le ramène chez lui en Alaska, la petite ville où il a grandi n'est pas celle dont il se rappelle.

Enrique Salazar se souvient bien de Devon, et il en fait une mission personnelle de lui ouvrir les yeux sur la beauté sauvage et les possibilités tout autour d'eux. Les deux hommes se rapprochent, et alors que Devon commence tout juste à voir ce qu'il avait toujours eu sous les yeux, ils sont appelés à se dresser contre une compagnie minière qui menace la nature immaculée les ayant aidés à tomber amoureux. La lutte renforce leur lien, mais tandis que le désir de prendre un pinceau revient, Devon ressent aussi l'attraction de la ville.

Coincé entre deux mondes, tout ce que Devon peut faire est de suivre son cœur.

Scanner le code QR ci-dessous pour commander

ANDREW GREY

UN COEUR EN
échange ♥

Robin sait bien qu'il ne peut pas donner son nouveau cœur à n'importe qui…

D'une greffe cardiaque à une rupture brutale, Robin a vécu bien des coups durs récemment, mais il sait désormais que la vie est courte et qu'il doit mordre dedans à pleines dents en profitant de chaque bouchée. Un poste au sein des Euro Pride Tours est pile le genre d'aventure qu'il recherche : il a la chance de voir le monde et de vivre un peu, mais l'amour ne l'intéresse pas. Il ne pense pas que son cœur puisse en prendre encore.

Johan a peut-être déçu sa famille en voulant voler de ses propres ailes, mais quand il rencontre Robin, il n'a pas l'intention de le laisser tomber. Chaque homme est exactement ce dont l'autre a besoin pour se sentir entier à nouveau et, bien que Johan ne soit pas celui qu'imaginait Robin au départ, il est exactement ce que le médecin lui a prescrit pour faire battre son cœur. Comme leur voyage se poursuit en Allemagne, les deux hommes se rapprochent, mais l'arrivée de l'ancien partenaire de Robin pourrait bien prendre une mauvaise tournure.

Scanner le code QR ci-dessous pour commander